Rosie M. Clark
Der Duft von Honig und Zitronen

AF178926

Das Buch

»Glücklich zu sein ist nicht einfach. Man muss akzeptieren, dass man selbst und die Welt nicht perfekt sind.«

Seit Henning fort ist, steht Isabels Leben still. Sie fühlt sich verantwortlich für den tragischen Tod ihres Mannes. Auch Alfred, der eines Tages in Isabels Schlüsselladen stolpert, kämpft mit der Vergangenheit. Doch bei der Begegnung mit Isabel liegt plötzlich etwas in der Luft, Vertrautheit und der Duft von Zitronen. Alfred schenkt Isabel einen geheimnisvollen Schlüssel und lädt sie damit nach Mallorca ein. Mit klopfendem Herzen reist Isabel auf die Sonneninsel, nicht ahnend, dass sie mit Alfred mehr verbindet, als sie sich vorstellen kann. Wird der Schlüssel ein Tor zu einer neuen Liebe öffnen?

Die Autorin

Rosie M. Clark entführt ihre Leser in ihren berührenden Romanen immer wieder auf die Sonneninsel Mallorca. Die Liebe zu den Buchten, den Menschen, der salzigen Luft und ihre Leidenschaft für das Schreiben inspirieren sie zu zauberhaften Geschichten über sympathische Protagonistinnen und attraktive Helden, die das Glück auf ihrer Lieblingsinsel suchen. Rosie M. Clark lebt gemeinsam mit ihrem Mann und ihrem aufgeweckten Beagle im Südosten Mallorcas.

Weitere Informationen rund um Rosie M. Clark gibt es unter www.rosiemclark.de.

ROSIE
M. CLARK

Der DUFT _von_ HONIG _und_ ZITRONEN

ROMAN

Deutsche Erstveröffentlichung bei
Tinte & Feder, Amazon Media EU S.à r.l.
38, avenue John F. Kennedy, L-1855 Luxembourg
Oktober 2021
Copyright © der deutschsprachigen Ausgabe 2021
By Rosie M. Clark

Umschlaggestaltung: zero-media.net, München
Umschlagmotiv: © Olesia Bilkei / Shutterstock; © nadtochiy / Shutterstock;
© pureshot / Shutterstock; © Giancarlo Polacchini / Shutterstock;
© AnastassiaVassiljeva / Shutterstock; © Elektrons 08 / plainpicture
1. Lektorat: Ute Köhler
2. Lektorat und Korrektorat: VLG Verlag & Agentur, Haar bei München,
www.vlg.de
Gedruckt durch:
Amazon Distribution GmbH, Amazonstraße 1, 04347 Leipzig /
Canon Deutschland Business Services GmbH, Ferdinand-Jühlke-Straße 7,
99095 Erfurt /
CPI books GmbH, Birkstraße 10, 25917 Leck

ISBN 978-2-49670-908-7

www.tinte-feder.de

*Für meine treuen und
wunderbaren Leser,
Eure Rosie*

»Glücklich zu sein ist nicht einfach. Man muss dazu akzeptieren, dass man selbst und die Welt nicht perfekt sind.«

Rosie M. Clark

Kapitel 1

Der bunte Stoff des Heißluftballons leuchtete vor dem dunklen afrikanischen Himmel auf, als ein Feuerstoß hineinrauschte und die Luft zum Tanzen brachte. Dann wurde es wieder still, und außer dem Zirpen der Grillen und dem entfernten Brüllen der Affen war nichts mehr zu hören.

Isabels Knie zitterten. Ein Schauer fuhr ihr über den Rücken und sie schlug ihre Jacke etwas enger um die Brust, während Henning mit festen Schritten auf den Ballon zusteuerte.

Isabel wusste, sie würde es später bereuen, nicht mitgefahren zu sein, doch ihre Höhenangst hatte den Kampf gegen die Abenteuerlust klar für sich entschieden. In letzter Sekunde zwar, aber sie war dem Gefühl gegenüber machtlos.

Henning hob schwungvoll das Bein über den Rand des Korbes und ließ sich vorsichtig hineingleiten. Er schien nicht zu bemerken, wie dabei etwas aus seiner Hosentasche fiel und mit einem gedämpften Klirren im Gras landete.

Ein weiterer Feuerschwall stieg in den riesigen Ballon. Isabel wartete, bis die Flamme erloschen war, dann lief sie auf den Korb zu, griff in das trockene Gras und hob den Schlüsselbund auf.

»Hier«, sagte sie und streckte Henning die Schlüssel entgegen. Er tastete ungläubig über seine Hosentaschen, ehe er begriff, was passiert war. »Behalte du ihn«, sagte er dann lächelnd. »Ich denke, den brauche ich da oben nicht.« Sein Blick wanderte hinauf zum dämmrigen Himmel, an dem sich am Horizont das erste Sonnenlicht des neuen Tages zeigte.

Dann zog er Isabel sachte zu sich, umfasste ihr Gesicht und küsste sie. »Letzte Chance. Ich muss nicht fahren. Ich könnte bei dir bleiben und wir machen stattdessen einen Ausflug zum Wasserloch«, flüsterte er. Seine Augen funkelten im Licht der Taschenlampe, die der Ballonführer auf sie richtete.

Isabel strich ihm sanft mit den Fingern über die Wange. »Nein, ich will nicht, dass du dieses Abenteuer wegen mir verpasst. Du hast so oft davon gesprochen, ich möchte, dass du fliegst. Und ich werde hier unten auf dich warten, okay?«

Henning nickte verständnisvoll.

»Machst du schöne Fotos für mich? Die schauen wir uns dann später auf dem sicheren Erdboden vor dem Lagerfeuer zusammen an.« Isabel lächelte wehmütig.

»Okay, das mache ich.«

Sie küsste ihn erneut, ehe sie vom Korb zurücktrat.

»Hey«, rief Henning, als Isabel bereits einige Schritte weit entfernt war.

Sie blickte sich um.

»Ich liebe dich, Isabel Mai«, rief er mit ausgebreiteten Armen und strahlte bis über beide Ohren.

Die zwei anderen Pärchen und der Ballonführer grinsten.

Isabel lachte verlegen, warf ihm dann einen Luftkuss zu und ging zurück bis zu dem Jeep, mit dem der Ballon hertransportiert worden war. Ihr Herz pochte vor Aufregung heftig gegen ihre Brust. Es fühlte sich beinahe an, als würde sie jeden Moment selbst davonschweben. Doch der trockene

Lehmboden der gerodeten Piste bot ihr einen festen Stand und sie atmete tief durch.

Der Ballonführer hatte sich offensichtlich dagegen entschieden, auf den noch fehlenden Passagier zu warten, der wohl verschlafen hatte. Er ließ einige kräftige Feuerstöße in den Ballon rauschen, der sich immer weiter aufblähte. Dann eilten zwei Mitarbeiter los, um die Befestigungsleinen loszumachen. Mit einem Ruck hob der Korb vom Boden ab. Weitere Feuerstöße durchbrachen die Stille und der riesige Ballon stieg Meter für Meter immer höher in den Himmel hinauf.

Isabel umklammerte Hennings Schlüsselbund mit dem kleinen Stoffelefanten, den sie ihm vor ihrer Reise genäht hatte. Er stand für Glück, Kraft und Familie – für all das, was Isabel in Henning sah und woran die beiden sich nach fünf kräftezehrenden Jahren wieder zurückerinnern wollten.

Während sie ihm zuwinkte, flogen ihre Gedanken mit dem Ballon davon. Sie dachte an Hennings zahllose Dienstreisen, an die ständige personelle Unterbesetzung auf ihrer Station im Krankenhaus, an ihre unnötigen Streitereien und daran, wie wenig Zeit sie füreinander gehabt hatten. Ihre Beziehung war ihnen immer mehr entglitten und es hatte etwas passieren müssen. Also hatte Isabel den kleinen Elefanten genäht und bei ihrer stimmungsvollen Übergabe an Henning die Afrikareise vorgeschlagen.

Für diesen Urlaub mussten sie zwar ihre finanziellen Reserven anzapfen, doch Henning war ohne zu zögern einverstanden gewesen. Auch ihm war bewusst, dass es so nicht weitergehen konnte. Sie brauchten endlich wieder ein schönes gemeinsames Erlebnis. Etwas, das ihnen Flügel verlieh. Etwas, womit sie wieder zueinanderfanden und sich daran erinnern konnten, weswegen sie ihr Leben gemeinsam verbrachten.

Isabel lächelte in den Sonnenaufgang hinein, der in unzähligen warmen Orangetönen leuchtete, und bereute diese

Entscheidung nicht. Die Herzlichkeit der Menschen hier in diesem afrikanischen Land, ihre Lebensfreude, ihr Tanz, ihr Lachen. Es war ansteckend, und bei dem Gedanken daran wurde ihr warm ums Herz. Selbst Henning, der sich normalerweise in emotionalen Dingen zurückhaltend zeigte, schien buchstäblich durch diese herrliche Landschaft zu tanzen, der Schwerkraft zu trotzen, neue Energie zu tanken. Und dabei schenkte er Isabel wieder diesen vertrauten Blick, mit dem er einst ihre Liebe entfacht hatte. Er gab ihr das Gefühl von Sicherheit und Geborgenheit, Zuneigung und Vertrauen.

Ihr Abenteuer hatte sie bisher von Nairobi in die Savanne der Maasai Mara und bis nahe an die Grenze zu Tansania geführt. Sie hatten wilde Tiere, rauschende Wasserfälle, die unendliche Weite gesehen und waren nun hierher in den Dschungel gekommen. Isabel wollte nicht, dass diese Reise jemals endete. Sie wollte nicht wieder zurück nach Berlin. Zurück in ihr normales Leben ohne Zeit und Achtsamkeit. Sie wollte hier in einem Jeep sitzen und eng an Henning gekuschelt über die Wunder dieser Erde staunen. Sie wollte Henning lieben, bis sie erschöpft, aber lächelnd, nebeneinander einschliefen. So wie in der letzten Nacht. Afrika hatte Isabel wachgerüttelt, hatte ihr gezeigt, dass das Leben auch anders aussehen konnte, als nur im Alltagstrott zu funktionieren.

Während sie dem leisen Zirpen der Grillen lauschte, nahm sie sich fest vor, auch zu Hause spontaner zu sein, die Dinge so zu nehmen, wie sie kamen, und über all dem die Freude am Leben nicht zu vergessen.

Ihr Herzschlag beruhigte sich, während der Ballon als Silhouette der aufgehenden Sonne entgegenschwebte. Was für ein magisches Bild! Sie lehnte sich gegen den Jeep, zog ihr Handy heraus und schoss ein Foto. In etwa einer Stunde würde sie mit den Helfern dorthin fahren, wo der Ballon wieder zu Boden sinken würde, je nachdem wohin der Wind ihn trug. Sie würde Henning umarmen, ihn küssen und in seine aufgeregten Augen blicken, die so viel zu erzählen hätten.

Isabel stand einige Minuten gedankenverloren da, während die Sonne über dem Dschungel aufstieg und ein warmes Licht über die hügelige Landschaft legte. Für einen Moment schloss sie die Augen und genoss die wohltuenden Sonnenstrahlen.

Sie zuckte heftig zusammen, als ein Knall die Stille der Morgendämmerung durchbrach. Gänsehaut zog sich über ihre Unterarme, breitete sich auf ihrem gesamten Körper aus, wie ein kalter Schauer. Was war das? Sie öffnete die Augen und blinzelte aufgeregt. Dann stieß sie einen Schrei aus. Sie stieß sich von dem Jeep ab, riss die Hände vor den Mund und erstickte den Schrei. Im nächsten Moment sah sie die Flamme am Horizont. Das Feuer fraß sich durch den leuchtenden Stoff.

Isabels Körper verkrampfte sich. Ihre Atmung setzte aus.

»Nein!«, schrie sie mit trockener Kehle. »Nein …«

Im nächsten Augenblick rauschte der Ballon mit lodernden Flammen Richtung Erde. Isabel sah ihn noch hinter den Baumkronen verschwinden. Dann wurde ihr schwarz vor Augen und sie sank zu Boden.

Als sie eine verschwommene Gestalt über sich wahrnahm, schlug sie ihre Augen mühsam wieder auf. Ein Mann beugte sich zu ihr herunter. War das alles wirklich passiert? Oder war es Henning, der sich neben sie kniete und ihr Gesicht stützte? Von Weitem hörte sie dumpfe Hilferufe. Wieder und wieder hallte dieser furchtbare Knall in ihren Ohren. Isabel schluckte, versuchte, sich zu bewegen, etwas zu tun gegen diese entsetzliche Hilflosigkeit. Doch dann verließ sie die Kraft und sie verlor endgültig das Bewusstsein.

KAPITEL 2

Drei Jahre später

Kühler Wind schlug ihr entgegen, als sie an der Haltestelle Ernst-Reuter-Platz an die Oberfläche trat. Die U-Bahn hatte Verspätung gehabt, und Isabel musste sich beeilen, um rechtzeitig zur Arbeit zu kommen. Zwar hätte sie noch eine Haltestelle weiter fahren können, doch trotz der knappen Zeit entschied sie sich für den etwa einen Kilometer langen Fußmarsch bis zu den Wilmersdorfer Arcaden. Die frische Luft war wohltuend und würde sie durch den langen Tag im stickigen Laden bringen.

So früh am Morgen zeigte sich Berlin noch verschlafen, beinahe so, als müsste es sich mit zwei Aspirin und einem doppelten Espresso von der vergangenen Nacht erholen. Isabel lief die gesamte Strecke entlang der Schillerstraße, vorbei an charakterlosen Büro-Neubauten, zweckmäßigen Wohntürmen und durch die verkehrsberuhigte Zone, deren ausladende Bäume die kahle Atmosphäre belebten. Früher hatte sie den Westen Berlins gemocht, Wilmersdorf, Halensee, Charlottenburg. Es waren Stadtteile, in denen sie gerne gelebt hätte, von denen es sich gelohnt hatte, zu träumen. Nah am Wasser, nah am Wald, nah am Zentrum. Heute war der Charme für sie weitestgehend verloren, sie empfand die Gegend als gesichtslos und so glatt wie geschliffenen Stahl.

Am Ende der Schillerstraße lagen die Wilmersdorfer Arcaden, an deren Rückseite sich Isabel auf den Personaleingang zubewegte. Wachmann Willi blätterte in einer Zeitschrift, als sie sich an der Schranke vorbeiwand.

»Morgen, Willi«, grüßte sie, gegen die Wettervorhersage ankämpfend, die aus dem Radiolautsprecher dröhnte.

Willi drehte das Radio leiser, stieg aus seinem knarzenden Bürostuhl und räusperte sich. Für Isabel das Zeichen, dass er einen neuen Flachwitz aufgeschnappt hatte, den er unbedingt loswerden wollte. Sie wusste nicht, ob er jedem seine Witze erzählte oder wie Isabel sonst zu dieser Ehre kam. Jedenfalls tat sie ihm den Gefallen und blieb stehen.

»Passen Se uff: Wat sacht der ene Dünnpfiff zum anderen?«

Mit einem Schmunzeln schüttelte Isabel den Kopf. »Was sagt er?«, fragte sie mit gespieltem Interesse.

Willi kostete den Moment spürbar aus, bevor er, sich selber zügelnd, zur Antwort ansetzte: »Läuft bei uns«, stieß er aus und prustete los, ehe er sich wieder in seinen Stuhl fallen ließ, der unter seinem Gewicht nachgab.

Isabel grinste mehr über Willis Freude als über den eigentlichen Witz. »Danke, Willi. Den werde ich mir merken«, beteuerte sie und ging weiter zum Hintereingang.

»Ja, ja«, rief er ihr hinterher, als wäre sie ihm plötzlich lästig. »Machen Se mal. Schönen Tach.«

Müde lächelnd betrat Isabel das Einkaufscenter, dessen Pforten in wenigen Minuten für die Besucher öffnen würden. Der Reinigungstrupp hatte gerade seine Schicht beendet und entsorgte den Müll des Vortages. Isabel grüßte die Gruppe, fuhr mit der Rolltreppe ein Stockwerk höher und ging weiter bis ans Ende der Ladenstraße. Sie zog ihren Schlüsselbund aus der Handtasche und schloss das Geschäft auf. Dabei fiel ihr Blick auf den kleinen Stoffelefanten, den sie schnell wieder in der Tasche verschwinden ließ.

»Schlüssel, Schuhe, Handyhüllen« stand wenig einfallsreich über dem schmalen Schaufenster des etwas versteckten Ladens. Isabel ging an den Auslagen und Ständern voller Schlüsselanhänger, Schutzhüllen für alle gängigen Handymodelle und Schuhdeos vorbei bis in den kleinen Lagerraum, der gleichzeitig als Aufenthaltsraum diente. Sie knipste das Licht an, legte ihre Sachen ab und zog sich eine der schwarzen Schürzen über, auf denen ein zwinkernder Schlüssel aufgedruckt war. »Timmi, der Schlüssel zum Erfolg«, wie Chef André das Logo seines Ladens gerne nannte. Timmi sei pünktlich, freundlich und erfülle seine Aufgaben mit absoluter Zuverlässigkeit. Er stehe für genau das, was André Tag für Tag von seinem »Team« erwartete, welches eigentlich nur aus Isabel bestand. Leider hatte der Schlüssel zum Erfolg noch nicht den richtigen Schließzylinder gefunden, denn die Kundschaft hier oben im ersten Stock am Ende der Ladenstraße war mehr als überschaubar.

Nachdem sie das Licht im Laden und bei den Displays im Schaufenster eingeschaltet hatte, schlenderte Isabel durch den Verkaufsraum, ordnete die Auslagen und prüfte den Warenbestand. Gedankenverloren trat sie hinter einem Drehständer mit Schlüsselanhängern hervor und bemerkte zu spät, dass sich zeitgleich die Eingangstür öffnete. Sie spürte einen stechenden Schmerz an der Stirn, begleitet von einem dumpfen Geräusch. Vor Schreck hob sie die Hände, trat einen Schritt zurück und prallte mit dem Rücken gegen den Drehständer. Obwohl sie heftig mit den Armen ruderte, verlor sie das Gleichgewicht und spürte, wie sich ihr Körper förmlich in Zeitlupe nach hinten neigte, ohne dass sie etwas dagegen tun konnte. Die ersten Schlüsselanhänger regneten auf den Boden. Dann kippte der Ständer und Isabel mit ihm. Sie schloss die

Augen, verzog das Gesicht und bereitete sich auf einen harten Aufprall vor.

Dann fühlte sie eine Hand in ihrer. Eine weitere an ihrem rechten Oberarm. Ein Krachen ertönte und viele kleine Plastikanhänger hüpften über den gefliesten Boden. Doch Isabel landete nicht mittendrin, sondern wurde mit einem leichten Ruck nach oben gezogen und fand wieder festen Stand.

Als sie die Augen öffnete, sah sie in ein bärtiges Gesicht mit dichten, weit nach oben gezogenen Augenbrauen. Der dazugehörige Mann trat einen Schritt zurück, ließ Isabels Hand jedoch nicht los.

»Ich … Das tut mir leid«, sagte er stockend. »Ist alles in Ordnung? Brauchen Sie …« Er gab Isabels Hand schließlich frei.

Sie rieb sich damit über die schmerzende Stirn, dann drehte sie sich herum und sah die vielen Schlüsselanhänger auf dem Boden. Doch der Metallständer hatte keines der anderen Regale berührt und war haargenau in einen Zwischengang gefallen.

»Ich … bin okay«, stammelte Isabel.

»Ihr Kopf … Brauchen Sie etwas zum Kühlen?«

»Nein … Nein, ich denke nicht.« Sie verzog das Gesicht, als sie die Stirn erneut abtastete. Da würde sicher eine ausgewachsene Beule entstehen.

»Warten Sie, ich räume das wenigstens wieder auf. Immerhin war es meine Schuld.« Er bückte sich und griff nach einem der Schlüsselanhänger.

Isabel legte ihre Hand auf seine Schulter und bedeutete ihm damit, wieder aufzustehen. »Es ist okay, wirklich. Ich mache das gleich in Ruhe.«

Er hob den Kopf und für einen kurzen Moment begegnete der Blick aus seinen dunklen Augen dem Isabels. Dann stand er auf. »Ich …«

Isabel musterte ihr Gegenüber. Der dunkle Vollbart bedeckte beinahe sein ganzes Gesicht und ließ den Mann älter wirken, als er vermutlich war. Sie schätzte ihn auf etwa Mitte dreißig, nur ein paar Jahre älter als sie selbst. Er trug wetterfeste Kleidung, eine dicke Wollmütze und hatte einen großen Rucksack auf dem Rücken. Auf Isabel wirkte er wie ein Weltenbummler. Oder ein Obdachloser? Oder irgendetwas dazwischen. Sie hatte das vage Gefühl, dieses Gesicht schon einmal gesehen zu haben.

Sie trat an ihm vorbei und ging auf den Tresen zu, um einen Handfeger zu holen. Dann blieb sie plötzlich stehen.

»Weswegen sind Sie eigentlich hier?«

Der Mann trat ebenfalls an den Tresen und lächelte. »Ich möchte gern einen Schlüssel nachmachen lassen«, sagte er, setzte seinen Rucksack ab und zog einen Reißverschluss auf.

»Na, dann sind Sie hier schon einmal richtig«, bemerkte Isabel, die diese Begegnung irgendwo zwischen seltsam und amüsant einordnete. Sie deutete auf die Wand hinter sich, an der Hunderte verschiedener Schlüsselrohlinge hingen, deren Schlüsselbart man beliebig in Form schleifen konnte. »Was ist es denn für ein …«, begann sie.

Als der Mann sich aufrichtete und etwas auf den Tresen legte, verstummte sie. Mit weit aufgerissenen Augen verharrte sie einen Moment regungslos. Dann hob sie die Hände vor den Mund und begann zu grinsen. Sie sah in die Augen des Mannes, daraufhin wieder auf den Tresen. Sie konnte sich nicht bremsen und lachte laut auf.

Vor ihr lag ein schmiedeeiserner Schlüssel, so groß wie Isabels Handfläche und dem Aussehen nach mindestens hundert Jahre alt.

Der Mann beobachtete Isabel und schien beharrlich auf ihre Einschätzung zu warten.

Als sie sich endlich beruhigt hatte, griff sie nach dem Schlüssel und wog ihn in der Hand. Er war massiv und etwa so schwer wie ein dickes Buch. »Sie meinen das wirklich ernst, nicht?«, fragte sie erstaunt.

»Ja«, sagte er und nickte.

Isabel überlegte einen Moment. »Es tut mir leid, aber das können wir hier nicht machen. Vermutlich müssten Sie sich damit an einen Schlosser, einen Schmied oder so jemanden wenden.«

»Hm«, machte der Mann und sah Isabel weiterhin erwartungsvoll an. »Also …«

Plötzlich ging die Ladentür auf und André trat herein. Isabels schlaksiger Chef sah müde und gequält aus, als hätte er auf einem Nagelbrett geschlafen.

»Guten Morgen«, begrüßte Isabel ihn freundlich.

Er nickte abwesend, schien die Unfallstelle neben der Tür gar nicht zu bemerken und verschwand wortlos in seinem Büro seitlich des Aufenthaltsraums.

Irritiert sah Isabel ihm nach und drehte sich dann zurück zum Tresen. Der Schlüssel war verschwunden und der Mann trug seinen Rucksack wieder auf dem Rücken.

»Okay«, sagte er kurz angebunden. Sein selbstsicheres Lächeln war einer gewissen Unsicherheit gewichen. »Und ich soll Ihnen wirklich nicht beim Aufräumen helfen?«

Isabel schmunzelte über seine freundliche Hilfsbereitschaft. »Wirklich, es ist okay. Ich mache das schon.«

Der Kunde verharrte noch einige lange Momente, ehe er nickte und sich zum Gehen wandte. »Dann … bis bald«, sagte er und verschwand durch die Tür.

»Ja, gerne«, erwiderte Isabel. Als sie sich ihrer Worte bewusst wurde, griff sie sich mit schmerzverzogener Miene an die Stirn. *Ja, gerne?*

Sie schüttelte den Kopf und atmete laut durch die Nase aus. Dann schmunzelte sie über diese skurrile Begegnung, griff nach dem Handfeger und machte sich daran, das Chaos zu beseitigen. Bevor sie loslegte, zog sie schnell das Handy aus der Tasche, schoss ein Foto vom Ort ihres Missgeschicks und schickte es ihrer besten Freundin Klara.

Isabel: Ein perfekter Start in den Tag. Ich hoffe, du hast bisher mehr Glück! ☺

Es dauerte einige Sekunden, bis Klaras Antwort folgte. Isabel sah, dass sie etwas tippte. Dann erschien ein Foto im Nachrichtenverlauf. Es war in der Boutique aufgenommen, in der Klara arbeitete. Stapelweise Kartons standen im Eingangsbereich. Kurz darauf erschien ein zweites Foto, und Isabel lachte auf, als sie die umgestürzten Kartons darauf sah, aus denen in Folie verpackte Oberteile, Kleider und BHs herauslugten.

Klara: Na bravo, willkommen im Klub. ☺ Ich hab den falschen Karton bewegt und damit die komplette Sommerkollektion in der Boutique verteilt. #StoryOfMyLife. Melde mich später, und hab einen schönen Tag!!

Isabel: Viel Spaß beim Aufräumen ☺ Bis nachher :-*

Schmunzelnd richtete Isabel den Drehständer wieder auf, fegte die Schlüsselanhänger zusammen und versuchte dabei, sich zu erinnern, wann sie zuletzt so unbefangen gelacht hatte wie eben. Sie fühlte sich an ihr altes Leben erinnert – an ihren alten Job, ihre alte Wohnung, an Henning –, und ihr Herz krampfte sich wehmütig zusammen. Wenn sie darüber nachdachte, war Klara die einzige Konstante in ihrem Leben. Abgesehen von ihren Eltern natürlich. Aber die waren nun einmal so, wie sie waren.

»Isabel, kommst du bitte kurz?«, ertönte die Stimme ihres Chefs aus dem Büro.

Sie schob ihre Gedanken beiseite und richtete sich auf. »Ich bin sofort da«, entgegnete sie und wunderte sich über die untypische Morgenbesprechung. Normalerweise ließ sich André in den ersten beiden Stunden gar nicht im Verkaufsraum blicken, er erledigte für sich allein den Papierkram und führte einige Telefonate.

Vermutlich war ihm der umgefallene Drehständer doch nicht entgangen. Oder war es wegen ihres längst überfälligen Urlaubs, der sich seit fast zwei Jahren aufstaute? Isabel wurde übel bei dem Gedanken, mehr Freizeit als nötig zu haben. Sie brauchte keinen Urlaub, wollte ihn nicht, wusste nicht, was sie damit hätte anstellen sollen. Nein, sie war froh über die Beschäftigung. Selbst wenn der Job alles andere als herausfordernd war. Genau so einen hatte sie damals gesucht, nachdem …

»Kommst du?«, rief André ungeduldig.

Isabel gab sich einen Ruck, ging auf das Büro zu und betrat den winzigen Raum, der einer mit einem Schreibtisch ausgestatteten Schuhschachtel glich.

»Wegen des Urlaubs, ich weiß, dass …«, sagte Isabel.

»Das ist es nicht«, unterbrach André sofort. »Also nicht direkt … Bitte setz dich.« Er klappte seinen Laptop zu und legte einige abgegriffene Dokumente darauf.

Isabel ließ sich mit einem unguten Gefühl auf dem Klappstuhl nieder, der zwischen Aktenordnern und Stapeln von Unterlagen stand.

»Ist alles in Ordnung?«, fragte sie.

Andrés Brustkorb hob und senkte sich. Er faltete die Hände über den Schriftstücken und sah Isabel niedergeschlagen an.

Plötzlich spürte sie ein stärker werdendes Pochen hinter ihrer Stirn. Dort, wo die Tür sie getroffen hatte. Warum sah André so erschüttert aus? War ihm irgendetwas passiert?

»Ich mache es kurz, Isabel.« Er schnaufte. »So wie es aussieht, muss ich den Laden schließen.«

Eine drückende Stille erfüllte den Raum, in der nur das dumpfe Gluckern der Heizungsrohre zu hören war.

Sie sah ihren Chef mit großen Augen an.

»Machen wir uns nichts vor«, sagte er. »Die Lage hier oben ist beschissen, und ich habe schon eine Menge Geld verbrannt. Das kann so nicht weitergehen. Leider.«

André deutete auf Isabels pochende Stelle am Kopf, an der sich gerade eine veritable Beule entwickelte.

»Was ist denn da passiert?«

Isabel wusste nicht, wie ihr geschah, und schüttelte abwesend den Kopf. »Ist nicht wichtig.«

»Na gut«, sagte er und legte seine Stirn in Falten. »Jedenfalls läuft in drei Monaten der Mietvertrag für den Laden aus und ich werde ihn aller Voraussicht nach nicht verlängern. Ich kann dir anbieten …«

Die Worte ihres Chefs hallten durch den Raum, doch Isabel nahm sie nicht wahr. Sekundenlang saß sie auf dem Klappstuhl, regungslos, in Gedanken weit fort. Ihr fragiles Gerüst aus Selbstschutz, Ablenkung und Teilnahmslosigkeit drohte in sich zusammenzustürzen. Unvermittelt und ohne Vorwarnung.

»… Wie klingt das?«, beendete André seine Ausführungen.

»Ganz okay«, sagte Isabel mechanisch, stand auf und verließ das Büro. Sie bemerkte erst, dass sie weinte, als sie eine Person, die vor ihr stand, nur schemenhaft wahrnahm. Sie wischte sich die Tränen aus den Augen und erkannte den Mann mit dem großen alten Eisenschlüssel. Er hielt eine Packung tiefgekühlter Erbsen vor sich.

»Ich wollte …«, stammelte er. »Für Ihre Stirn.«

Sie rang sich ein mattes Lächeln ab, ging dann an dem Mann vorbei in die Ladenstraße des Einkaufscenters und durch einen Notausgang an die frische Luft.

Sie fuhr sich schnaufend durchs Haar, lehnte sich gegen das Geländer und starrte in die Ferne. Was hatte das Leben mit ihr vor? Was sollte diese beschissene Odyssee? Sie klammerte sich am Handlauf fest und versuchte krampfhaft, ihre Gefühle zu sortieren. Eigentlich hätte sie am liebsten irgendetwas zerschlagen oder ihren Frust über die verdammten Dächer Berlins hinausgeschrien.

Doch alles, woran sie denken konnte, waren Erbsen.

Kapitel 3

Seit dem gestrigen Tag fühlte sich der Laden noch leerer an, als er ohnehin schon war. Isabel nippte an ihrem Kaffee und drückte ihr Handy gegen das Ohr. André war bisher noch nicht aufgetaucht, also hatte nichts dagegengesprochen, den Anruf ihrer Mutter anzunehmen.

»Aber ... also der Laden schließt komplett?«, fragte Mama Frieda überrascht.

»So sieht es aus, ja.«

»Das ist ja ...« Eine kurze Pause entstand. Isabels Mutter atmete aufgeregt. »Das ist ja wunderbar«, stieß sie schließlich aus.

Isabel verzog das Gesicht, und die Haut über der Beule auf ihrer Stirn spannte. »Mama, was genau ist denn daran *wunderbar*? So viel Wunderbares kann ich daran wirklich nicht erkennen. Weder für André noch für mich noch für irgendjemand anderen.«

Wieder eine kurze Pause.

»Schatz, ich kann es langsam nicht mehr ertragen, wie du dich dort einigelst. Dir zuzusehen, wie du in diesem Laden versauerst, fügt mir seelische Schmerzen zu. Für deinen Chef tut es mir natürlich leid, das stimmt.«

Seelische Schmerzen also, dachte Isabel genervt. Damit kannte sie sich bestens aus.

»Sieh es doch als Chance. Es wird dich vielleicht wieder wachrütteln … nach allem, was du durchgemacht hast.«

Isabel blies die Wangen auf und stieß dann zischend den Atem aus. Nein, den Job zu verlieren war nicht wunderbar. Es war alles andere als wunderbar. Es war sogar ganz beschissen. Sie wollte nicht *wachgerüttelt* werden. Und sie wollte sich auch nicht mit etwas anderem anfreunden. Was sollte sie denn jetzt tun? Als Krankenschwester würde sie keinesfalls wieder arbeiten. Wie sollte sie die Verantwortung für fremde Menschen übernehmen, wenn sie sich nicht einmal um sich selbst kümmern konnte? Nein, sie würde in einer Gärtnerei Unkraut zupfen, als Kartenabreißerin im Kino arbeiten oder sonst irgendetwas tun, bei dem sie keinem Menschen schaden und trotzdem irgendwie über den Tag kommen würde.

Auch ihre Freundin Klara hatte spontan keine aufmunternden Worte gefunden, als sie gestern Abend kurz telefoniert hatten. Sie hatte zwar angeboten, ihren Chef in der Modeboutique zu fragen, ob er nicht eine zweite Verkäuferin brauchen könne. Doch die Chancen dafür waren gering, und letztendlich hatten sie beide beschlossen, erst einmal abzuwarten, was wirklich mit Andrés Laden passierte. Von ihrer seltsamen Begegnung mit dem ungewöhnlichen Kunden gestern hatte Isabel hingegen noch nichts erzählt, obwohl er noch immer in ihren Gedanken herumspukte.

Isabel stellte ihre Tasse auf den Tresen und entdeckte etwas Glänzendes unter einem der Regale im Eingangsbereich. Sie ging darauf zu und hob einen Schlüsselanhänger in Form des Brandenburger Tors auf. Sie lächelte bei dem Gedanken an die gestrige Begegnung mit diesem merkwürdigen Rucksackreisenden. Isabel hängte den Anhänger zu den anderen an den Drehständer und setzte sich wieder hinter den Tresen.

»Hallo? Bist du noch da?«, fragte ihre Mutter.

»Ja. Leider«, antwortete Isabel abwesend. Kurz dachte sie darüber nach, ihrer Mutter von der gestrigen Begegnung zu erzählen, doch sie wusste, ihre Mutter hätte alles völlig missverstanden. Sofort hätte sie wieder mit ihrer Litanei über die Kraft des Lebens und die unverhofften Wendungen des Schicksals angefangen, die es nur in irgendwelchen überteuerten Psychoratgebern, nicht aber im wahren Leben gab.

In diesem Moment nahm sie einen Schatten vor der Tür wahr. Ein Kunde. Er griff nach der Türklinke, verharrte aber davor.

»Mama, da ist jemand, ich …«

Weitere Sekunden vergingen, bis der Mann schließlich den Laden betrat.

Ihre Mutter sagte noch etwas, aber Isabel hörte nicht mehr hin. Das gibts doch nicht, dachte sie. Der Mann trug eine dunkle Stoffhose, ein helles Hemd und sein Gesicht … Seine Wangen waren glatt rasiert und die braunen Locken offenbar frisch geschnitten. Lediglich die dunklen Augen erinnerten noch an den Kunden von gestern.

»Mama, ich muss Schluss machen«, sagte Isabel und ließ das Telefon auf den Tresen sinken.

»Autsch«, sagte der Mann, als er auf Isabel zutrat.

»Hm?«, machte sie ungläubig.

»Ihre Stirn.«

Isabel erhob sich hastig von dem Hocker, auf dem sie saß. Sie bemerkte, wie sie leicht errötete, und betastete ihre Beule. »Es geht schon«, sagte sie möglichst beiläufig. »Und … danke für die Erbsen.« Unruhig trat sie von einem Fuß auf den anderen. Was wollte er denn noch einmal hier? Seine Nähe fühlte sich seltsam an. Auf eine sonderbare Weise vertraut und doch vollkommen fremd.

»Aber ich kann Ihnen mit dem Schlüssel wirklich nicht weiterhelfen, also …« Sie verstummte, als er ein altes Paar Wanderstiefel hochhielt, das er in der Hand trug.

»Ich wollte eigentlich … Sie reparieren doch auch Schuhe?«, fragte der Mann zögerlich.

In diesem Moment flog die Eingangstür auf und André kam herein. »Ganz genau, wir reparieren auch Schuhe. Zeigen Sie mal her«, sagte Isabels Chef, legte einen Stoffbeutel auf dem Tresen ab und griff nach den Wanderstiefeln.

Isabel sah ihm verdutzt dabei zu.

»Ah ja. Die Sohlen sind ziemlich abgenutzt und auf einer Seite sogar brüchig geworden. Was haben Sie denn damit angestellt?«, fragte André nach einer kurzen Inspektion.

Der Kunde sah ihn amüsiert an. »Ich bin damit gelaufen«, antwortete er und Isabel musste sich ein Grinsen verkneifen.

»Verstehe«, erwiderte André irritiert. »Wann brauchen Sie die Stiefel zurück?«

»Ginge es noch heute?«

»Es ginge sogar in einer Stunde.« André deutete auf ein Blechschild neben dem Tresen, auf dem die Dienstleistungen des Ladens aufgelistet waren.

Der Mann schien einen Moment lang zu überlegen und nickte schließlich. »Perfekt.«

Erleichtert atmete Isabel auf. Dann war das also geklärt und er würde gleich wieder verschwinden. Irgendwie war ihr das Ganze mittlerweile etwas unangenehm. Besonders jetzt, in Anwesenheit ihres Chefs.

»Okay«, sagte sie zusammenfassend.

»Dann hätte ich aber noch eine Bitte«, fuhr der Mann fort und Isabels Brust schnürte sich zu.

André hob gespannt den Kopf.

»Dummerweise bin ich für das da verantwortlich.« Er deutete auf Isabels Stirn.

»Autsch«, sagte André, als wäre ihm ihre Beule bisher noch gar nicht aufgefallen, was durchaus möglich war.

»Wenn es okay für Sie wäre, würde ich Frau …«, er blickte kurz auf das Namensschild auf Isabels Schürze, »… würde ich *Isabel* gerne als Wiedergutmachung zum Mittagessen einladen.«

Sie schreckte auf, als sie ihren Namen hörte.

»Ginge das?«, hakte er sofort nach.

André kratzte sich am vorgeschobenen Kinn, als betrachte er einen abstrakten Picasso. Obwohl er in Anbetracht seiner aktuellen Lage sicher andere Sorgen hatte.

»Ja, ich denke schon«, sagte er schließlich.

»Also nur, falls Isabel überhaupt Lust dazu hat«, sagte der Mann, an sie gewandt. »Was ich sehr hoffe.« Sein Lächeln war entwaffnend.

Isabel wollte etwas erwidern, doch André kam ihr zuvor, nachdem er einen kurzen Blick auf seine Uhr geworfen hatte.

»Es wäre sowieso bald Mittagspause.«

Isabel sah irritiert zwischen André und dem Kunden hin und her. Sie wollte widersprechen, doch stattdessen hörte sie sich »Ich, äh … okay« sagen. Im nächsten Moment streifte sie sich schon ihre Schürze ab und trat hinter dem Tresen hervor.

Sie verließen den Laden, gingen die Ladenstraße entlang und fuhren mit der Rolltreppe ins Erdgeschoss. Innerlich schüttelte Isabel den Kopf über sich selbst. Sie hätte einfach Nein sagen, sich nach hinten in den Aufenthaltsraum verziehen und in ihr Sandwich beißen sollen. Doch jetzt ging sie schweigend neben dem Fremden auf den Haupteingang des Kaufhauses zu und suchte verlegen nach einem Gesprächseinstieg.

»Was war das für ein Schlüssel, den Sie gestern dabeihatten?«, fragte sie schließlich, als die beiden nach draußen an die frische Luft traten.

»Das erzähle ich Ihnen vielleicht später.«

Isabel war überrascht über die prompte Abfuhr. Andererseits fand sie es auch irgendwie charmant, dass er sich etwas geheimnisvoll zu geben schien.

»Aber wie wäre es, wenn wir uns duzen? Ich heiße Alfred.«
Sie nickte.

»Isabel. Aber das wissen Sie … weißt du ja bereits.«
Er lächelte.

»Gut, Isabel. Wo wollen wir hin? Du kennst dich hier sicher aus.«

Sie überlegte. Normalerweise nahm sie sich entweder ein Brot mit zur Arbeit oder besorgte sich etwas in einem nahe gelegenen Café. Sie wollte keine große Sache aus dem Mittagessen machen, also schlug sie das Café vor, und sie schlenderten los.

»Arbeitest du gerne in dem Laden?«

»Ich weiß nicht so recht. Vielleicht. Ich habe mir bisher nicht viele Gedanken darüber gemacht«, sagte sie ehrlich.

Alfred nickte.

»Und du, wo kommst du her, und wie kam es zu dieser …«, Isabel machte eine elliptische Handbewegung, um sein verändertes Erscheinungsbild anzudeuten, »… dieser Verwandlung?«

Sie betraten die offene Terrasse des Cafés und setzten sich. Alfred erzählte, er sei fünf Monate lang mit dem Zug durch Russland gereist und habe zugegebenermaßen nicht viel Zeit mit Körperpflege verbracht. Seine ehrliche Art brachte Isabel zum Schmunzeln und sein Reiseziel imponierte ihr. Bisher hatte sie noch nie jemanden kennengelernt, der sich für Russland interessiert und dann gleich für so lange Zeit das Land bereist hatte, lediglich mit einem großen Rucksack als Gepäck. Gleichzeitig wunderte sie sich, was er wohl für ein Leben führte, dass er so viel Zeit zum Reisen hatte.

Alfred ließ Isabel zwischen den Themen ausreichend Zeit, um selbst darüber entscheiden zu können, ob sie etwas über sich erzählen wollte. Sie entschied sich vorerst dagegen und erfuhr stattdessen, wie er bei einheimischen Bauern gewohnt und bei der Arbeit auf Höfen geholfen hatte. Wie er tagelang zu Fuß unterwegs gewesen war, ohne jemandem zu begegnen, und wie befreiend es manchmal für die Gedanken war, etwas völlig Ungewohntes zu tun. Immer wieder entstanden kurze Gesprächspausen, die für Isabel jedoch nicht unangenehm, sondern eher aufrichtig und wohltuend waren.

Nach einem belegten Croissant und einem großen Cappuccino bestand Alfred darauf, die Rechnung zu übernehmen. »Das ist das Mindeste«, versicherte er und Isabel nahm die Einladung dankend an.

Anschließend verließen sie das Café und spazierten zurück in Richtung Einkaufscenter.

»Und, was hast du jetzt vor?«, fragte Isabel. »Ich meine, kommst du aus Berlin?«

»Nein. Ursprünglich komme ich aus der Nähe von Köln. Aber meine nächste Station ist Mallorca. Nach dem kalten Winter in Russland brauche ich ein bisschen Sonne.«

Sie lächelten sich flüchtig zu.

»Das kann ich mir gut vorstellen. Also verlängerst du deinen Urlaub?«

Isabel bemerkte, wie er sie lange ansah, als sie auf der Rolltreppe nach oben fuhren.

»Nein, ich bin zum Arbeiten dort. Die Zitronenernte wartet. Eigentlich bin ich schon viel zu spät dran.«

»Das klingt … toll«, murmelte Isabel beeindruckt.

»Warst du schon einmal auf Mallorca?«

Sie schüttelte den Kopf.

Alfred lächelte. »Es gibt keinen schöneren Ort auf der Welt als im Schatten eines Zitronenbaums. Du müsstest den Duft riechen. Und das Rascheln der Blätter hören, wenn ein leichter Wind geht …«

Sie hatte sofort ein Bild vor Augen.

Vor dem Eingang zum Einkaufscenter blieb Alfred stehen und Isabel tat es ihm gleich.

»Ich muss dir ein Geständnis machen«, sagte er und ein Kloß bildete sich in Isabels Hals.

»Ein Geständnis?«, fragte sie irritiert. Was kam denn jetzt? Konnten sie es nicht bei dem netten Mittagessen belassen? »Ich, also ... Ich denke, wir sollten ...«

»Ich habe gestern Teile des Gesprächs mit deinem Chef mitbekommen«, sagte Alfred und senkte leicht den Kopf. »Ich wollte sicher nicht lauschen, es war nur wegen der Erbsen ...«

Isabel atmete erleichtert auf. Sie musste sogar etwas über sich selbst schmunzeln. Was hatte sie denn auch erwartet?

»Jedenfalls tut es mir leid für dich. Wegen des Jobs und überhaupt.«

»Danke«, sagte sie leise. »Das ist sehr aufmerksam.«

Alfred lächelte matt und nickte. »Jedenfalls ...«, begann er zögerlich. »Auf Mallorca, auf der Plantage ...«

Isabel sah ihn erwartungsvoll an.

»Es soll nicht aufdringlich sein. Aber dort wird immer eine helfende Hand gebraucht. Die Arbeit macht Spaß, und es ist definitiv eine Reise wert. Egal für wie lange.«

Isabel stand wie angewurzelt da. Weder wusste sie, was sie dazu sagen, noch was sie davon halten sollte. Hatte dieser Fremde ihr gerade einen Job als Erntehelferin auf Mallorca angeboten? Auf einer Zitronenplantage?

»Alfred, das ist wirklich ...« Ja, wie war es denn eigentlich? »... nett«, sagte sie schließlich. »Aber das geht mir alles etwas zu schnell.«

Er nickte.

»Ich weiß noch nicht einmal, ob mein Chef den Laden wirklich schließt und überhaupt ...«

»Es ist völlig okay«, unterbrach er sie lächelnd. »Du kennst mich nicht. Ich werfe dir eine Tür ins Gesicht, stehe auf einmal mit Erbsen da, lade dich zum Mittagessen ein und schlage dir vor, auf einer Plantage auf Mallorca zu arbeiten.« Er überlegte und kratzte sich am Hinterkopf. »Wenn man das so zusammenfasst, ist es tatsächlich irgendwie … skurril.«

Isabel unterdrückte ein Kichern. Dann lachten sie beide. Es löste die Anspannung des Moments umgehend auf.

»Ja«, sagte sie, um ihre Fassung bemüht. »Ja, das ist skurril.«

»Okay, tut mir leid«, lenkte Alfred ein. »Ich wollte nicht … Ich glaube, wir sollten …«

Isabel nickte schmunzelnd. Sie hatten die Rolltreppe hinter sich gelassen und gingen die Ladenstraße entlang.

»Danke, trotzdem«, sagte Isabel und betrat als Erste den Laden.

André befreite gerade einen von Alfreds Schuhen aus einer Halterung und stellte das Paar auf den Tresen. »Perfektes Timing. Kümmerst du dich bitte darum?«, sagte er zu Isabel.

Sie ging auf den Tresen zu und steckte die Schuhe in eine feste Papiertüte.

André verschwand in seinem Büro und schloss die Tür.

»Das macht sechzehn Euro.«

Alfred reichte Isabel das Geld und griff nach der Tüte. »Danke«, sagte er und sah ihr dabei forschend in die Augen.

Isabels Herz setzte einen Schlag aus.

»Es war skurril. Aber es hat mich sehr gefreut.«

Sie lächelte verlegen. Ihr Hals war zu trocken, um etwas zu erwidern.

»Na dann«, sagte Alfred, ging zum Ausgang und drehte sich noch einmal herum. »Ich hoffe, wir sehen uns irgendwann wieder.« Im nächsten Moment war er durch die Tür verschwunden.

Isabel atmete hörbar auf. Die Anspannung in ihrem Körper löste sich. Sie blickte Alfred einen Moment lang nach, dann sank sie auf den Hocker hinter der Theke. Reiß dich zusammen, ermahnte sie sich selbst. Als ihr Blick schließlich wieder auf den Tresen fiel, traute sie ihren Augen nicht.

Dort lag der schmiedeeiserne Schlüssel.

Zusammen mit einem kleinen Zettel.

KAPITEL 4

Der Vibrationsalarm ihres Handys auf dem Nachttisch riss Isabel aus dem Schlaf. Sie zuckte zusammen und zog sich die Bettdecke über den Kopf. Die Daunen schluckten nur einen Teil des Lärms, doch irgendwann verstummte das Handy, und Isabel atmete erleichtert auf.

Es würde ein verdammt langer Tag werden, dessen war sie sich sicher. Und sie würde jede Minute davon im Bett verbringen, bis endlich alles vorüber war. Es war jener Tag im Jahr, an dem sie mit jeder Faser ihres Körpers spürte, dass sie allein war, dass sie einen Fehler gemacht hatte, den sie sich nie verzeihen würde. Er hatte aussteigen und mit ihr am Boden bleiben wollen, doch sie hatte ihn dazu überredet, in diesen Ballon zu steigen und mitzufliegen. Es war der Tag, an dem Henning vor drei Jahren gestorben war.

Seitdem war nicht mehr viel von ihrem damaligen Leben übrig. Nach einer Phase der Trauer und Depression hatte Isabel die meisten Verbindungen gekappt. Freunde, Familie, Job, Wohnung. Alles hatte sich verändert. Sie hatte in ihrem Selbstmitleid baden wollen, bis sie darin ertrank. Bis all das vergessen war. Doch auch heute, drei Jahre später, hatte sich nichts geändert, nichts verbessert. Die Tage vergingen nur schleppend, mit wenigen Ausnahmen, so wie vor einigen Tagen, als dieser eigenartige Mann im Laden aufgetaucht war. Alfred.

Isabel schlug die Decke zurück und rieb sich die müden Augen. Als die Türklingel im Flur schellte, erschrak sie. Seufzend vergrub sie sich wieder unter der Bettdecke, sie hatte keine Lust auf den Paketboten oder wer auch immer da störte. Es klingelte erneut. Isabel drückte sich die Bettdecke auf die Ohren. Besser, dachte sie. Dann schellte es wieder. Und wieder. Eine kurze Pause. Danach noch einmal.

Genervt warf sie die Bettdecke zurück, stand auf und stapfte zum Fenster. Niemand war unten am Hauseingang zu sehen.

Es klingelte erneut. Diesmal etwas länger.

Isabel raufte sich die Haare. Dann streifte sie sich ihren Bademantel über, stieg in ihre Pantoffeln und schlurfte verärgert zur Tür. Die Wohnung hatte keine Gegensprechanlage, also konnte sie den Störenfried nicht abwimmeln, sondern musste ihn entweder hereinlassen oder das Ganze aussitzen.

Ein weiteres Klingeln nahm ihr die Entscheidung ab. Sie drückte den Türöffner und ein Klacken ertönte durchs Treppenhaus, gefolgt von Schritten auf den knarzenden Stufen.

Na warte, dachte sie, als sie die Wohnungstür öffnete, die Ärmel ihres Bademantels etwas zurückschob und sich eine Schimpftirade zurechtlegte.

Die Schritte kamen näher, bis eine schlanke Gestalt im Treppenhaus erschien.

»Mama?«, stieß Isabel ungläubig aus. »Was machst du denn hier?«

Ihre Mutter zuckte mit den Schultern und zeigte ein mattes Lächeln. Sie trug eine dunkle Jeans und einen grauen Wollpullover. Ihre dichten Haare waren zu einem Pferdeschwanz gebunden. »Ich war ganz zufällig in der Gegend«, keuchte sie außer Atem und umarmte Isabel fest. »Wie gehts dir?«

»Ganz zufällig …«, sagte Isabel fassungslos, ehe sie sich an ihre Mutter schmiegte. Sie war zu Tränen gerührt. »Ich bin okay«, murmelte sie dann und rieb sich die Augen, bevor sie die Umarmung löste.

Frieda strich ihr sanft über die Wange. »Komm, wir gehen rein. Ich habe uns etwas zur Aufheiterung mitgebracht.« Ein verdächtiges Klirren drang aus ihrer Jutetragetasche.

Isabel schluchzte und lachte dabei kopfschüttelnd auf. Eigentlich hatte sie sich im Bett vergraben und niemanden hören oder sehen wollen. Doch ihre Mutter bei sich zu haben, das tat gerade verdammt gut.

»Schön, dass du da bist«, sagte sie und nahm ihr den Mantel ab.

Frieda betrat die kleine Wohnung und stellte zwei Flaschen Sekt auf die Küchenzeile, die sich direkt hinter dem kurzen Flur der winzigen Eineinhalbzimmerwohnung befand.

»Es ist neun Uhr morgens«, bemerkte Isabel irritiert.

Frieda nickte. »Ganz genau«, entgegnete sie gut gelaunt. »Das soll uns aber heute mal egal sein. Außerdem habe ich auch Croissants dabei. Dann ist es wie Frühstück.« Sie zog eine knisternde Bäckereitüte aus der Tasche und wedelte damit in der Luft herum.

Erneut schüttelte Isabel lächelnd den Kopf. Dann nahm sie zwei Teller aus dem Regal, klappte den kleinen Tisch von der Wand und rückte die beiden Stühle zurecht. Frieda entkorkte die erste Flasche und schenkte zwei Gläser ein. Dann setzten sie sich und stießen an.

»Danke. Dafür, dass du da bist, meine ich. Gerade eben wollte ich denjenigen noch in der Luft zerreißen, der mich so penetrant aus dem Bett geklingelt hat.«

Frieda lächelte und hob ihr Glas. »Auf Henning«, sagte sie.

»Ja«, erwiderte Isabel mit einem Kloß im Hals.

Sie tranken einen Schluck und der kühle Sekt entfaltete in ihrem Mund sein süßes, prickelndes Aroma. O Gott, sie hatte noch nicht einmal die Zähne geputzt, saß hier im Bademantel mit zerzausten Haaren und trank Sekt zum Frühstück. Schnell biss sie in eines der Croissants, um das armselige Bild und den Geschmack des Alkohols etwas abzumildern.

»Drei Jahre ist es jetzt schon her«, stellte Frieda nüchtern fest.

»Ja«, sagte Isabel leise. »Drei beschissene Jahre.«

»Hm, hm«, machte ihre Mutter. »Aber meinst du nicht, es wäre langsam an der Zeit ... ich meine ...«

Der zweite Schluck schmeckte schon deutlich angenehmer.

»... mal wieder nach vorne zu blicken?«, beendete Frieda ihren Satz.

»Mama, ich glaube, das ist mir noch etwas früh für so ein Gespräch. Ich bin eben erst aufgestanden, wie du dir vielleicht denken kannst.« Sie deutete auf ihr Outfit.

Frieda nickte. »Ich meine ja nur.«

»Wie gehts Papa?«

Isabels Mutter biss ebenfalls in ein Croissant und erzählte mit vollem Mund von ihrem Mann. »Ach, Papa musste heute Morgen schon um fünf Uhr los. Eine Stute vom Gerlacher-Hof hatte Probleme bei der Geburt. Du weißt ja, wie das ist. Aber er lässt dich lieb grüßen und wird sich sicher nachher auch noch bei dir melden.«

Seit Isabel denken konnte, hatte sich ihr Vater aufopfernd um jedes Tier im Umkreis von fünfzig Kilometern gekümmert. Er liebte seinen Beruf, war Tierarzt aus Leidenschaft und ohne Kompromisse. Isabels Eltern lebten auf einem kleinen Hof im Mecklenburger Großseenland nördlich von Berlin und waren nur selten in der Stadt. Sie mochten den Trubel nicht und hatten nie verstanden, was Isabel daran fand. Wenn sie ehrlich war, wusste sie das mittlerweile selbst nicht mehr, doch sie hatte aufgehört, darüber nachzudenken.

»Erzähl mir noch mal von deiner Arbeit. Du hast mich ja am Telefon abgewürgt«, bat Frieda. »Hab ich das richtig verstanden? Macht der Laden wirklich zu?«

»Das weiß ich nicht so genau. André meinte, er versucht noch einmal, mit der Leitung des Einkaufscenters wegen eines anderen Standorts zu sprechen, aber ich glaube nicht, dass das etwas bringen wird.«

Isabels Mutter griff nach ihrem Sektglas und stand auf. Sie war es gewohnt, immer in Bewegung zu sein.

»Und … weißt du schon, was du dann machen wirst?«

Isabel schüttelte stumm den Kopf.

Ihre Mutter stellte ihr Glas auf der kleinen Kommode neben der Schlafzimmertür ab. Ihr Blick fiel auf den einzigen Gegenstand in der gesamten Wohnung, der einfach nicht hierherpassen wollte. Sie griff nach dem schmiedeeisernen Schlüssel und betrachtete ihn ausgiebig.

»Was hat es denn damit auf sich?«, fragte sie neugierig.

Isabel verzog das Gesicht. »Ach nichts«, wich sie aus. »Den hat jemand im Laden vergessen.«

Frieda nickte nachdenklich. Dann legte sie den Schlüssel wieder auf die Kommode.

»Schatz, ich hoffe, du weißt, dass du jederzeit zu uns auf den Hof kommen kannst. Du könntest Papa mit der Praxis helfen, ein bisschen den Kopf frei kriegen …«

»Danke, Mama«, unterbrach Isabel sie vorsichtig. »Aber ich glaube, du weißt selbst, dass das keine besonders gute Idee ist.«

»Dein Vater ist schon viel ruhiger geworden und lässt sich sogar ab und zu etwas sagen«, meinte Frieda mit einem Augenzwinkern.

Isabel lächelte halbherzig.

»Schatz, ich verstehe das ja. Aber überleg es dir noch einmal. Das kann doch so nicht weitergehen.« Sie ließ den Blick durch die kleine Wohnung mit der Bettnische schweifen. »So viele Optionen gibt es ja nicht, oder?« Isabel verschluckte sich fast am Sekt. Hatte ihre Mutter das gerade wirklich gesagt? Und hatte sie abfällig auf die zugegebenermaßen spartanisch eingerichtete Wohnung geblickt? In ihr brodelte es. »Also, so war das nicht …«

»Vielleicht gibt es ja doch etwas«, platzte es dann aus Isabel heraus.

Der Blick ihrer Mutter wurde sanft, und sie neigte interessiert den Kopf zur Seite. »So?«

Frieda schien bemerkt zu haben, dass Isabel an ihr vorbeisah, und sie folgte der Blickrichtung. »Ah«, machte sie und griff erneut nach dem alten Schlüssel. »Ich verstehe. Es hat also hiermit zu tun.«

Sofort bereute Isabel, was sie gesagt hatte, sah sich kurz um und griff nach ihrem Sektglas.

»Isabel Mai. Muss ich dir jedes Wort aus der Nase ziehen?« Frieda stemmte die Hände in die Hüften und sah ihre Tochter streng an, was jedoch nicht besonders autoritär wirkte. »Was hat es mit diesem Schlüssel auf sich?«

Eine halbe Flasche Sekt später hatte Isabel sich schließlich breitschlagen lassen und ihrer Mutter von der Begegnung mit dem seltsamen Kunden namens Alfred erzählt. Als sie dann noch den kleinen Zettel aus der Küchenschublade zog, den er ihr zusammen mit dem Schlüssel hinterlassen hatte, kam Frieda gar nicht mehr aus dem Grinsen heraus.

»Ich hoffe, wir sehen uns zwischen den Zitronen« stand darauf, zusammen mit einer groben Wegbeschreibung.

»Schatz, das Ganze hört sich seltsam, bemerkenswert und absolut fantastisch an. Also, wenn du mich fragst, was du natürlich nicht tun wirst, ich weiß … dann solltest du dir das ernsthaft überlegen.«

Isabel ließ den letzten Schluck Sekt in ihrem Glas kreisen und sah dabei zu, wie die Bläschen darin gegen den Rand schwappten.

»Du weißt, ich respektiere deine Trauer und bin immer für dich da.« Frieda beugte sich weiter zu Isabel vor und fuhr in eindringlichem Ton fort: »Aber du lebst. Du bist hier und hast dein Leben noch vor dir. Und vielleicht ist dieser Schlüssel der erste Schritt.«

* * *

Am späten Nachmittag stand Isabel am Fenster und sah ihrer Mutter nach, die gerade in ein Taxi gestiegen war. Mit einem Lächeln im Gesicht dachte sie an ihren Vater, der sich nach der Fohlengeburt per Telefon zu dem Familientreffen zugeschaltet hatte. Die drei hatten sich einige alte Geschichten erzählt, an die ihr Vater so gerne dachte, und dabei die zweite Flasche Sekt getrunken. Es war ein unverhofft schöner Tag gewesen, den Mama Frieda und Isabel mit einem indischen Essen vom Lieferdienst hatten ausklingen lassen.

Nach den anfänglichen zähen Gesprächen über Isabels Job und ihre Zukunft hatte Frieda das Thema glücklicherweise beiseitegeschoben, und stattdessen hatten sie sich fröhlicheren Themen gewidmet, wie der Skandinavien-Kreuzfahrt, die Frieda ihrem Mann zum fünfunddreißigsten Hochzeitstag schenken wollte.

Zusammen hatten sich Mutter und Tochter die verschiedenen Angebote angesehen und sich für die beliebte Hurtigruten-Fahrt der alten Postschiffe entschieden, die als eine der schönsten Seereisen der Welt galt. Dass die Reise trotz der vielen Tiere auf dem Hof jemals stattfinden würde, bezweifelte Frieda zwar, doch die Planung bot eine willkommene Abwechslung, der sich auch Isabel begeistert widmete.

Nun jedoch stiegen ihr Tränen in die Augen, als ihre Gedanken um das kreisten, was ihre Mutter über Isabels Leben und ihre Perspektiven gesagt hatte.

»Du hast Henning geliebt, das weiß ich. Aber er hätte sicher nicht gewollt, dass du alles hinschmeißt und dein Leben teilnahmslos an dir vorbeiziehen lässt.«

Vermutlich hatte ihre Mutter sogar recht damit. Und dennoch bohrte sich der Gedanke wie ein glühender Stachel in ihr Herz.

»Henning«, flüsterte sie in die Stille hinein. Sie musste ihn loslassen, musste endlich lernen, mit dem ständigen Gefühl der Schuld umzugehen. Hätte sie doch bloß …

»Schluss damit«, ermahnte sie sich schließlich und begann, die Essensreste in eine Schüssel zu geben und das Geschirr abzuspülen. Als sie fertig war, stand die Abendsonne über den Dächern Berlins. Nur noch wenige Minuten, dann wäre sie verschwunden. Isabel würde sich wieder in ihrem Bett verkriechen, auf den Morgen warten und hoffen, dass der nächste Tag irgendwie vorüberging.

Sie sah auf ihr Handy, auf dem einige Nachrichten aufleuchteten. Drei davon waren von Klara. Isabel hatte ihr geschrieben, dass ihre Mutter unverhofft aufgetaucht war, ansonsten hätte sie sicher schon längst angerufen. Sie lächelte sanft. Einen Moment lang dachte sie an die gestrige Begegnung im Laden, von der sie Klara noch gar nichts erzählt hatte. Sie zögerte einen Moment und sah nach draußen in die Abendsonne. Dann wählte sie Klaras Nummer.

»Na, du, wie gehts?«, meldete sich Klara ohne Umschweife.

»Ganz okay. Und dir?«

»Ich bin heute nicht wichtig«, widersprach Klara.

»Wenn du wüsstest …«

»Hm«, machte Klara beschwichtigend. »Hattest du ein bisschen Qualitytime mit deiner Mama? Voll schön, dass sie da war.«

»Ja, es war wirklich schön«, gab Isabel zu. »Sehr schön.« Sie konnte Klaras staunende Blicke förmlich vor sich sehen und grinste bei der Vorstellung. »Schon seltsam ...« Sie räusperte sich kurz. »Apropos seltsam ... Es ist da in den letzten Tagen etwas passiert, von dem ich dir auch schon längst erzählen wollte ...«

Eine kurze Gesprächspause trat ein, die Isabel dazu nutzte, nervös auf und ab zu gehen.

»Also, was ist es?«, drängte Klara, »ich scharre schon mit den Hufen. Erzähl endlich!«

Isabel holte tief Luft, bevor sie von der ereignisreichen Begegnung mit Alfred, der Tüte Tiefkühlerbsen, dem angenehmen Mittagessen und schließlich dem Schlüssel samt der Nachricht erzählte, die sie auf dem Ladentresen vorgefunden hatte.

Klara zeigte währenddessen keine einzige Reaktion.

Als Isabel fertig war, sah sie in den Spiegel im Flur und stellte fest, dass sie unerwarteterweise lächelte. Irritiert fuhr sie sich durchs Haar und verzog peinlich berührt den Mund. »Bist du noch da?«

Ein Rascheln ertönte in der Leitung.

»Ob ich noch da bin, fragst du?« Klara schnaubte. »Ich bin hier gerade fast vom Stuhl gefallen! Sag, veräppelst du mich, oder hat das wirklich so stattgefunden?«

Isabel machte ein Foto von dem Schlüssel und der Nachricht und schickte es ihrer Freundin.

»Ich meinte das eigentlich als rhetorische ... egal. Da ist tatsächlich der Schlüssel«, stellte sie erstaunt fest. »Und nun?«

»Nichts. Ich meine ...«

»Wie? Nichts?«

»Was hat denn deine Mama gesagt?«

»Das ist unfair«, stieß Isabel lächelnd aus. »Du weißt genau, was sie gesagt hat!«

Klara lachte. »Und genauso weißt du, was ich sage, oder?«

Isabel schloss die Augen und atmete leise aus. »Ich denke schon.«

»Na bitte, dann brauche ich es ja gar nicht auszusprechen«, sagte Klara lachend. »Und deshalb werde ich es auch nicht tun. Weißt du was? Ich könnte vorbeikommen und wir könnten *nicht* darüber sprechen. Und anschließend triffst du *keine* Entscheidung. Was meinst du?«

Isabel grinste. »Das ist wirklich lieb … aber der Tag war anstrengend. Heute Morgen dachte ich noch, ich schaffe es gar nicht aus dem Bett.«

»Ist doch kein Problem.«

»Wie wäre es morgen? Mittagessen?«

»Falls du jetzt nicht nur noch mit gut aussehenden Reisenden speist«, erwiderte Klara und gluckste.

Isabel lächelte verlegen. »Du bist wirklich bescheuert. Also abgemacht?«

»Abgemacht.«

Nachdem Klara aufgelegt hatte, starrte Isabel noch einen Moment lang nachdenklich aus dem Fenster. Als sie sich schließlich herumdrehte, fiel ihr Blick auf den Schlüssel auf der Kommode. Versonnen griff sie danach und begutachtete ihn erneut von allen Seiten. Sie versuchte, sich auszumalen, zu was für einer Tür dieser Schlüssel passen mochte. Vor ihrem inneren Auge sah sie ein altes Herrenhaus, von blühenden Ranken überwuchert, mit einer Natursteinfassade, welche die Wärme des Tages speicherte. Sie dachte noch einmal an das Treffen mit Alfred. Daran, dass er auf sie gewirkt hatte, als sei er auf der

Suche nach etwas ... oder jemandem. Aus seinen Augen hatte diese Ehrlichkeit gesprochen, die Isabel nur selten sah.

Wenn sich eine Tür schloss, dann öffnete sich eine andere, hieß es. Die Tür von Andrés Laden würde sich allem Anschein nach in greifbarer Zukunft schließen. War es dieser Schlüssel in ihrer Hand, der stattdessen eine andere Tür für sie öffnen würde? Isabel schob alle anderen Gedanken fort und ließ dieses Bild auf sich wirken. Ein Gefühl stieg in ihr auf. Nein, es war viel mehr ein Geschmack, den sie intensiv spürte. Unwillkürlich leckte sie sich die Lippen. Da war es wieder. Es war der Geschmack von Zitronen.

KAPITEL 5

Die groben Steine des Pfades knirschten unter den neuen Gummisohlen, als Alfred das Holzgatter hinter sich schloss. Seine Stirn glänzte vor Anstrengung und der Rucksack drückte schwer auf seinen Rücken. Nur noch wenige Hundert Meter, bis er ihn absetzen und sich einen Moment im Schatten ausruhen konnte, bevor auch schon eine Menge Arbeit auf ihn wartete.

Es fühlte sich erstaunlich gut an, wieder hier zu sein, nach den langen kalten Monaten in Russland. Alfred genoss die wärmende Sonne, das Zwitschern der Vögel, das Rascheln der Blätter im Wind und den Duft der Zitronen, der ihm entgegenwehte. Dieser Ort in Mallorcas Bergen war einfach wundervoll. Und er wünschte sich, seine Erinnerungen daran wären ausschließlich ebenso traumhaft. Doch unter all den schönen Momenten hatte es für ihn dabei auch verdammt schmerzhafte gegeben. Es waren Erinnerungen, mit denen er nun seit vier Jahren kämpfte und vor denen er erfolglos zu flüchten versucht hatte, indem er lange Reisen unternahm.

Dieses Mal war es allerdings anders. Zu all den trüben Gedanken gesellte sich jetzt eine tiefe Dankbarkeit und Erleichterung, wieder hier zu sein. Zum ersten Mal seit langer Zeit spürte er neuen Tatendrang in sich aufkeimen, er freute sich auf die Arbeit, darauf, etwas zu tun, was ihm einmal so viel Freude bereitet hatte, und darauf, das alles wieder neu für sich zu entdecken.

Mit festem Schritt ging er den Weg hinauf zur Plantage und blieb vor dem Haupthaus stehen, als sich knarzend die Eingangstür öffnete.

»Alfred?«, rief der kernige Mann in grüner Latzhose staunend aus und rieb sich fassungslos die Augen.

Wie sehr hatte Alfred diesen Anblick vermisst. »Hallo, Papa«, sagte er und ging langsam auf seinen Vater zu. Die beiden standen sich gegenüber und sahen sich tief in die Augen. Dann lächelten sie und drückten sich lange und innig.

»Du wirst ja immer grauer«, scherzte Alfred und strich seinem Vater über die verstrubbelten Haare. Es lagen Liebe und Zuneigung in seinem Blick, und er war unendlich froh, wieder zu Hause zu sein.

»Du ...«, sagte Claus mit erhobenem Zeigefinger und lachte. »Ich schicke dich gleich wieder nach Russland ... oder wo auch immer du gerade herkommst.« Dann umfasste er Alfreds Hals spielerisch mit beiden Händen, bevor er ihn wieder zu sich zog und seine Stirn an Alfreds legte. »Gut, dass du da bist, mein Junge. Die Zitronen brauchen dich.«

Alfred grinste. Sein Vater liebte den Zitronenhain über alles, und er wusste mittlerweile von jedem einzelnen Baum, welche Zuwendung er brauchte.

»Setz dich auf die Terrasse, ich hole uns etwas zu trinken«, sagte Claus und verschwand in Richtung Küche.

Alfred betrat ebenfalls das Haus und setzte seinen schweren Rucksack ab. Alles war an seinem gewohnten Platz. Nichts hatte sich verändert. Er ging durch den Flur ins Wohnzimmer, öffnete die große Schiebetür und trat hinaus auf die Terrasse mit Blick auf das Tal voller Zitronenbäume. Für einen Moment schloss er die Augen, atmete tief ein und aus. Erst jetzt realisierte er, wie sehr er diese Idylle vermisst hatte.

Sein Vater kam fröhlich pfeifend aus dem Haus, in der einen Hand zwei Gläser, in der anderen eine Karaffe. Die beiden setzten sich an einen langen Holztisch, und Claus goss zwei Gläser Limonade ein, in der einige Zitronenscheiben schwammen. Eiswürfel klirrten in der Karaffe und ließen Alfred das Wasser im Mund zusammenlaufen. Gierig trank er das Glas aus und schenkte sich sofort nach.

»Gott, tut das gut«, sagte er und lachte.

»So etwas gibts in Russland nicht, was?«, scherzte sein Vater.

»Noch nicht«, erwiderte Alfred augenzwinkernd.

Claus lehnte sich behaglich zurück und atmete tief durch. »Wie gehts dir, mein Sohn? Du warst lange weg.«

»Zu lange, wie ich feststelle«, antwortete Alfred und ließ gedankenverloren den Blick über das Tal schweifen. »Ich bin etwas erschöpft, aber die Reise war … besser als erhofft«, sagte er unbestimmt.

»Hast du gefunden, wonach du gesucht hast?«

»Ich glaube schon. Zumindest habe ich etwas verarbeitet, was ich lange Zeit als Last mit mir herumgetragen habe.«

»Hm«, machte Claus, der genau wusste, wann sein Sohn in Stimmung fürs Erzählen war und wann nicht.

»Ist Olivia da?«

»Nein, sie ist seit ein paar Tagen auf dem Festland, hat Termine mit einigen Großhändlern. Meint, wir müssten den Absatz steigern.«

Alfred war aus mehreren Gründen erleichtert, versuchte es sich jedoch nicht anmerken zu lassen.

»Heute ist aber sowieso niemand hier.«

Alfred zog erstaunt die Stirn kraus.

»Es ist der Erste Mai. Tag der Arbeit. Alle haben frei und sind wahrscheinlich jetzt schon blau, zumindest Hector und Nael.« Claus schmunzelte.

»Oh, ach so«, murmelte Alfred. »Ehrlich gesagt, weiß ich nicht einmal, welcher Wochentag heute ist.«

»Das glaube ich dir sofort«, erwiderte Claus und klopfte ihm sachte auf die Schulter. »So, wie du aussiehst, wird dir der Tag Ruhe guttun, bevor die Arbeit wieder losgeht.«

Alfred lächelte verlegen. Er war seinem Vater unglaublich dankbar dafür, dass er sich hier mit Olivia um alles kümmerte. Und wenn er nicht gewusst hätte, dass Claus jede Minute auf der Plantage in vollen Zügen genoss, hätte ihn das schlechte Gewissen schon bis in den Schlaf verfolgt.

»Wollen wir eine Runde drehen? Ich zeige dir die neuen Setzlinge am Osthang«, schlug Claus euphorisch vor und rückte seinen Stuhl nach hinten.

Alfred nickte und trank hastig sein zweites Glas Limonade aus. Er freute sich darauf, die Hänge zu begehen und Zeit mit seinem Vater zu verbringen. Die beiden nickten sich zu und gingen die Stufen der Terrasse hinunter auf den angelegten Weg Richtung Plantage.

Es war schwer greifbar, doch irgendetwas war auf dieser langen Reise mit Alfred passiert. Irgendetwas in ihm ließ nach all den Jahren wieder zu, so etwas wie Lebensfreude zu empfinden, das Hier und Jetzt zu genießen. Ein Gefühl, gegen das sich sein Körper seit vier langen Jahren mit jeder Faser gesträubt hatte. Wenn er ehrlich zu sich war, musste er sich eingestehen, dass es etwas mit Isabel zu tun hatte. Doch so weit war er noch nicht. Und es war auch nichts weiter passiert, außer dass er sich endlich überwunden hatte, sie anzusprechen.

Während Alfred und Claus zwischen den in Reihen angelegten Bäumen entlanggingen, den Duft der leuchtend gelben Zitronen genossen und den Zustand von Blättern und

Ästen begutachteten, erzählte Alfred von seinen Erlebnissen in Russland. Auf der Heimreise war er über Dortmund und Köln gefahren und hatte alte Freunde besucht. Anschließend war es mit dem Zug weiter in Richtung Barcelona gegangen, von wo aus die Fähre ihn nach Mallorca gebracht hatte. Seinen Zwischenstopp in Berlin ließ er bei seinem Reisebericht aus, obwohl ihn diese beiden Tage am meisten beschäftigten.

Wie Isabel wohl reagiert hatte, als sie Schlüssel und Zettel auf dem Tresen vorgefunden hatte? Hatte sie sich gefreut? Oder seinen Vorstoß als unverschämt empfunden?

Lange vor ihrem Zusammentreffen hatte Alfred versucht, sich vorzustellen, wie sich ihre Stimme anhörte, wie sie lachte oder was sie gerne aß. Er wusste von der schicksalhaften Verbindung zwischen ihnen beiden, von der sie allerdings keine Ahnung hatte. Vor dem Laden hätte er beinahe einen Rückzieher gemacht. Die Aufregung hatte ihn förmlich lahmgelegt. Und dann, als er endlich hineingegangen war, hatte er ihr die Tür ins Gesicht geschlagen. Was für ein peinlicher Auftritt! Und die Sache mit dem Schlüssel … Erst im Nachhinein war ihm aufgefallen, dass es gar keinen Sinn ergab, in einem solchen Laden nach einer Kopie eines antiquierten Metallteils zu fragen. Na ja, immerhin hatte er es schließlich geschafft, das vorzuschlagen, was er sich vorgenommen hatte: Sein Mittagessen mit ihr war wirklich angenehm verlaufen, und er hatte sich sogar getraut, sie auf Mallorca anzusprechen – auch wenn es keine konkrete Einladung gewesen war. Doch jetzt steckte er im Schlamassel, denn es war etwas passiert, womit er ganz und gar nicht gerechnet hatte: Isabel ging ihm einfach nicht mehr aus dem Kopf.

»Na, wo bist du mit deinen Gedanken?«, fragte Claus, der offenbar bemerkte, dass Alfred momentan anderes im Sinn hatte als seine Zitronen.

»Ach, ich genieße es nur einfach, wieder hier zu sein«, wich er aus. »Aber jetzt erzähl mal, wie es dir geht, Paps. Was macht dein Knie? Und überhaupt …«

Claus ließ sein fröhliches Lachen hören, und die beiden setzten sich auf einen Mauervorsprung, hinter dem sich das Feld mit den Setzlingen erstreckte. In spätestens fünf Jahren konnten hier die ersten Zitronen geerntet werden.

Dann begann Alfreds Vater, in Ruhe seine Pfeife zu stopfen. »Meinen alten Knochen geht es gut«, bestätigte er zuversichtlich. »Den Bäumen und den Bienen auch. Aber wie es um deine Fabrik steht, das weiß ich leider nicht so genau. Olivia ist da sehr eigen, das weißt du ja …« Er entzündete ein Streichholz, hielt es über die Pfeife und zog daran, bis sich Rauch entwickelte. »Die Abfüllanlage stand letzten Monat eine Woche lang still, bis ein bestimmtes Ersatzteil vom Festland gekommen ist. Ich glaube, das hat Olivia etwas nervös gemacht. Sie sah schlecht aus, bevor sie geflogen ist.«

Alfred nickte mitfühlend und nahm sich vor, die Bücher durchzusehen und sich ein Bild der Lage zu machen, bevor Olivia zurückkam. Keine Frage, sie machte einen tollen Job und er vertraute ihr blind. Doch auch an ihr waren die letzten Jahre nicht spurlos vorübergegangen, und vielleicht war sie es, die nun einmal eine Pause brauchte.

Ein sanfter Stoß von hinten brachte Alfred ins Wanken, und er fiel beinahe von der Mauer. Ein Schnauben ertönte, und als er sich umdrehte, spürte er das Kitzeln von Tasthaaren im Gesicht.

»Tio, mein Freund«, stieß er freudig aus und schmiegte sich an den langen Kopf des kleinen dunkelbraunen Esels, bevor dieser ihm über die Backe schlecken konnte. »Ich habe mich schon gefragt, wo du steckst.«

»Er hat dich vermisst, wie du siehst«, sagte Claus und beobachtete Alfreds Wiedersehen mit seinem geliebten Esel. »Die ersten Tage ist er wie ein Verrückter über die Plantage gelaufen und hat dich überall gesucht, bis er mir endlich geglaubt hat, dass du wiederkommst.«

Alfred lächelte Tio liebevoll an. »Aber Kumpel, ich hab doch gesagt, dass ich bald wieder da bin«, sagte er zu dem Tier, das erneut schnaubte und seine Worte mit einem lauten »Iah« kommentierte.

Tio stupste Alfred an die Brust, offenbar um einige Streicheleinheiten einzufordern, und als dieser seinem Wunsch nachkam, vergrub der Esel genüsslich den Kopf unter Alfreds Arm. Einige Momente später hatte er allerdings genug, zog seinen Kopf wieder hervor, stupste sein Herrchen noch einmal und trabte dann seelenruhig davon.

»Hey«, rief Alfred ihm mit gespielter Empörung hinterher. »So lässt du mich jetzt hier sitzen?«

Claus lachte laut auf und blies dabei etwas Rauch in die Luft. »Er ist eben immer noch der frechste Esel der Insel und hat seinen eigenen Kopf, genau wie sein Ziehvater.«

»Na danke«, entgegnete Alfred augenzwinkernd und klopfte Claus auf den Rücken. Ja, beschloss er in diesem Moment. Es war gut, wieder hier zu sein.

Claus rauchte in Ruhe seine Pfeife und erzählte einige Neuigkeiten aus dem Dorf, bevor sie sich beide wieder erhoben und auf den Weg zum Haupthaus machten. Die Sonne senkte sich über die Bergspitzen und Alfreds Magen knurrte. In der Fabrik würde er sich morgen umsehen, wenn Hector und die anderen da wären und der Betrieb wieder Fahrt aufnahm.

Als sie das Haus erreichten und um die Ecke bogen, wurden Alfred mit einem Mal die Knie weich. Er suchte Halt bei seinem Vater, der ihn irritiert musterte. Alfreds Herz raste. Er spürte, wie Hitze in sein Gesicht stieg. Vor der Eingangstür stand jemand, klopfte vergeblich und schüttelte den Kopf. Im nächsten Moment trat die Gestalt einen Schritt zurück und ihr

Blick fiel auf Alfred. Nervös nestelte sie an ihrer Frisur herum und strich sich die braunen Haare hinters Ohr.

Alfreds Hals fühlte sich staubtrocken an, und er fürchtete, keinen Ton herauszubekommen. Er schluckte und rang um Fassung. Darauf war er nicht vorbereitet gewesen. Es dauerte einige Atemzüge, bis er seine Sprache endlich wiederfand und sich laut räusperte.

»Du bist hier«, sagte er.

KAPITEL 6

Isabels Hände waren schwitzig vor Aufregung. Ein letztes Mal klopfte sie gegen die schwere Holztür und wartete. Nichts. Es schien niemand da zu sein. Was mache ich überhaupt hier, schoss es ihr durch den Kopf. Sie folgte blind der Spur eines alten Schlüssels, der einem wildfremden Mann gehörte, der in den Laden und in ihr Leben gestolpert war, nachdem er ihr die Eingangstür ins Gesicht gestoßen hatte. Isabel schüttelte energisch den Kopf. Nein, das konnte zu nichts führen. Sie würde wieder ins Hotel fahren, morgen die nächste Fähre Richtung Barcelona nehmen und damit wäre der kurze Ausflug aus der Realität vorüber.

Sie drehte sich herum und blieb dann ruckartig stehen. Ihr Herz fing unvermittelt an zu rasen. Nervös wischte sie sich die Hände an der kurzen Jeans ab und strich sich das Haar aus dem Gesicht. Versuchte, sich nichts anmerken zu lassen.

Er war da. Alfred stand nur wenige Schritte von ihr entfernt. Daneben war ein grauhaariger Mann mit einer Pfeife in der Hand. Vielleicht eine Art Verwalter? Isabels Mund war dermaßen trocken, dass ihr nichts weiter als ein Räuspern gelang. Eine gefühlte Ewigkeit verstrich, ehe Alfred endlich eine Reaktion zeigte.

»Du bist hier«, sagte er.

War das Verwunderung? Erstaunen? Hatte er nicht damit gerechnet, dass sie seinem Vorschlag folgen würde? Was hatte er erwartet? Isabel fühlte sich wie auf einer Feier, zu der sie nicht eingeladen war. Wie peinlich! Sie wand sich innerlich und legte sich im Kopf ihr weiteres Vorgehen zurecht.

»Ich bin hier«, erwiderte sie wenig einfallsreich und schlug sich in Gedanken die Hand vor die Stirn. Ihr Blick ging zwischen Alfred und dem älteren Mann hin und her. Dieser schien sie amüsiert zu mustern, was ihre Aufregung nicht gerade milderte. Sie entschied sich daraufhin für ein verlegenes Grinsen und wartete ab, was passierte. Doch es tat sich nichts.

»Hallo, ich bin Claus«, ging der ältere Mann irgendwann dazwischen und erlöste sie vorübergehend. Dann reichte er ihr die Hand. Sein Blick hatte etwas von Herzen Freundliches, was sie beruhigte.

»Bitte entschuldige«, sagte Alfred, nachdem er offenbar seine Sprache wiedergefunden hatte. »Das ist mein Vater.«

Isabel zog erstaunt die Augenbrauen hoch. Mit einem lang gezogenen »Ah« unterstrich sie ihre Überraschung und erwiderte seinen Händedruck. »Ich, also, ich bin wegen der Arbeit gekommen«, erklärte sie stockend. »Die Zitronen?«

Claus wechselte erneut einige Blicke mit seinem Sohn. »Arbeit gibt es genug«, sagte er dann und lächelte sanft. Er deutete auf das große Haus im mallorquinischen Stil. »Komm doch erst mal rein.«

Obwohl Claus ein wirklich netter Mensch zu sein schien, den sie auf Anhieb mochte, zögerte sie. Die Situation überforderte sie spürbar und tausend Gedanken ratterten durch ihren Kopf. Sie hatte sich einen wasserdichten Plan zurechtgelegt, aber wie war der noch mal gewesen?

»Muss ich mich denn irgendwo vorstellen? Wohnt hier der Besitzer?«, fragte sie hastig. Zumindest ein winziger Teil ihres Plans rückte wieder in ihr Bewusstsein: Erst mal die Rahmenbedingungen klären. »Ach so«, fuhr sie fort, als ihr ein weiterer Baustein ihres Vorhabens einfiel. Sie kramte etwas aus ihrer Tasche hervor, dann reichte sie Alfred seinen Schlüssel und die Kopie, die sie von einem auf Antiquitäten spezialisierten Schlosser hatte anfertigen lassen.

Alfred grinste übers ganze Gesicht.

Warum belustigte ihn das so?

»Danke«, sagte er sichtlich gerührt. Dann ging er auf die Eingangstür zu, steckte den Schlüssel in das Schloss und drehte ihn herum. »Funktioniert«, stellte er zufrieden fest. »Jetzt hast du endlich deinen eigenen«, fügte er hinzu und reichte den nachgemachten Schlüssel seinem Vater, der ihn verwundert anblickte.

Isabel versuchte vergeblich zu verstehen, was hier vor sich ging. Sie rieb sich mit der Hand über die Wange und sah von Alfred zu Claus und wieder zurück. Als ihr der Zusammenhang endlich dämmerte, lief sie knallrot an. »O nein«, stieß sie aus. »Ist das etwa Ihre Plantage?« Sie wäre am liebsten im Boden versunken.

Claus lachte kurz auf. Dann schüttelte er den Kopf. »Leider nein«, sagte er und deutete auf Alfred. »Es ist seine.«

Isabel sah zum wiederholten Male fassungslos zwischen Vater und Sohn hin und her. Die Röte in ihren Wangen versetzte ihre Haut in eine beinahe schmerzhafte Spannung. Sie war davon ausgegangen, Alfred sei ein normaler Saisonarbeiter, der hier den Sommer verbrachte, und nun war er der Besitzer von all dem?

»Ich, äh …«

»Hast du deine Sachen im Wagen?«, fragte Alfred gelassen und deutete auf Isabels Auto, mit dem sie in den letzten beiden Tagen von Berlin bis nach Barcelona gefahren war und dann mit der Fähre nach Mallorca übergesetzt hatte.

Sie schüttelte mechanisch den Kopf. »Die sind im Hotel.«

»Okay …«, sagte er nachdenklich. »Dann holen wir sie später. Komm erst mal rein. Hast du Durst?«

»Sehr großen«, krächzte sie und brachte Claus damit zum Lachen.

Alfred öffnete die schwere Holztür und sein Vater bedeutete Isabel, ihm zu folgen.

Nach kurzem Zögern betrat sie den mit Natursteinplatten gefliesten Flur, von dem eine angenehme Kühle ausging. Das Haus wirkte wie ein traditionell mallorquinisches Bauernhaus, zumindest nahm sie an, dass diese genau so aussahen. Mit einer von der Sonne erwärmten Steinfassade, grünen Schlagläden, um die sich blühende Pflanzen rankten, und Tonziegeln auf dem Dach. Ähnlich wie in ihrer Vorstellung. Doch hier drinnen war es fast noch schöner. Das gesamte Gebäude musste aufwendig saniert worden sein, um Alt und Neu zu kombinieren. So zeigten sich raue Steinwände zwischen glatt verputzten, alte Holzbalken neben Betonelementen und viele liebevolle kleine Details, die ihre Aufmerksamkeit völlig in Beschlag nahmen.

Alfred ging voraus durch den Flur, bog nach links ab und blieb in einer geräumigen modernen Wohnküche stehen, die in ein um die Ecke verlaufendes Wohnzimmer überging.

Claus ließ sich auf einen Hocker vor der Kochinsel sinken und bot Isabel den Platz neben sich an. Das war Alfreds Zuhause? Sein Haus? All das hier?

»Unglaublich«, flüsterte sie, als sie ihren Blick schweifen ließ. »Das ist wirklich wunderschön. So viele Details …«

»Das meiste davon hat Alfred selbst gemacht«, sagte Claus voller Stolz.

»Es hat auch lange genug gedauert«, warf dieser zurückhaltend ein, während er eine Karaffe aus dem Kühlschrank nahm und eine helle, trübe Flüssigkeit in drei Gläser goss. Limonade, vermutete Isabel. Zitronenscheiben schwammen darin und leuchteten, als wären sie frisch vom Baum gepflückt worden, was höchstwahrscheinlich auch so war.

Hinter den großen Fenstern glühte die untergehende Sonne und erinnerte sie daran, wie lange sie schon auf den Beinen war. Und dennoch ließ die Aufregung bei ihr keine Erschöpfung aufkommen.

Alfred blieb auf der anderen Seite der Kochinsel stehen und lehnte sich dagegen. Seine Schweigsamkeit machte Isabel nervös. Was ging wohl in seinem Kopf vor?

»Was führt dich zu uns?«, fragte Claus interessiert, und Isabel dachte angestrengt nach. Was sollte sie darauf sagen? Die Trauer um meinen verstorbenen Partner? Die Angst, nie wieder glücklich sein zu können? Das Drängen meiner Mutter? *Ihr Sohn?*

»Das Leben«, erwiderte sie stattdessen und Claus nickte bedächtig. Unter normalen Umständen hätte er sicher nachgehakt, doch er schien ihr die Aufregung anzumerken, und so beließ er es dabei.

»Ich freue mich, dass du tatsächlich gekommen bist«, sagte Alfred und Isabel hörte den Ernst und die Ehrlichkeit aus seiner Stimme heraus.

»Es … war eine spontane Entscheidung«, log sie, denn sie hatte sehr wohl einige Nächte darüber nachgegrübelt, ob sie den Sprung ins kalte Wasser wagen sollte. Doch als André ihr eröffnet hatte, der Termin mit der Kaufhausleitung sei enttäuschend verlaufen und sie solle wenigstens noch ihren lange aufgesparten Resturlaub nehmen, ehe er den Laden schließen müsse, da hatte ihre innere, sie stetig zügelnde Stimme nachgegeben. Und zuletzt hatten erst ihre Mutter und dann auch noch Klara letzten Anstoß zu ihrer Abreise gegeben.

Sie nahm einen Schluck von der Limonade und stellte das Glas wieder auf den Tresen. Als sie sich anschließend die Lippen ableckte, ereignete sich eine regelrechte Geschmacksexplosion an ihrem Gaumen. Die Limonade schmeckte frisch und fruchtig, sauer, doch mit einer feinen Süße. Isabel schmeckte die mallorquinische Sonne auf der Zunge und eine milde Honignote dazu. Gierig nahm sie noch einen Schluck.

Sie bemerkte, wie Alfred und sein Vater sie anstrahlten.

»Die ist gut, was?«, fragte Claus erfreut.

»Gut?«, erwiderte Isabel ungläubig. »Die ist so was von lecker!«

Claus lachte. »Das trifft sich hervorragend.«

Isabel sah zu Alfred, der sich noch einmal zum Kühlschrank umdrehte. »Was trifft sich hervorragend?«, fragte sie verwundert.

»Dass dir die Limonade schmeckt, meint er.« Alfred stellte eine schlanke Glasflasche mit einem gelben Etikett auf den Tisch. »Deswegen sind wir hier«, sagte er. »Wir machen Limonade. Die beste Limonade Spaniens.« Er zeigte dieses gewinnende Lächeln, das Isabel nicht einordnen konnte. »Na ja, zumindest die beste auf der Insel.«

KAPITEL 7

Der Wagen röhrte aufgrund der Steigung der kurvigen Bergstraße. Viele Tausend Kilometer weit hatte Isabels VW Golf sie schon begleitet, da würde er doch jetzt nicht schlappmachen? Immerhin hatte er denselben Weg gestern schon einmal bewältigt.

Nach dem aufregenden Nachmittag und der Einladung von Alfreds Vater, zum Abendessen zu bleiben, hatte Isabel dankend abgelehnt. Es war genug für einen Tag gewesen, und sie konnte immer noch nicht fassen, dass sie tatsächlich hier war. In den Bergen Mallorcas, auf einer Zitronenplantage mit eigener Limonaden-Produktion, auf der sie voraussichtlich die nächsten acht Wochen arbeiten würde. Wie das alles ablaufen sollte, darüber hatte sie mit Alfred noch gar nicht sprechen können. Er hatte ihr lediglich versichert, dass sie herzlich willkommen sei und so lange sie wolle im Gästehaus wohnen könne. Er freue sich sehr über ihre Unterstützung.

Es ging Isabel nicht einmal darum, Geld zu verdienen, schließlich hatte André ihr nahegelegt, ihren gesamten Urlaub der letzten beiden Jahre zu nehmen. Ihr Aufenthalt hier war sozusagen bezahlt. Nein, vielmehr wollte sie sich selbst und ihrer Mutter beweisen, dass sie trotz ihres schweren Schicksalsschlags nicht aufgegeben hatte. Sie wollte neuen Mut schöpfen und herausfinden, was das Leben ihr noch zu bieten hatte. Nun hoffte sie darauf, dass dieses holprige Bergsträßchen ihr den Weg zeigen würde. Ihr Blick fiel auf den kleinen Stoffelefanten, der an ihrem Schlüsselbund baumelte. Ein wehmütiges, aber auch tröstliches Gefühl breitete sich in ihrer Brust aus. Henning würde immer bei ihr sein und ihr beistehen, dessen war sie sich sicher.

Schon früh am Morgen hatte sie ihre Sachen gepackt und in ihrem Hotel nahe dem Hafen von Palma ausgecheckt. Dann hatte sie sich bei einem kleinen Morgenspaziergang einen Kaffee und etwas zu essen besorgt und den versprochenen Statusbericht an Klara abgegeben, zu dem sie gestern Abend zu müde gewesen war. Anschließend war sie zu diesem Abenteuer aufgebrochen. Ohne Frage, sie war aufgeregt. Doch immer wieder sagte sie sich, sie habe nichts zu verlieren. Was sollte schon passieren? Das Leben hatte sie auf den Boden der Tatsachen gedrückt und ihr klargemacht, wie schnell alles vorbei sein konnte. Es war an der Zeit, wieder aufzustehen. Acht Wochen lang hatte sie nun dazu Gelegenheit. Was danach kommen würde, war ungewiss. Das hatte sie Alfred auch gesagt. Klar war nur, dass sie zurück nach Berlin gehen würde. Und eventuell würde André doch noch eine Möglichkeit finden, neuen Schwung in das Geschäft zu bringen.

Sie lenkte den Wagen durch das offen stehende Gatter, fuhr bis zum Haus und parkte davor. Ihr Magen rebellierte, denn sie war aufgeregter, als sie zugeben wollte. Sie holte ihre Reisetasche aus dem Kofferraum und stellte sie neben das Auto. Es war ein nebliger Morgen und die Berge waren von einem hellen Schleier umgeben. Nervös blickte sie zum Haus und aus dem Augenwinkel bemerkte sie eine Bewegung. Es war Claus, der aus dem Küchenfenster blickte und ihr lächelnd zuwinkte.

Isabel hob ebenfalls die Hand, als ein Rumpeln ertönte und sich die Haustür öffnete.

Alfred kam mit zwei Kaffeetassen in der Hand heraus.

»Guten Morgen«, rief er schwungvoll.

»Hi«, antwortete sie.

Er wirkte anders als gestern – frisch, erholt und voller Tatendrang.

»Der ist für dich«, sagte er und drückte ihr eine Tasse in die Hand. »Schwarz mit einem Schuss Milch. Nicht so stylish wie in Berlin, aber genauso lecker.«

»Danke«, sagte sie und las den Spruch auf der Tasse: »Wird schon irgendwie«.

Sie musste schmunzeln.

»Hat mein Vater mir mal geschenkt«, erklärte Alfred amüsiert. »Darf ich?« Er deutete auf Isabels Tasche.

»Ist schon okay …«, wollte sie entgegnen, doch da hatte er bereits zugepackt.

»Ich zeige dir erst mal dein Reich, und dann können wir eine Runde über die Plantage drehen, ja?«

Isabel nickte. Sie war dankbar und erleichtert über den zügigen Start in die Arbeit. Sie folgte Alfred um das Haus herum, bis sie vor einem kleinen Nebengebäude standen, das ebenso gründlich renoviert zu sein schien wie das Haupthaus. Eine umlaufende Pergola war mit Bougainvilleen bewachsen, darunter stand eine kleine Sitzgruppe. Alfred schloss die Tür auf und ging voraus. Isabel folgte ihm.

Die *Casita*, wie er das Nebengebäude nannte, also das »Häuschen«, war ein großer lichtdurchfluteter Raum mit abgetrenntem Badezimmer. Bodendielen und Stoffvorhänge verliehen dem Zimmer etwas Behagliches, Wohnliches. Über dem ausladenden Bett war ein riesiges Moskitonetz befestigt, und so wirkte es wie ein Himmelbett. Aus Holz gefertigte, unaufdringliche Kleinmöbel rundeten die individuelle Einrichtung ab. Isabel fühlte sich auf Anhieb wohl und lächelte zufrieden, als sie ihren Tagesrucksack aufs Bett legte.

»Das war früher mal ein Stall für die Nutztiere der Plantage«, erklärte Alfred.

»Interessant«, erwiderte sie und kicherte. »Für die Nutztiere …«

Alfred verzog das Gesicht. Dann lachten sie beide.

»Ja, also … Das ist heute offensichtlich immer noch so«, sagte er grinsend.

Sie verzog übertrieben verärgert das Gesicht.

»Nein, das ist jetzt dein Reich, und wie gesagt, du kannst so lange bleiben, wie du möchtest.«

»Das ist wirklich nett, danke«, murmelte sie und drehte schnell den Kopf zur Seite, als sie feststellte, dass sie Alfreds attraktives Gesicht und seine geschwungenen Lippen musterte.

Er lachte kurz auf. Hatte er ihren Blick bemerkt?

Alfred schien zweifellos ein netter Kerl zu sein, genauso wie sein Vater. Sie hatte bei ihm das Gefühl, aus sich herausgehen zu können, und dennoch beschlich sie die vage Angst, etwas falsch zu machen. Was war das für ein seltsames Empfinden?

»Na dann«, sagte Alfred nach einem Moment der Stille und ging auf die Tür zu. »Jetzt zeige ich dir mal, wo unsere Limonade entsteht.«

Isabel atmete tief ein und aus. Dann verließ sie die Casita und trat an die frische Luft. Mit jeder Minute konnte sie die zunehmende Kraft der Sonne spüren, die der morgendlichen Feuchtigkeit den Garaus machte. Zwar zogen noch einige Nebelschwaden unten durch das Tal, ansonsten war der Blick mittlerweile klar.

Als Alfred sie um die Casita herumführte und die Sonne über die Bergspitzen stieg, sah sie sich staunend um. Unzählige Reihen von Zitronenbäumen mit frischen Blüten und saftigen gelben Früchten erstreckten sich über die sanften Hügel. Kleine Pfade schlängelten sich durch die Felder, die an einer großen Halle am Rande der Plantage zusammenliefen.

»Das ist wirklich wunderschön«, sagte sie beeindruckt. »Und so riesig. Wie viele Bäume sind das?«

»So an die zweitausend«, erklärte Alfred stolz. »Aber nicht alle davon tragen Früchte. Manche sind noch zu jung, andere zu alt.«

Vögel zwitscherten fröhlich und die Sonne kletterte weiter den Himmel hinauf. Isabel führte die Hand an die Stirn, um im Gegenlicht etwas sehen zu können, als sie plötzlich einen unsanften Stoß von der Seite bekam. Sie verlor das Gleichgewicht und prallte gegen Alfred, der daraufhin ebenfalls Mühe hatte, sich auf den Beinen zu halten. Er rappelte sich auf, hielt Isabel an den Schultern fest und verzog dann mahnend das Gesicht.

»Tio!«, stieß er aus. »Sei freundlich zu unserem Gast!«, schimpfte er.

Isabel traute ihren Augen nicht. Der dunkelbraune Esel mit hellem Maul schnaubte und wippte mit dem Kopf hin und her, als wollte er Alfreds Ansage nicht akzeptieren.

»O mein Gott«, stieß sie aus, lachte verunsichert und hielt sich die Hand aufs Herz. »Wer bist du denn?«

Alfred gab Isabel wieder frei und sie streckte vorsichtig den Arm nach dem Esel aus. Dieser schnappte danach und sie zuckte zurück.

»Okaaaay«, sagte sie überrascht.

»Das ist Tio«, erklärte Alfred. »Der frechste Esel der Insel. Aber keine Angst, er tut nur so«, versicherte er und streichelte seine langen Ohren. »Eigentlich ist er zahm wie ein Lamm.«

Isabel hob skeptisch die Augenbrauen.

»Nur ein wenig eifersüchtig und Fremden gegenüber etwas misstrauisch.«

63

Sie sah den Esel einen Moment lang an. Dann verneigte sie sich leicht. »Guten Tag, Tio. Ich bin Isabel«, sagte sie mit einem zuversichtlichen Lächeln. Anschließend streckte sie erneut die Hand aus.

Der Esel schnappte danach und iahte laut.

»Tio«, ermahnte Alfred das Tier, das daraufhin den Kopf wie ein schuldbewusstes Kleinkind senkte.

»Dann lassen wir das lieber erst mal«, beschloss Isabel amüsiert und schob die Hände in die Hosentaschen.

Alfred grinste. »Mach dir nichts draus. Ihr werdet schon noch warm miteinander.« Er klopfte dem Esel auf den runden Bauch und strich ihm dann über die Nase. »Stimmt's, mein Freund?«

Isabel spürte eine Wärme in sich aufsteigen, als sie beobachtete, wie Tio sich eng an Alfred schmiegte. Die beiden schienen eine besondere Verbindung miteinander zu haben.

Als Alfred ihren Blick erwiderte, drehte sie sich hastig in Richtung Hang. »Was ist das da hinten für eine Halle?«, fragte sie schnell.

Alfred gab dem Esel einen Klaps, bevor dieser zurück zum Haus trottete. »Das ist unsere Fabrik. Dort entsteht die Limonade.«

Isabel versuchte, die Dimensionen der Halle abzuschätzen.

»Sie wirkt kleiner, wenn man erst mal drin ist«, sagte Alfred schmunzelnd. Dann gingen sie eine schmale Treppe hinunter zum Feldweg und Alfred begann über seine Zitronen zu erzählen.

»Die Plantage gibt es schon viele Jahre, genauer gesagt seit 1954. Allerdings war sie von den Siebzigern an nicht mehr in Betrieb. Ich selbst bin vor zwölf Jahren nach Mallorca gekommen und habe sie über einige Umwege günstig kaufen können. Wir sind insgesamt acht Leute hier, die sich auf Ernte und Produktion verteilen. Dazu kommt die ganze Instandhaltung,

Pflege und natürlich der Vertrieb.« Er sprach weiter, während sie einen der Wege entlanggingen, die anscheinend einmal um das gesamte Areal führten.

Isabel war zutiefst beeindruckt davon, was Alfred hier aufgebaut hatte. Er hatte eine Plantage gekauft, eine Limonadenmarke geschaffen, ein Team um sich herum versammelt, und er vertrieb sein Erfrischungsgetränk mittlerweile nicht nur auf den Balearen, sondern ebenso auf dem Festland. Was steckte noch alles in diesem Mann voller Geheimnisse?

»Schon als kleiner Junge habe ich im Schwimmbad Zitronenlimonade verkauft«, sagte er schmunzelnd, als könnte er ihre Gedanken lesen.

»Wirklich?«, fragte Isabel mit leuchtenden Augen. Sie versuchte, sich Alfred als kleinen geschäftstüchtigen Jungen mit wilden Locken und Latzhose vorzustellen.

»Meine Oma hatte dieses Rezept. Sie hat nie verraten, wo genau es herstammte, aber sie behauptete, es sei ein altes spanisches Rezept, das zu Kriegszeiten den Weg zu ihr gefunden habe. Damals gab es zwar keine Zitronen in Deutschland, doch sie hat das Rezept aufbewahrt. Jedenfalls habe ich diese Limonade geliebt und schließlich selbst gemacht. Viele Jahre und einige Wendungen des Schicksals später bin ich hier in den Bergen Mallorcas gelandet und habe mich verliebt.«

Isabel sah ihn mit sanftem Blick an.

Er schluckte. »In die Zitronen, meine ich.« Dann lächelte er verlegen und ging weiter.

»Also verwendest du immer noch das Rezept deiner Oma?«

Alfred nickte. »Im Großen und Ganzen, ja. Jetzt sind wir hier, und mein Vater hilft mir seit einigen Jahren. Er kennt die Bäume wie kein anderer und ist außerdem noch der Herr der Bienen.«

»Bienen?«, fragte Isabel erstaunt.

Alfred nickte erneut. »Komm mit, ich zeig sie dir.«

Einige Meter weiter gabelte sich der Weg. Ein Wäldchen alter Steineichen bildete offenbar die Grundstücksgrenze. Dahinter waren keine Zitronenbäume mehr zu sehen. Je näher sie der Baumgruppe kamen, desto lauter wurde das Summen, bis Isabel schließlich eine Reihe von aufgestellten Holzkisten sah, die unter einem provisorischen Dach standen.

»Ihr habt ein eigenes Bienenvolk?«, sagte sie staunend und blieb mit einigem Abstand zu den Kästen stehen. Sie hatte einmal eine Reportage zum Thema Honig gesehen, aber viel wusste sie nicht über die kleinen haarigen Fluginsekten.

»Wir haben mittlerweile fünf Völker auf dem Gelände und außerhalb auf zwei Nachbargrundstücken verteilt. Sie sind gleich mehrfach nützlich, denn sie bestäuben die Zitronenblüten und produzieren gleichzeitig den Honig, den wir zum Süßen der Limonade verwenden. Damit haben wir ein vollkommen lokales und natürliches Produkt«, erklärte Alfred zufrieden.

Wenn Isabel zuvor schon beeindruckt gewesen war, so stiegen ihr Interesse und ihre Begeisterung über das Anwesen jetzt noch weiter. Eigene Bienen, eigene Zitronen und eine natürliche und regional produzierte Limonade, die auch noch wahnsinnig gut schmeckte? Nach dem alten Rezept seiner Großmutter? Was war das hier für ein paradiesischer Ort?

Je ausführlicher Alfred über seine Plantage erzählte, desto stärker spürte sie seine Liebe und Verbundenheit zu dem, was er hier auf die Beine gestellt hatte. Alles, was er machte, schien er mit Leidenschaft und der nötigen Gelassenheit zu tun, geleitet von seinem Ziel der Nachhaltigkeit.

Schweigend ging sie neben ihm her, bis sie bei der Fabrikhalle anlangten.

Alfred sah auf seine Armbanduhr und öffnete das Tor zur Halle. »Es ist gleich zehn. Der normale Arbeitsbeginn, es sei denn, es steht etwas Außerplanmäßiges an. Reparaturen, eine

Großbestellung oder so was. Es scheint jedenfalls schon jemand da zu sein.«

Die beiden betraten die große Halle, die vom Aussehen her einer Lagerhalle glich und offenbar neben der Produktion auch als solche verwendet wurde. Auf der einen Seite erkannte Isabel eine Art Anlieferstelle mit Förderbändern und jeder Menge leerer Körbe und Kisten. Dahinter standen riesige Tanks, verschiedene Maschinen sowie weitere Förderbänder bis hin zu einer technischen Installation, die sie als Abfüllanlage identifizierte. Auf den ersten Blick wirkte alles ein wenig chaotisch, doch nach und nach konnte sie das System dahinter erahnen.

»Das hier ist wirklich beeindruckend«, stellte sie erneut fest.

»Danke«, erwiderte Alfred. »Es ist alles ein bisschen größer geworden als damals am Stand mit meiner Oma.« Er grinste. »Wobei wir, wie gesagt, noch eine extrem kleine Produktion sind. Bei uns müsste man tatsächlich eher von einer Manufaktur reden, weil so vieles noch in kleinen Mengen hergestellt und von Hand erledigt wird.«

Sie drehten eine kurze Runde durch die Halle und Alfred versicherte Isabel, dass sie bei jedem der erforderlichen Arbeitsschritte mithelfen könne. »So kannst du schon bald den gesamten Ablauf im Detail kennenlernen«, beendete er seine kurze Führung zufrieden.

Isabels gemischte Gefühle, die sie anfangs noch gehabt hatte, waren mittlerweile gänzlich verflogen. Der ganze Betrieb hier war eindrucksvoll, aufregend und lehrreich. Sie konnte es kaum erwarten, mit anzupacken. Schmunzelnd stellte sie fest, dass die Zitronen schon jetzt etwas in ihr bewirkten. Es fühlte sich gut an, hier zu sein, und an die Stelle der anfänglichen Aufregung trat nach und nach eine stetig wachsende Neugier. Hier gab es noch jede Menge zu entdecken, dessen war sie sich sicher, und sie war bereit, sich darauf einzulassen.

Am Ende ihrer Tour warf Alfred einen Blick in eine Art Aufenthaltsraum. Tatsächlich saßen darin zwei Frauen und drei Männer, die Kaffee tranken und Brote aßen.

Alle Blicke richteten sich erst auf Alfred, dann wanderten sie zu Isabel und wieder zurück zu Alfred. Die fünf wirkten völlig überrascht. Isabel wusste nicht, ob es ihretwegen war oder weil sie nicht mit ihrem Chef gerechnet hatten. Doch im nächsten Augenblick hörte man schon gleich das geschäftige Rücken von Metallstühlen auf Fliesenboden, die Mitarbeiter strahlten plötzlich und traten freudig auf Alfred zu.

»*Ay, jefe! Qué sorpresa! Qué tal?*«

»*Amigo!*«

»*Alfred, has vuelto!*«

Die Männer hießen ihren Chef mit kräftigem Händedruck oder einem Abklatschen willkommen, während die Frauen Alfred auf die Wange küssten und ihn fest drückten. Es war ein herzliches Wiedersehen, und Isabel wurde bewusst, dass die Männer und Frauen ihren Chef noch gar nicht gesehen hatten, seit er wieder zurück auf Mallorca war.

Nachdem sich alle begrüßt hatten, ruhten die Blicke auf Isabel. Es wurde still im Raum. Hatte sie sich gerade noch von der herzlichen Stimmung anstecken lassen, wurde ihr plötzlich flau im Magen. An den Gesichtern der Mitarbeiter, die sie nun neugierig anstarrten, war nicht abzulesen, was in ihren Köpfen vorging. Jedenfalls kam es Isabel vor, als läge eine gewisse Skepsis in ihren Blicken.

»*Chicos, esta es Isabel.* Sie kommt aus Berlin und wird uns in den nächsten Wochen unterstützen.«

»Hi ... *hola*«, sagte Isabel und blinzelte verlegen in die Runde. Eine der beiden Mitarbeiterinnen war es, die schließlich auf sie zutrat, sanft lächelte und sie zur Begrüßung auf die Wangen küsste.

»*Hola*, Isabel. Keine Angst, wir beißen nicht. Ich bin Fe«, sagte die kleine, schlanke Frau mit den dunklen Locken auf Deutsch mit einem spanischen Akzent, der ausgesprochen liebenswert klang.

»*Qué pasa?* Was ist los, Leute?«, fragte Alfred verwundert. »Habt ihr gestern zu viel gefeiert?« Er hob die Arme und lachte.

Dann, als wäre eine Blockade gelöst worden, lockerte sich die Situation schlagartig und auch die anderen traten auf Isabel zu, küssten sie auf die Wangen und stellten sich der Reihe nach vor.

Isabel überkam eine Woge der Erleichterung. »Okay«, sagte sie und kniff konzentriert ein Auge zusammen. »Hector, Nael, Arian, Abelia und Fe«, wiederholte sie und sah von einem zur anderen.

»*Muy bien*«, antwortete Hector lachend, der etwa auf Isabels Augenhöhe war, doch durch seine trainierte Statur deutlich größer wirkte. »Du lernst schnell. Das ist gut.«

»Danke«, erwiderte Isabel und freute sich über das Kompliment. »Sprecht ihr alle Deutsch?«, wunderte sie sich.

»Nur *poco*«, antwortete Nael und zeigte dabei mit den Fingern den Abstand von einigen Millimetern. Alle lachten.

»Außer Nael verstehen wir es alle, aber Arian und Abelia sprechen es noch nicht«, warf Fe ein, und die beiden nickten.

»Cristina hat es uns beigebracht.« Nach ihren Worten wurde es plötzlich still im Raum. Fe sah sich verlegen um, als hätte sie etwas Falsches gesagt, und Isabel sah sich unsicher um.

»Sie …«, begann Fe noch einmal, und ihr Blick ruhte auf Alfred, der sich undurchschaubar am Kopf kratzte.

»… hat hier gearbeitet«, beendete er ihren Satz.

Fe nickte. »Genau.«

»Okay«, sagte Isabel und klammerte sich mit beiden Händen an ihrer Kaffeetasse fest, die sie immer noch bei sich trug.

»Willst du noch einen?«, fragte Hector, dem die Geste offenbar aufgefallen war, und deutete auf den Kaffeespender in der Ecke.

»Danke«, sagte Isabel, schüttelte aber den Kopf.

»Na dann …«, begann Alfred und nickte zuversichtlich.

Es war schwer, nicht zu bemerken, dass die Erwähnung dieser Cristina etwas bei ihm und allen anderen ausgelöst hatte. Doch wer war sie, und was hatte das zu bedeuten?

»Dann gehen wir mal ein paar Zitronen ernten, oder was meint ihr, Leute?«

»*Claro, jefe. Vamos*«, stieß Hector aus, rückte seinen Stuhl an den Tisch und ging schwungvoll voraus.

»Soll ich … ich meine, soll ich Isabel zeigen, wie man erntet?«, fragte Fe, als müsste sie etwas wiedergutmachen.

Isabel lächelte zuversichtlich, als Alfred sie ansah.

Dann nickte er. »Klar, warum nicht. Ich muss sowieso noch einige Dinge im Büro erledigen.«

»*Perfecto*«, sagte Fe fröhlich und schob ihre neue Kollegin auch schon durch die Tür.

Isabel verabschiedete sich mit einem freundlichen Blick über die Schulter von Alfred, ehe sie mit Fe aus der Halle verschwand. Er hatte die Hände in die Hüften gestemmt und schüttelte lachend den Kopf, als er die Szene beobachtete. Die Art, wie er hier auftrat, und der freundliche Umgang mit ihr und seinen Mitarbeitern lösten ein Gefühl gespannter Erwartung, aber doch auch Beruhigung und Zufriedenheit in Isabel aus. Sie wusste nicht, was Mallorca mit ihr vorhatte, doch es gefiel ihr bereits jetzt.

KAPITEL 8

Alfred ging die Metallstufen neben dem Eingang der Fabrikhalle hinauf und betrat das offene Büro. Die großen Fenster erlaubten den Blick über die gesamte Plantage. Normalerweise arbeitete Olivia hier oben, doch in ihrer Abwesenheit wollte Alfred sich einen groben Überblick über die Aktivitäten der letzten Monate verschaffen, um danach in Ruhe alles mit ihr durchzusprechen.

Olivia leitete die Fabrik seit einiger Zeit beinahe in Eigenregie, und Alfred kümmerte sich um die Bäume, den Vertrieb und alles Weitere. In seiner Abwesenheit hatte Claus die Ernte übernommen und Olivia hatte ihre Fühler in den Bereich der Vertriebsaktivitäten ausgestreckt. Ein Thema, das sie von Anfang an interessiert hatte.

Alfred ließ sich in den abgenutzten Ledersessel fallen und rollte dabei ein Stück nach hinten. Sein Blick wanderte durch das spartanisch eingerichtete Büro, das aus einem langen Schreibtisch, jeder Menge Ordner, Getränkekästen, Druckmustern und Poster-Rollen für den Handel bestand. In einer Ecke stand eine alte Registrierkasse, die jedes Mal Erinnerungen in ihm weckte. Das antiquierte Stück stammte aus der Anfangszeit der Plantage und stand seit der Neueröffnung als Andenken hier oben im Büro. Obwohl sie defekt war und sich nicht öffnen ließ, hing Alfreds Herz an dieser Kasse, so wie an vielen anderen Dingen, die ihn an früher erinnerten.

Er klappte den Laptop auf, überprüfte die aktuellen Verkaufszahlen und öffnete den neben dem Computer liegenden Aktenordner mit Belegen und Rechnungen. Der Absatz war nach den ersten erfolgreichen Jahren in einen leichten Abwärtstrend übergegangen und hatte sich auch in den vergangenen Monaten nicht merklich erholt. Einerseits mussten sie sich gegen die verdammten Konzerne der Getränkeindustrie behaupten, gegen deren große Player schwer anzukommen war. Andererseits traf Alfred selbst eine ebenso maßgebliche Schuld an der aktuellen Lage.

Seit vier Jahren – seit Cristina nicht mehr hier war – hatten seine Leidenschaft und sein Einsatz für die Plantage nicht nur spürbar nachgelassen, sondern waren geradezu wie weggeblasen. Das Leben hatte ihn durchgekaut und ausgespuckt. Zumindest hatte es sich so angefühlt. Erst seit kurzer Zeit verspürte er neuen Mut und den Drang, sein Geschäft endlich wieder auf Vordermann zu bringen. Er war es Cristina, sich selbst und vor allem seinen Angestellten schuldig, die ihn nie im Stich gelassen hatten. Und dennoch, seine Gedanken drehten sich im Kreis und die Zahlen verschwammen auf dem Monitor. Er dachte erst an Cristina, dann an den schönen Morgen mit Isabel.

»Reiß dich zusammen!«, flüsterte er und legte angestrengt den Kopf in den Nacken.

Die Tür knarzte.

»*Amigo*, was ist los mit dir?«, fragte Hector, trat ein und klopfte Alfred auf die Schulter.

»Ach, mein Kopf ist voll, und die Zahlen ...«

»Ist es wegen vorhin? Ich meine, wegen Fe?«

Alfred hob die Schultern. »Vielleicht auch ein wenig. Egal, wie gehts dir, mein Freund?«

»Alles bestens. Wir sollten dringend ein Bier zusammen trinken. Du musst mir von Russland erzählen.«

»Das hört sich gut an«, antwortete Alfred und richtete sich in seinem Bürosessel auf.

»Aber erst die Arbeit ...«, fuhr Hector fort und lehnte sich an den Schreibtisch. »Der Zaun am Osthang ist kaputt. Wir haben ihn unzählige Male ausgebessert, aber die wilden Ziegen finden immer wieder einen Durchschlupf und zerstören dann die Setzlinge. Es wird Zeit, ihn endlich anständig zu reparieren.«

Alfred verzog das Gesicht und rieb sich die Stirn. »Okay, verstehe.«

»Hast du Lust, mitzukommen?«, fragte Hector sanft. »Du siehst aus, als könntest du ein wenig körperliche Arbeit gebrauchen.«

»Da hast du vermutlich recht«, gab Alfred zu, denn sein Kopf fühlte sich an, als wäre darin kein Millimeter Platz für einen weiteren Gedanken. »Aber ich sollte mich etwas mit den Zahlen beschäftigen, bevor Olivia wieder da ist ...«

»Kein Problem«, sagte Hector und klopfte Alfred noch einmal auf die Schulter, ehe er zurück zur Tür ging. »Dann sehen wir uns später und du erzählst mir von den russischen Frauen.« Er malte dabei eine weibliche Kurve in die Luft.

»Okay«, antwortete Alfred lächelnd und rückte seinen Stuhl näher an den Schreibtisch. »Auch wenn es da nicht viel zu berichten gibt.«

Hector ging lachend die Treppe hinunter, und Alfred atmete einige Male tief durch, bevor er versuchte, seine Gedanken wieder auf die Zahlen zu fokussieren. Doch stattdessen wanderte sein Blick durch das große Fenster hinunter auf den Hof, wo Fe und Isabel gerade in den blauen Pick-up stiegen, der mit Sammelkörben beladen war.

Er sah den beiden hinterher. Eine innere Unruhe stieg in ihm auf und er trommelte mit den Fingern auf den Tisch.

»Scheiß drauf«, flüsterte er dann, stand ruckartig auf und eilte zur Tür.

»Hector, warte! Ich komme mit.«

* * *

»Wenn es dort so ruhig und verlassen ist, dann ist Russland nichts für mich«, sagte Hector und lachte, bevor er die Spitzhacke in den Boden rammte, um die Erde zu lockern.

Alfred schaufelte das gelöste Material zur Seite. »Na ja, es gibt sicherlich belebtere Gegenden als die, in denen ich war«, erwiderte er lächelnd. »Ich war quasi im Niemandsland.«

Alfred stützte sich auf der Schaufel ab und betrachtete ihr bisheriges Werk. Der alte Holzzaun war marode und brüchig gewesen – kein Hindernis für die Ziegen, hier hindurchzukommen, und eine Katastrophe für die mühevoll aufgezogenen Setzlinge. Nun hatten Hector und er einige Löcher ausgehoben, in denen sie Pfähle einbetonieren wollten, um den Zaun so stabil zu machen, dass er selbst den starken Stürmen im Herbst gewachsen sein würde. Die Arbeit ging gut voran und war befreiend für seine ständig rotierenden Gedanken, aber sein Kopf fühlte sich nach wie vor bleischwer an.

»Und was ist mit Isabel?«, fragte Hector, auf dessen Stirn nicht eine Schweißperle zu sehen war.

Alfred war völlig überrumpelt von der Frage seines Vorarbeiters und fühlte sich irgendwie ertappt. Nervös fächelte er etwas Luft unter sein verschwitztes Shirt. »Wie meinst du das …?«, stammelte er. »Also, ich denke, sie wird sich schnell zurechtfinden, sie stellt die richtigen Fragen und ist sehr interessiert.«

Hector grinste. »Ich meine, ob du sie magst.« Er trank einen Schluck aus der Wasserflasche, die im Gras neben ihm stand. »Oder willst du leugnen, dass du ständig zu ihr und Fe rüberschaust?«

Alfred spürte, wie ihm die Röte ins Gesicht schoss, und er wandte sich unbewusst von Hector ab. Was war bloß mit ihm los, verdammt? Es war ihm selbst schon aufgefallen, dass er immer wieder zu den beiden hinübersah. Aber war es wirklich so offensichtlich?

Als Alfred nicht antwortete, fuhr Hector mit der Arbeit fort. »Sie ist ... attraktiv«, stellte er fest und ließ erneut die Spitzhacke in den Boden sausen. »Wo hast du sie kennengelernt? Doch nicht etwa in Russland?«

Alfred nahm ebenfalls wieder seine Arbeit auf, dankbar für die Beschäftigung. »Ich habe sie auf meiner Rückreise in Berlin kennengelernt«, sagte er.

»Aha«, antwortete Hector augenzwinkernd und dann arbeiteten sie beide zu Alfreds Erleichterung weiter still vor sich hin.

Hector war über die Jahre ein guter Freund und Vertrauter geworden. Der kleine, zähe Mallorquiner in Alfreds Alter war ein zuverlässiger Typ, ob beruflich oder privat, mit dem man über alles reden oder auch mal schweigen konnte. Er war der erste Mitarbeiter gewesen, den Cristina und er für ihr Projekt begeistert hatten, und Alfred konnte ihm nichts vormachen, das wusste er. Dennoch war es ihm unangenehm, dass Hector vielleicht mehr in die Sache mit Isabel hineininterpretierte, als da tatsächlich war. Verdammt ja, er sah öfter zu ihr hinüber, als er sich selber eingestand, doch er musste ja auch im Auge behalten, wie sie sich bei der Arbeit anstellte, oder nicht?

Er hielt inne und nahm sie erneut in den Blick. Isabel reckte sich auf der Leiter, um an die obersten Zitronen von einem der älteren Bäume zu gelangen. Ihre sportlichen Arme griffen hoch in die Zweige, das Shirt rutschte dabei etwas nach oben und zeigte ihren flachen Bauch. Schnell wandte Alfred den Blick ab, er sah aber erneut hin, als er ihr Lachen hörte. Sie war erst einen

Tag hier und sah bereits ganz anders aus als noch in Berlin. Sie wirkte aufgeschlossener, irgendwie verändert, vielleicht sogar zufrieden?

Die magische Wirkung der mallorquinischen Zitronen, dachte Alfred und lächelte in sich hinein. Genau das hatte ihn damals, als er herkam, ebenfalls fasziniert und fortan nicht mehr losgelassen. Er liebte die Ruhe hier, von der Natur umgeben zu sein, den Duft der Insel, der sich mit den aromatischen Zitrusfrüchten verband, die Sonnenuntergänge über dem Tramuntana-Gebirge und die Nähe zur Küste. Hier hatte er sich erst in die Insel und dann in Cristina verliebt. O Gott, war das lange her! Mit einem Seufzen schaute er ein letztes Mal zu Isabel, die ganz offensichtlich Gefallen an der Arbeit gefunden hatte, dann widmete er sich wieder den Zaunpfählen.

Hector hatte recht. Sie war attraktiv. Und nett, und er mochte ihre Stimme …

Aber das war doch alles viel zu kompliziert. Schon allein die Blicke, die Fe und die anderen ihm zugeworfen hatten. Überhaupt, was würde Olivia dazu sagen? Nein, er musste dringend auf andere Gedanken kommen. Und dann war da noch das Geheimnis um das, was sie unfreiwillig verband. War der Zeitpunkt, Isabel darüber aufzuklären, nicht längst überschritten? Was hatte er sich bloß dabei gedacht?

Kapitel 9

»Ich glaube, meine Finger sind taub vom vielen Pflücken und meine Arme zerkratzt von den stacheligen Ästen«, rief Isabel lachend durch das offene Fahrerfenster. Sie saß auf der Ladefläche des voll beladenen Pick-ups und hielt einige Körbe voller Zitronen fest, die auf dem holprigen Weg durcheinandergeschüttelt wurden.

»Das kann schon sein«, rief Fe, die den Wagen steuerte, gut gelaunt zurück. »Die ersten Tage sind hart, aber man gewöhnt sich daran.«

Nachdem Fe und Isabel in den Pick-up gesprungen und zur Plantage gefahren waren, hatten sie sofort losgelegt. Viele Stunden lang waren sie mit der Leiter von Baum zu Baum gegangen, hatten die reifen Zitronen geschnitten und so einen Korb nach dem anderen gefüllt. Fe hatte Isabel zunächst einiges über die saftigen Früchte, deren Reifegrad und die Ernte erklärt und während der Arbeit immer wieder von sich und ihrem Leben auf Mallorca erzählt.

Sie kam aus einem der benachbarten Dörfer im Tramuntana-Gebirge. Ihr Vater war Steinmetz und ihre Mutter hatte in einer Apotheke gearbeitet, bis die Wirtschaftskrise 2009 den Betrieb ihres Vaters in die Knie gezwungen und auch den Job ihrer Mutter gefährdet hatte. Fe war nach einigen Jahren in Palma, in denen sie als Verkäuferin gearbeitet hatte, wieder zu ihren Eltern in die Berge gezogen, und sie hatten sich fortan gegenseitig unterstützt. Es seien harte Jahre gewesen, doch mittlerweile habe sich die Lage wieder stabilisiert. Sie habe ihre Entscheidung nie bereut, denn so sei sie auch zu ihrer Arbeit auf Alfreds Plantage gekommen.

Seit sechs Jahren arbeitete die tatkräftige Mallorquinerin nun zwischen den Zitronenbäumen und konnte mit Stolz behaupten, jeden Tag zu genießen. Außerdem war sie Alfred unglaublich dankbar dafür, dass er hier ein so außergewöhnliches Projekt auf die Beine gestellt hatte, denn es war nicht leicht, auf der vom Tourismus geprägten Insel wirtschaftlich zu bestehen. Er hingegen habe sich gegen viele Widrigkeiten durchgesetzt, sei ein toller Chef, und obwohl er in den letzten Jahren oft unterwegs gewesen sei, kümmere er sich um sein Team wie um eine Familie.

Die Zeit war wie im Flug vergangen und Isabel hatte Fe bereits jetzt ins Herz geschlossen. Auf Anhieb waren sich die beiden sympathisch gewesen, hatten zusammen gescherzt und gelacht, und Isabel hatte das Gefühl, Fe tue ihr unglaublich gut. Isabel hörte ihr gerne zu und erfreute sich an der spanischen Leichtigkeit, mit der sie die deutsche Sprache so wundervoll aufwertete. Und dennoch, wenn sie über Alfred sprach, hatte sie regelmäßig einen gefühlvollen, beinahe traurigen Unterton in der Stimme. Es schien, als wollte Fe eigentlich mehr erzählen, doch irgendetwas hielt sie davon ab. Gingen ihre Gefühle für Alfred eventuell weiter, und schätzte sie ihn nicht nur als zuverlässigen Arbeitgeber? Isabel war aufgefallen, dass er des Öfteren zu Fe und ihr herübergesehen hatte. Sicher hatte er sich vergewissern wollen, ob sie ihrer Arbeit nachkamen, doch irgendetwas in Isabel hatte sich danach gesehnt, etwas anderes in seinen Blicken zu erkennen als nur das. Er hatte oben am Hang mit Hector an einem Zaunabschnitt gearbeitet, Hacke und Schaufel in die Erde gestoßen und war sich nicht zu fein für die harte Arbeit gewesen. Er war kein klassischer Chef, der nur vom Schreibtisch aus agierte. Er konnte anpacken und tat es auch. Das machte ihn sympathisch und nahbar. Und das verschwitzte Shirt betonte seinen kräftigen Körper. In Isabel flatterten sachte ein paar Schmetterlinge und sie schmunzelte über sich selbst.

»So, da wären wir«, sagte Fe und lenkte den Pick-up durch das große Rolltor der Fabrik.

Isabel sprang von der Ladefläche und öffnete die Heckklappe. Der freundlich nickende Nael half ihr beim Entladen, und gemeinsam schütteten sie die Zitronen in eine Art Trichter, der über einem kleinen Förderband angebracht war. Darüber hinaus sagte Nael kein Wort, weder zu Isabel noch zu Fe. Als die letzte Zitrone in den Trichter kullerte, war er schon wieder zwischen den Maschinen verschwunden.

»Er ist ein netter Kerl, auch wenn er nicht viel redet«, warf Fe ein, die Isabels fragende Blicke bemerkt hatte. »Aber man kann sich hundertprozentig auf ihn verlassen.«

Isabel nickte. Überhaupt hatte sie das Gefühl, dass das Team sich untereinander nicht nur verstand und unterstützte, sondern sich auch respektierte und schätzte. Das Miteinander war herzlich und Isabel konnte sich gut vorstellen, besonders mit Fe auch nach der Arbeit Zeit zu verbringen.

Eine helle Glocke ertönte, und Isabel fühlte sich an früher erinnert, als der Milchmann vor dem Hof ihrer Eltern haltgemacht hatte. »Was hat das zu bedeuten?«, fragte sie Fe, die sich, wohl unabsichtlich, über die Lippen leckte.

»Alfred ruft uns alle hoch zum Haupthaus, was früher meistens bedeutete, dass er etwas verkünden wollte oder es

79

etwas zu Essen gab. Manchmal auch beides«, erklärte sie lächelnd. »Er kann wirklich gut kochen«, fügte sie augenzwinkernd hinzu.

Die Sonne versank allmählich schon hinter den Bergspitzen, als Fe, Nael, Arian und Abelia gemeinsam den Pfad zum Haupthaus hochschlenderten. Abelia, die neben Spanisch und Mallorquinisch keine andere Sprache sprach, verständigte sich mit Händen und Füßen, und Isabel tat es ihr nach, als sie zu erklären versuchte, dass ihr die Arbeit großen Spaß machte. Die vier lachten über die kläglichen Versuche eines Gesprächs, und als Hector von den Feldern zu ihnen stieß, gingen sie gemeinsam um das Haupthaus herum und betraten die von der warmen Abendsonne beschienene Terrasse.

Alfred und Claus standen strahlend vor dem langen Holztisch, auf dem sich einige Pizzakartons stapelten, daneben standen Bier- und Limonadenflaschen.

»Sorry, Leute, ich hatte heute keine Energie zum Kochen. Es gibt nur Pizza und Bier«, sagte Alfred erst auf Deutsch, dann auf Spanisch oder vermutlich Mallorquinisch und hob entschuldigend die Hände. »Aber das holen wir nach, versprochen.«

»*Vamoooos, jefe*«, rief Hector grinsend, öffnete zischend ein Bier und reichte es weiter. Alle streckten schließlich ihre Flaschen über die Mitte des Tisches und stießen ausgelassen auf Alfreds Rückkehr an. Claus öffnete den ersten Karton, aus dem frischer Pizzaduft strömte, und jeder nahm sich ein dampfendes Stück.

»Direkt aus dem Holzofen unten bei Thiago«, bestätigte Alfred zufrieden und biss in den knusprigen Teig mit geschmolzenem Käse.

Isabel sah sich lächelnd um. Niemand setzte sich oder dachte an Messer und Gabel, sondern alle aßen im Stehen, unterhielten sich über die Produktion, den gestrigen Tag der

Arbeit und das näher rückende Sommerfest. Isabel genoss das kühle Bier, das nach dem anstrengenden Arbeitstag genau das Richtige war.

»Und, wie war dein erster Tag?«, fragte Alfred, der ein wenig näher auf sie zutrat und dabei grinsend beobachtete, wie sich Isabel ein riesiges Stück Pizza in den Mund schob.

Sie lachte hinter vorgehaltener Hand. »Es war schön«, sagte sie dann kauend, bevor sie den Bissen schluckte. »Fe hat mir alles gut erklärt, und ich denke, ich werde zurechtkommen.«

»Das freut mich«, erwiderte Alfred und stieß mit Isabel an. »Du hast dich sehr gut angestellt.« Er machte eine kurze Pause. »Also, soweit ich das mitbekommen habe«, ergänzte er hastig.

Isabel grinste verlegen.

»Okay«, sagte Alfred und schob seine freie Hand in die Hosentasche. Dann wandte er sich an die Gruppe und bat um einen Moment Ruhe. »Wenn wir schon alle zusammen sind, möchte ich kurz etwas loswerden.« Anschließend sagte er ein paar Worte auf Spanisch. Er schien keinerlei Mühe zu haben, fließend zwischen den Sprachen zu wechseln.

Isabel lauschte ihm, beeindruckt und gleichzeitig ein wenig nervös über das, was er wohl zu sagen hatte.

»Zuallererst bin ich froh, euch wieder alle um mich zu haben.«

Hector pfiff durch die Zähne und die Gruppe lachte.

»Es war ein kalter Winter in Russland, aber … ich hatte viel Zeit zum Nachdenken.« Alfred räusperte sich, trank dann einen Schluck Bier und redete weiter. »Es tut mir leid, dass ich in den letzten Jahren oft nicht für euch da war … Das soll sich in Zukunft wieder ändern.«

Isabel spürte mit jedem Wort, wie schwer es Alfred fiel, das auszusprechen, was ihm auf dem Herzen zu liegen schien.

»Jedenfalls will ich mich bei euch allen bedanken, dass ihr immer für mich und die Zitronen da seid.«

Claus trat einen Schritt auf seinen Sohn zu und legte liebevoll den Arm um ihn. Bei diesem Anblick wurde Isabel ganz warm ums Herz.

»Ich habe noch einiges mit unserer Limonade vor, und sobald Olivia zurück ist, werden wir einen Plan dafür schmieden. Ach so, und ich möchte dieses Jahr wieder einmal unser großes Sommerfest mit Freunden und deren Familien feiern. So wie damals ...« Er seufzte und sprach nicht weiter.

Hector löste den emotionalen Moment auf, indem er erneut auf den Fingern pfiff und zu klatschen begann. »*Vamos, chicos!*«, rief er, hob seine Flasche in die Luft und alle stießen freudig zusammen an.

Alfred wirkte wie befreit. Er strahlte, unterhielt sich mit seinen Mitarbeitern, die offensichtlich auch seine Freunde waren, und gemeinsam ließen sie den Abend in fröhlicher Stimmung ausklingen. Doch je öfter Isabel Alfred musterte, desto mehr fiel ihr auf, dass er etwas unergründlich Trauriges mit sich herumzutragen schien, das er nicht preisgab.

Zwei Stunden später hatten sich Hector, Abelia, Fe, Nael und Arian auf den Heimweg gemacht und auch Claus rieb sich die müden Augen. Er sammelte einige Flaschen zusammen und verabschiedete sich schließlich.

»Du hast dich gut geschlagen, nach allem, was man so hört«, sagte er noch zu Isabel und zwinkerte ihr zu, bevor er im Haus verschwand.

Hatte Fe ihm das gesagt? Oder Alfred?

Isabel atmete hörbar aus und ließ dann den Blick zum Himmel wandern. Sie saß auf den Treppenstufen der Terrasse und Alfred setzte sich neben sie. Die Nacht war völlig klar und unzählige Sterne legten einen hellen Schleier über die Berge. Es war ein beeindruckendes Schauspiel, dem Isabel stundenlang hätte zusehen können.

Sie trank einen Schluck Bier und spürte Alfreds Blick auf sich. Sie erwiderte ihn nicht, sondern konzentrierte sich auf den Himmel.

»Was meintest du vorhin damit, dass du in den letzten Jahren oft nicht für die Leute da warst?«, fragte sie leise, um nicht die Ruhe zu durchbrechen. »Ich meine, warst du so viel unterwegs?«

Alfred ließ sich mit der Antwort Zeit, nahm noch einen Schluck und rieb sich das Kinn. »Weißt du ...«, begann er dann, »ich liebe diese Plantage. Es hängen so viele Erinnerungen daran. Und ich habe sie zu lange vernachlässigt, dachte, ich müsse einen anderen Ort finden, ich ...« Eine kurze Pause entstand. »Es ist an der Zeit, wieder nach vorn zu blicken«, sagte er schließlich.

Isabel ließ die Worte auf sich wirken. Sie warfen zwar viele neue Fragen auf, und dennoch bezog er damit ganz klar Stellung, er gab etwas von sich preis, was Isabel nicht als selbstverständlich empfand.

»Weißt du was, ich glaube, ich habe mich noch gar nicht für den Schlüssel bedankt«, sagte er, und Isabel spürte erneut seinen Blick auf sich. »Danke.«

Sie lächelte in die Sterne.

»Ich hätte nicht gedacht, dass du tatsächlich herkommst«, sagte er nach einer Weile. »Zumindest nicht so schnell.«

Isabels Lächeln verschwand und wurde durch eine nachdenkliche Ruhe ersetzt. In ihr geschah etwas, Dinge schienen sich zu ordnen, ihre Gedanken wurden klarer. Es war, als würde sich in ihrem Innern eine schützende Hülle auflösen, hinter der sie sich bisher versteckt gehalten hatte.

»Ich glaube, mir geht es ähnlich wie dir«, sagte sie. »Ich habe schon zu lange zu viel nachgedacht, und ... nach irgendetwas gesucht, von dem ich nicht wusste, was es war. Ich glaube, du hast recht. Es ist an der Zeit, nach vorn zu blicken.« Isabel war überrascht über ihre eigenen Worte, und dennoch war sie froh, sie ausgesprochen zu haben.

Ihre Überraschung steigerte sich, als Alfred nicht nachfragte, was sie damit meinte, oder was es war, das sie all die Jahre beschäftigt hatte. Er nickte bloß, gab ihren Worten den Raum, den sie brauchten, und sah ebenfalls hoch in den Himmel, als könnte er die Antwort an den Sternen ablesen.

Eine Weile lang saßen sie einfach so da, bis auch Isabel eine angenehme Müdigkeit in sich spürte. Sie erhob sich und bedankte sich für den interessanten ersten Tag und diesen wunderschönen Abend.

»Wie gesagt, ich freue mich, dass du da bist«, bestätigte Alfred noch einmal, als Isabel sich schon auf den Weg zu ihrer Casita machen wollte.

Sie grinste in sich hinein, denn es wirkte wie ein Versuch, den angenehmen Abend künstlich in die Länge zu ziehen.

»Wir haben noch gar nicht über deine Bezahlung gesprochen ...«

Isabel strich sich die Haare hinters Ohr. »Du brauchst mich nicht zu bezahlen«, sagte sie und kam sich ein wenig komisch dabei vor.

»Das geht nicht, ich ...«

»Wie wäre es mit Kost und Logis?«, warf sie schnell ein. Alfred machte einen letzten Versuch, dagegen Widerspruch zu erheben, doch Isabel blieb hartnäckig, und sie einigten sich darauf.

»Dann ... Gute Nacht«, sagte Alfred und lehnte sich gegen die oberste Treppenstufe.

»Gute Nacht«, erwiderte Isabel und warf noch einen unauffälligen Blick über die Schulter, als sie um das Haus herum zu ihrer Casita ging. War es das letzte Bier oder die ganze Situation, die ihr diese Wärme in die Wangen trieb? Dann atmete sie erleichtert auf, öffnete die Tür und ließ sich geradewegs auf das große Bett fallen.

»O mein Gott«, flüsterte sie in das Laken hinein. »Was passiert hier gerade mit mir?«

KAPITEL 10

Das heiße Wasser lief wohltuend an Isabels Körper herunter und spülte das Shampoo aus ihrem Haar. Einige Minuten lang ließ sie es noch über ihren Kopf rieseln, dann stellte sie die Dusche aus und trat in das eingedampfte Badezimmer. Sie schlang sich ein Handtuch um, kippte das Fenster und nahm sich ein zweites Tuch für die Haare.

Es klopfte an der Tür.

War das Alfred? Oder Claus?

Hektisch sah sie sich um, doch weder wollte sie nass in ihre Klamotten steigen, noch hatte sie einen Bademantel dabei, in den sie hätte schlüpfen können. Sie wartete einen Moment, dann flüsterte sie ein »Ach, egal« und öffnete im Handtuch-Outfit die Tür.

Langsam streckte sie den Kopf hinaus, doch es war niemand zu sehen. Stattdessen drang frische Luft herein, zusammen mit dem Zwitschern der Vögel. Es war noch früh und Nebelschwaden zogen träge durch das Tal.

Gerade als sie die Tür wieder schließen wollte, vermischte sich der Duft von Frischgebackenem mit der klaren Bergluft. Sie sah nach unten und entdeckte einen mit einem Tuch abgedeckten Weidenkorb.

Sofort lief Isabel das Wasser im Mund zusammen. Sie griff nach dem Korb und schlug neugierig das Küchentuch zur Seite. Eine kleine Thermoskanne, ein Körbchen mit Brot und einem Croissant, Butter, Marmelade ... alles liebevoll zusammengestellt. Isabel lächelte in sich hinein, schloss dann die Tür und ließ sich auf das Bett nieder. Neugierig packte sie den Korb aus, goss sich eine Tasse heißen Kaffee ein und fand dabei eine handgeschriebene Notiz.

Dein erstes Gehalt, stand darauf, zusammen mit einem eher missglückten Smiley.

Isabel grinste und biss in das aufgebackene Croissant. So ließ es sich hier doch aushalten. Während sie sich an ihrem kleinen Frühstück erfreute, tippte sie eine Nachricht an Klara und eine an ihre Mutter. Natürlich waren beide neugierig auf Isabels Abenteuer und wollten regelmäßig auf dem Laufenden gehalten werden. Um ihnen glaubhaft zu versichern, dass es ihr gut ging, schickte sie noch ein Foto des Frühstückskorbs hinterher, bevor sie das Handy beiseitelegte und begann, sich für die Arbeit fertigzumachen.

Zwanzig Minuten später schlüpfte sie in ihre kurze Jeans, nahm den Korb mit dem Geschirr und trat hinaus vor die Tür. Das Tal lag im Schatten, doch es war bereits angenehm warm und der Himmel wolkenlos.

Für einige Momente genoss Isabel den spektakulären Ausblick, dann ging sie um das Haus herum zur hölzernen Eingangstür. Claus winkte durch das Küchenfenster und erschien kurz darauf im Eingang.

»Guten Morgen, Isabel«, sagte er und lächelte zufrieden.

»Guten Morgen.«

»Hast du gut geschlafen?«

Sie nickte lebhaft. »Wie im Himmel. Und das Croissant ...«

»Oh«, sagte Claus, lachte und nahm ihr den Korb ab. »Dann war mein Sohn wohl doch schon auf den Beinen. Ich dachte, er schläft noch.«

Isabel lächelte verlegen. Das mit dem Frühstück war süß gewesen, aber sie wollte nicht, dass Claus es missverstand.

»Ich, also …«, begann sie zu erklären, ließ es dann jedoch bleiben. »Es war jedenfalls verdammt lecker«, sagte sie stattdessen.

»Das finde ich auch«, stimmte Claus zu und rieb sich genüsslich über den Bauch. »Wir bekommen die Rohlinge tiefgefroren aus der Bäckerei im Dorf. Ich weiß nicht, wie Alfred das geschafft hat, aber wir sind tatsächlich die Einzigen, denen diese Ehre zuteilwird.«

Er stellte den Korb neben die Haustür.

»Begleitest du mich? Ich gehe nach den Bienen schauen.«

»Eigentlich gerne, aber ich bin mit Fe an der Fabrik verabredet«, sagte Isabel und deutete den Hang hinunter. »Sie wollte mir heute die Produktion zeigen.«

»Na dann …«, entgegnete Claus warmherzig, »… gehen wir ein Stück zusammen und ich stelle dir die Bienen ein anderes Mal vor.«

Die beiden stiegen die Stufen hinunter und betraten den kleinen Weg, der sich den Hang entlangschlängelte.

»Ist das nicht einfach wunderschön hier?«, fragte Claus und atmete begierig die frische Morgenluft ein. »Ich erfreue mich jeden Tag daran, seit ich hergekommen bin.«

Isabel nickte. »Ja, das glaube ich dir. Es ist wirklich traumhaft. Das Licht, die Berge, die Luft …«

»Apropos Luft. Weißt du, Isabel, ich glaube, du bringst eine Menge frischen Wind hier rein. Und ich glaube, du tust meinem Sohn gut.«

Sie sah erstaunt zu Claus hinüber. »Wie meinst du das?«

Claus hielt einen Moment inne. »Seit ich hier bin, habe ich ihn nicht mehr so freudig in die Zukunft blicken sehen«, sagte er nachdenklich.

Isabel wunderte sich darüber, was sie damit zu tun haben sollte. War es nicht eher seine Russlandreise, die ihn inspiriert haben mochte?

»Was hast du eigentlich vorher gemacht? Ich meine, bevor du hergekommen bist?«, fragte Isabel, ohne auf Claus' Anspielung einzugehen.

Er lächelte sanft, als würde er an eine gute, aber lange vergangene Zeit zurückdenken. Isabel hätte nicht sagen können, wie alt Alfreds Vater war, denn er wirkte auf sie noch ausgesprochen vital. Dennoch schätzte sie ihn auf um die dreißig Jahre älter als Alfred und damit musste er längst im Rentenalter sein.

»Meine Frau und ich, wir haben einen kleinen Kiosk in einem Freibad betrieben, in der Nähe von Köln. Du kannst dir vorstellen, wie hektisch und laut es dort im Vergleich zu hier zuging«, sagte er und lachte. »Im Winter hatten wir dann immer das Café in einem Hallenbad gepachtet. Bis Rosmarie vor zehn Jahren gestorben ist.« Seine Stimme wurde wehmütig. »Dann habe ich nur noch das Freibad gemacht, bis ich letztendlich für immer zugesperrt habe und nach Mallorca gekommen bin.«

Isabel sah Claus mitfühlend an. »Das ... tut mir leid«, sagte sie und verzog leicht den Mund.

»Danke, Isabel, aber das muss es gar nicht. Das ist der Lauf des Lebens, schätze ich. Und meine Frau sieht von irgendwo da oben zu, wie ich mich jeden Tag an den Zitronen und den Bienen erfreue. Und vor allem, weil ich so viel Zeit mit unserem Sohn verbringen kann, wie nie zuvor. Ich ...« Claus stockte, fasste sich an die Brusttasche seines Hemdes und dann an den Kopf. »Ich alter Schussel, habe meine Brille oben vergessen.« Er blieb stehen und sah seufzend den Berg hinauf. »Ich ...«

»Warte«, unterbrach Isabel, als er schon umkehren wollte. »Wenn du weißt, wo sie ist, dann hole ich sie dir.«

Claus sah sie mit dankbarem Blick an. »Das ist ganz lieb, vielen Dank. Sie müsste in meinem Zimmer sein, auf dem Schreibtisch. Wenn du ins Haus gehst, die vierte Tür rechts.«

»Okay«, sagte Isabel. »Dann bin ich gleich wieder da.«

Als sie an der Haustür ankam, musste sie einen Moment verschnaufen. Wenn Claus das jeden Tag mehrmals machte, dann war er vermutlich fitter als sie selbst, dachte sie und stützte sich am Türrahmen ab. Dann warf sie einen Blick den Hang hinunter. Claus hatte es sich auf einem großen Stein bequem gemacht und stopfte seine Pfeife.

Isabel drückte vorsichtig die Tür auf und betrat den Flur. Es war vollkommen ruhig. Alfred musste mit dem Auto unterwegs oder bereits unten an der Fabrik sein. In Gedanken zählte sie mit, als sie an den hölzernen Türen vorbeiging.

»Die Erste, die zweite, die dritte ...«

Moment.

Das war ein Wandschrank. Zählte er als Tür oder nicht? Die Optik war ähnlich, doch er stand einen Spaltbreit offen und es befand sich kein Zimmer dahinter. Nach dem Wandschrank machte der Flur einen Knick. Anschließend kamen zwei weitere Türen.

Isabel entschloss sich dazu, den Wandschrank zu überspringen, und ging direkt zwei Türen weiter.

Anstandshalber klopfte sie kurz, trat jedoch daraufhin ein.

»Oh«, stieß sie sofort aus, richtete den Blick zur Seite und machte hektisch einen Schritt zurück. Alfred stand vor ihr und zog sich gerade ein Shirt über den Kopf. »Entschuldigung, ich ...«

Ihr Blick blieb an seinem Oberkörper hängen. Sie konnte einfach nicht anders.

»Guten Morgen«, sagte Alfred gelassen, strich sein Shirt glatt und lächelte.

Isabels Starre löste sich und sie sah sich suchend um. »Ich … Claus hat seine Brille vergessen«, stammelte sie.

Der Wandschrank hatte also doch als Tür gezählt.

»Bis nachher«, stieß sie dann gepresst aus, und ehe Alfred noch etwas erwidern konnte, verließ sie das Zimmer und stürmte in den Nebenraum. Auf einem kleinen Schreibtisch entdeckte sie die Brille, griff danach und verschwand so schnell, wie sie gekommen war.

Draußen angelangt schlug sie sich mit der flachen Hand auf die Stirn, verzog das Gesicht und musste schließlich über sich selbst lachen. Wie ein verdammter Teenager hatte sie dagestanden. Alfred dachte vermutlich, sie sei völlig bescheuert. Isabel schüttelte den Kopf und machte sich hastig auf den Rückweg zu Claus. Sie hätte sich zumindest für das Frühstück bedanken oder wenigstens Guten Morgen sagen können.

Egal, sagte sie sich und marschierte geradewegs weiter. Unten angekommen überreichte sie Claus die Brille, der sich mehrfach bedankte. Dann verabschiedete er sich, denn alle fünf Bienenstöcke lagen abseits der Fabrik.

»Wir sehen uns dann später«, rief er ihr fröhlich hinterher, als er rauchend losspazierte.

Kurze Zeit später stand Isabel vor dem Eingangstor zur Fabrik. Die danebenliegende Tür stand offen. Fe war offenbar schon etwas früher gekommen. Die beiden hatten sich vor Arbeitsbeginn auf einen Kaffee verabredet.

»Hallo?«, rief Isabel in die Fabrik hinein.

Es blieb still.

Sie ging an der Treppe vorbei und warf einen Blick in den links gelegenen Aufenthaltsraum. Das Gluckern und Ächzen einer Kaffeemaschine war zu hören und heißer Dampf stieg aus einer Ecke auf.

»Fe?«

Keine Reaktion.

Dann hörte Isabel ein leises Piepen aus der Halle. Sie verließ den Aufenthaltsraum und folgte dem Geräusch. So dunkel und verlassen hatte die Fabrik etwas Gespenstisches, beinahe Bedrohliches. All die vielen Gerätschaften, die sich in den langen Gängen türmten. Isabel bemerkte, dass ihr Körper unter Spannung stand.

Mit jedem Schritt kam Isabel dem leisen Piepen näher, bis sie das blinkende Licht einer Maschine entdeckte, die vermutlich gerade in den Betriebsmodus hochfuhr.

»Fe?«, rief sie noch einmal mit gedämpfter Stimme.

Wieder keine Antwort. Wo steckte sie bloß?

Ihr Blick wanderte über das Förderband. Wie Reißzähne lagen Metallstreben in der Laufschiene und warfen lange Schatten.

»Hey!«, rief plötzlich jemand hinter ihr und Isabel fuhr heftig zusammen.

»No tienes nada que hacer aquí!«

Ruckartig drehte sie sich herum und erkannte eine junge Frau im Gang. Mit aufgebrachter Stimme redete sie auf Isabel ein und wirbelte mit den Armen in der Luft.

»No se permiten turistas aquí! Venga!«

Isabel hob abwehrend die Hände, doch die junge Frau redete einfach weiter.

»Ich … verstehe nichts. Es tut mir leid.«

Die Frau stockte und zog die dunklen Augenbrauen hoch. Trotz der zornigen Miene und der feurigen Art hatte die temperamentvolle Unbekannte feine Gesichtszüge, die ihr eine gewisse Anmut verliehen. Isabel schätzte sie auf Ende zwanzig.

»Raus!«, stieß die gerade noch anmutig wirkende Frau aus und zeigte mit dem Arm in Richtung Ausgang. »Besucher haben hier nichts verloren!«

Jetzt verstand Isabel das Missverständnis. »Ich … bin keine …«, versuchte sie zu erklären, doch die Spanierin redete immer weiter.

»Sie arbeitet hier«, unterbrach Alfred sie schließlich, der wie aus dem Nichts hinter Isabel aufgetaucht war.

Isabel drehte sich zu ihm um, und er nickte ihr zu, als wollte er sagen, dass alles in Ordnung sei. Dann wandte er sich wieder der aufgebrachten jungen Frau zu.

»Hallo, Olivia«, begrüßte er sie in ruhigem Ton.

Isabel beobachtete, wie die Spanierin namens Olivia zornig zwischen ihr und Alfred hin und her sah. Ihre Augen, eben noch zu engen Schlitzen geformt, weiteten sich plötzlich, so als würde sie eine Erkenntnis treffen. Dann drehte sie sich wortlos um und verließ die Halle.

KAPITEL 11

Jeder Winkel der Fabrik war Olivia bestens vertraut, jede Schraube, jedes Förderband, jeder Mitarbeiter. Cristina hatte sie auf alles vorbereitet. Nur auf eines nicht: Isabel.

Nun stand Olivia an dem großen Sichtfenster mit Blick auf die Produktionshalle und beobachtete, wie die junge Deutsche Kiste um Kiste in den Trichter des Förderbands entleerte. Als Isabel nach oben schaute, trat sie hastig einen Schritt zurück.

Sie fühlte sich müde und ausgelaugt. Die vergangenen Monate harter Arbeit steckten ihr in den Knochen. Anschließend hatte sie noch die mehr oder weniger erfolglose Vertriebsreise durch das halbe Festland unternommen – und zu guter Letzt war auch noch Isabel hier aufgekreuzt.

Zugegeben, sie war etwas harsch zu ihr gewesen, selbst nachdem sie erfahren hatte, wer sie war. Doch was fiel Alfred ein, sie unangekündigt mit hierherzubringen? Olivia war die einzige Person, der Alfred von seiner ersten Begegnung mit Isabel erzählt hatte. Das Geheimnis lastete schwer auf ihren Schultern. Und jetzt brachte er sie auch noch mit auf die Plantage? War das wirklich sein Ernst? Die Erkenntnis darüber, wer diese junge

Braunhaarige war, hatte ihr einen schmerzhaften Stich versetzt. Vielleicht wirkte sie nett, ja. Etwas verletzlich, aber nett und tatkräftig. Doch das würde nicht gut ausgehen. Nicht, wenn Alfred ihr die Wahrheit vorenthielt …

»Wie dem auch sei«, sagte Alfred hinter ihr.

Olivia hatte fast vergessen, dass er sich im Raum befand.

»Sie wird die nächsten acht Wochen bei uns arbeiten.«

Olivia atmete laut aus und drehte sich dann zu ihm um. »Alfred, ich habe eure Blicke gesehen …«

Er verzog den Mund.

»Du weißt, dass ihre Anwesenheit Ärger bedeuten wird. Du weißt es ganz genau. Und trotzdem bringst du sie hierher …« Sie ließ den Satz bewusst offen und beobachtete seine Reaktion, doch er hielt sich zurück und sagte nichts dazu.

»Wie war deine Reise?«, fragte er stattdessen.

Olivia schüttelte den Kopf über ihn, ließ sich aber auf den Themenwechsel ein und berichtete von den zähen Terminen bei den großen Getränkeketten. »Ihr seid zu teuer und ihr garantiert zu kleine Stückzahlen. Das lohnt sich für uns nicht«, hatten sie allesamt gesagt. »Wir wollen Geld verdienen und kein Liebhaberprojekt unterstützen.«

Natürlich erzählte sie Alfred eine sachlichere Version des Ganzen. Sie wollte ihn nicht verletzen, sondern das Geschäft voranbringen. Und sie wusste, dass er jede einzelne der Zitronen und jede abgefüllte Flasche Limonade liebte. Auch sie tat es. Auf eine andere Art, aber natürlich tat sie es. Schon allein wegen Cristina. Wegen des Versprechens, das sie ihrer Schwester gegeben hatte. Doch bisher war nichts Gutes daraus entstanden, nur jede Menge Ärger, vor allem mit ihrer eigenen Familie, ihren Eltern, die die Plantage am liebsten geschlossen gesehen hätten. Wo sollte das bloß alles hinführen? Sie war sechsundzwanzig, leitete eine Limonadenfabrik, die sich gerade so über Wasser halten konnte, und hatte keinen blassen Schimmer, wie sie das ändern sollte. Schon seit vielen Monaten fühlte sich Olivia mit allem alleingelassen. Trotz der Hilfe von Claus und den anderen. Wenigstens war Alfred endlich wieder da, und sie musste zugeben, dass sie ihn lange nicht mehr so voller Tatendrang erlebt hatte. Nicht seit ...

»Olivia?«

»Ja? Was?«, fragte sie abwesend und trat vom Sichtfenster zurück.

»Wollen wir nachher weitermachen? Ich wollte gerne einmal mit dir die Zahlen durchgehen.«

Olivia krampfte sich der Magen zusammen. »Ja, klar. Können wir machen.«

»In Ordnung. Aber ich muss vorher noch mit Paps nach Manacor zum Teilehändler. Nael und Hector sagen, die Förderstrecke macht schon wieder Probleme. Aber das weißt du vermutlich.«

»Ja, danke«, sagte Olivia. »Dann sehen wir uns nachher.«

Alfred wandte sich zur Tür. Bevor er das Büro verließ, drehte er sich noch einmal herum. »Und wegen Isabel ...«

»Ich weiß schon«, schnitt ihm Olivia das Wort ab. »Ich sage nichts.«

Alfred murmelte etwas, was vermutlich »Danke« heißen sollte, dann verschwand er durch die Tür und Olivia hörte nur noch die dumpfen Schritte auf der metallenen Wendeltreppe.

Als die Schritte verstummt waren, warf Olivia einen weiteren Blick hinunter in die Halle. Isabel und Fe standen vor der Maschine zum Halbieren der frischen Zitronen. Sie lachten, schienen Spaß bei der Arbeit zu haben, und Olivia fragte sich erneut, was Isabel für ein Mensch war. Was sie mochte oder was sie nicht ausstehen konnte. Ob sie Ähnlichkeiten mit Cristina hatte und warum das Schicksal ausgerechnet ihren Weg mit Alfreds hatte kreuzen lassen.

Sie ging zum Schreibtisch, ließ sich in den Bürosessel sinken und fasste einen Entschluss: Ja, sie würde sie kennenlernen. Cristina hätte es so gewollt. Sie würde ihr eine Chance geben.

* * *

Die zerteilten Früchte fielen in große Bottiche, und der Duft von frischem Zitronensaft erfüllte die Luft. Isabel leerte den letzten Korb geernteter Zitronen auf das Förderband, das direkt in die mit scharfen Klingen ausgestattete Maschine führte, und beobachtete, wie die rotierenden Schneideblätter ihre Arbeit verrichteten. Dann folgte sie Fe um die Maschine herum und griff nach einem der Bottiche.

»So, jetzt können die Zitronenhälften in die Presse«, sagte Fe und lud einen der Behälter auf eine Art Sackkarre mit vier Rädern. Isabel ächzte, als sie ihren Bottich ebenfalls in die Höhe hievte. Ihre Arme fühlten sich nach zwei Tagen körperlicher Arbeit wie Wackelpudding an. Fe versicherte ihr zwar, dass sich das in spätestens einer Woche legen werde, doch Isabel glaubte nicht so recht daran. Sie hätte nicht erwartet, dass die Herstellung von Zitronenlimonade dermaßen anstrengend sein würde, doch es war nun einmal ein Kleinbetrieb mit vielen manuellen Arbeitsschritten und keine Massenproduktion. Fe war fest davon überzeugt, dass sich die sorgfältige Herstellung im Geschmack niederschlug und die hervorragende Qualität der Limonade garantierte.

Fe und Isabel wechselten zur nächsten Arbeitsstation und entleerten die Bottiche in eine Art Wanne, in deren Mitte sich ein Abfluss mit einem Sieb befand. Sobald die Maschine gefüllt war, durfte Isabel einen Knopf drücken und das passende Gegenstück zu der Wanne schob sich von oben herunter. Durch einen transparenten Schlauch lief der frisch gepresste

Zitronensaft direkt in einen Stahlbehälter, an dessen Vorderseite sich ein Zapfhahn befand. Fe griff nach einem Becher neben dem Behälter, hielt ihn unter den Hahn und ließ etwas Saft hineinfließen. Dann rieb sie einen Tropfen zwischen Zeigefinger und Daumen, roch daran und nahm einen kleinen Schluck aus dem Becher.

»*Muy bien.* Perfekte Textur und ein frischer Geschmack. So wie es sein soll«, sagte sie schmatzend und grinste zufrieden. Dann reichte sie Isabel den Becher, die ebenfalls daran schnupperte. Der Zitronensaft roch köstlich. Sie konnte die Frische förmlich spüren, die in der Flüssigkeit steckte. Dann nippte sie daran und verzog spontan den Mund.

»Uh. Sauer!«, sagte sie und schluckte mehrmals.

Fe grinste und schien sich prächtig zu amüsieren. »So sauer ist es gar nicht. Aber wahnsinnig lecker und sehr gesund. Mein Vater isst Zitronen wie Orangen.«

Bei dieser Vorstellung verzog Isabel noch mehr das Gesicht.

»Also, die Presse läuft. Wir haben uns eine kleine Pause verdient, denke ich«, beschloss Fe. »Wollen wir uns ein bisschen raussetzen?«

»Sehr gerne.«

»Im nächsten Arbeitsschritt werden die Zutaten dann zusammengeführt«, erklärte Fe, während die beiden nach draußen in die Sonne traten. »Quellwasser, Zitronensaft, etwas Honig, ein Hauch Minze und Kohlensäure. Der Honig von Claus ist so verdammt lecker, du musst ihn unbedingt frisch aus den Bienenhäusern probieren, wenn er dir die Kästen zeigt«, meinte Fe und leckte sich über die Lippen, als würde Honig daran kleben.

Isabel freute sich bereits darauf, auch wenn sie einen gesunden Respekt vor den fliegenden Pollensammlerinnen hatte.

»Ist eigentlich in jeder Zitronenlimonade Honig?«

Fe schüttelte energisch den Kopf. »Nein, normalerweise wird Rohrzucker verwendet, der ist natürlich billiger. Oder künstliche Süßungsmittel für die Diät-Limonaden. Meist werden nur Biolimonaden wie unsere mit Honig gesüßt. Und soweit ich weiß, verwendet niemand sonst Honig von der eigenen Zitronenplantage.«

Isabel nickte und reckte ihr Gesicht in die wohltuende Sonne. Die beiden ließen sich auf einer Bank neben dem Eingang der Fabrik nieder und genossen für einen Moment die friedliche Ruhe. Dieser herrliche Ort mitten in den Bergen Mallorcas vollbrachte Wunder bei Isabel, denn seit zwei Tagen entschleunigten sich ihre Gedanken spürbar. Alles schien so weit weg zu sein. Berlin, ihr Job, Henning ...

»Hast du eigentlich vorhin noch mal mit Olivia gesprochen?«, fragte Fe und holte Isabel damit zurück in die Gegenwart.

Sie schüttelte den Kopf. »Nein. Und ich war, ehrlich gesagt, auch froh darüber.«

Nach dem *Kennenlernen* von Olivia am frühen Morgen hatte Isabel das Gefühl gehabt, immer wieder die Blicke der jungen Mallorquinerin aus der Büroetage auf sich zu spüren. Doch kaum hatte sie hochgesehen, war niemand mehr da gewesen. Bildete sie sich das nur ein? Alfred, der schon seit einiger Zeit mit Claus unterwegs war, um Ersatzteile für eine der Maschinen zu besorgen, hatte Olivias Verhalten damit zu erklären versucht, dass sie sicher eine sehr stressige Woche mit vielen unangenehmen Terminen hinter sich hatte. Und dann war da auch einmal dieser Vorfall passiert, dass ein unangemeldeter Besucher über die Plantage geschlendert und tatsächlich in die Fabrik eingedrungen war. Olivia hatte ihn zur Rede gestellt und mithilfe von Hector des Geländes verwiesen.

Unter solchen Umständen hätte Isabel Olivias Empörung sicher verstanden, aber spätestens nach Alfreds Auflösung der

Situation hätte sie doch einlenken und Isabel als neue Hilfskraft begrüßen können. Stattdessen war dieser zornige Blick zwischen Alfred und ihr hin- und hergegangen.

Was hatte das zu bedeuten?

Anschließend war Alfred gemeinsam mit Olivia hoch in die Büroetage gegangen und die beiden hatten mindestens eine halbe Stunde lang geredet. Isabel hätte zu gerne gewusst, worüber.

»Ich weiß auch nicht, warum sie so reagiert hat«, warf Fe nachdenklich ein. »Ja, sie ist etwas strenger als Alfred und hat gerne immer alles im Griff … aber sie kann wirklich nett sein«, beteuerte sie.

»Wie dem auch sei«, sagte Isabel möglichst gelassen. »Die Arbeit mit dir macht mir großen Spaß und ich freue mich schon auf die nächsten Wochen.«

Fe lächelte zufrieden über das spontane Kompliment. Dann setzte sie sich aufrecht hin und sah sich suchend um. Als niemand zu sehen war, beugte sie sich geheimnistuerisch zu Isabel hinüber. »Hat Alfred dir eigentlich von dem Fluch erzählt?«, flüsterte sie.

Isabel legte den Kopf schräg und verzog das Gesicht.

»Nein?«, fragte Fe daraufhin und grinste.

»Was für ein Fluch?«, wollte Isabel wissen. Unbewusst verfiel sie bei ihrer Frage ebenfalls ins Flüstern.

»Na ja, Fluch ist vielleicht zu viel gesagt. Manche Alte aus dem Dorf meinen, es sei eine Verwünschung, die Jüngeren reden eher von schlechten Schwingungen auf der Plantage.« Fe sah Isabel tief in die Augen.

»Jetzt sag schon. Was steckt dahinter?«, drängte Isabel. Sie setzte sich ebenfalls aufrecht hin und wartete gespannt.

»Diese Plantage hier hat einmal Olivias Familie gehört, damals in den Fünfzigern …«

Isabels Interesse war umgehend geweckt. Hatte Olivias Reaktion womöglich etwas mit ihrer Familiengeschichte zu tun?

»Die ältesten Bäume am Westhang haben noch ihre Großeltern gepflanzt. Sie hatten dieses Land von ihren Eltern geerbt und wollten damals schon Zitronenlimonade herstellen. An sich nichts Besonderes, denn Limonade gab es schon seit Ende des neunzehnten Jahrhunderts, aber hier auf Mallorca wurde sie erst viel später populär. Sie wollten die Ersten sein.«

»Du meinst, auch die Fabrik gibt es schon seit sechzig Jahren?« Isabel war sichtlich überrascht.

»Mehr oder weniger, ja«, bestätigte Fe. »Allerdings ist, kurz nachdem die Fabrik errichtet wurde, eines Tages eine der Arbeiterinnen verschwunden. Matilda Femenias. Ich glaube, sie war eine entfernte Cousine oder so. Das ganze Dorf hat sie monatelang erfolglos gesucht und die wildesten Gerüchte waren im Umlauf. Als dann seltsame Dinge passiert sind, hat man die verschwundene Matilda als Verursacherin gesehen. Ihr Geist würde sein Unwesen treiben und den Betrieb auf der Plantage stören. Angefangen hat es angeblich mit einer Überschwemmung, die beinahe alles weggespült hat. Danach, als die Fabrik mühsam wiederaufgebaut worden war, ist sie zur Hälfte abgebrannt. Der Schuppen dort hinten, das ist der Rest der damaligen Fabrik, siehst du ihn?«

Fe deutete auf ein Natursteingebäude neben der neu errichteten Halle aus Stahlträgern und Blech.

»Und dann?«, drängte Isabel.

»Es heißt, es seien immer wieder kleine Unfälle passiert und ständig Dinge verschwunden. Arbeitsgeräte, Unterlagen, so was eben. Da Matilda nie wieder auftauchte und man Olivias Großeltern unterstellte, sie hätten etwas mit ihrem Verschwinden zu tun – dazu die ganzen Unglücke –, ging ihr Betrieb schließlich bankrott. Niemand wollte mehr Geschäfte mit ihnen machen. Schließlich haben sie die Fabrik geschlossen, das Land verkauft, und die Plantage lag seither brach. Bis Alfred sie zu neuem Leben erweckt hat. Bis dahin war das Grundstück durch einige Hände gegangen, doch es wurde nie etwas daraus gemacht.«

Isabel war sprachlos. Was für eine schreckliche und gleichzeitig höchst spannende Geschichte!

»Manche der alten Leute im Dorf behaupten immer noch, dass es hier oben spukt. Hinter vorgehaltener Hand natürlich. Es sei noch immer der Geist von Matilda, der hier herumirrt«, fügte Fe flüsternd hinzu und kicherte dann.

»Ach komm, du nimmst mich auf den Arm, oder?«, fragte Isabel und schlug Fe grinsend auf den Oberschenkel.

»Nein, es ist wirklich passiert. Zumindest erzählt man es sich so«, sagte Fe ernst. »Aber ich denke nicht, dass wir uns Sorgen wegen Matilda machen müssen.« Ihr Grinsen verschwand schlagartig. »Eher wegen etwas anderem«, zischte sie und deutete mit einem hektischen Nicken hinter Isabel.

»*Hola*, Fe.« Olivia stellte sich vor Isabel und warf einen Schatten auf ihr Gesicht. »Isabel.«

»*Hola*, Olivia«, erwiderte Fe, als wäre nichts gewesen.

»Isabel, ich wollte kurz mit dir sprechen …«, begann Olivia.

»Eigentlich … wollten wir gerade zurück an die Arbeit gehen«, unterbrach Fe und stand ruckartig auf.

Olivia sah sie überrascht an. »*Sí*, ja, okay. Also wegen gestern …« Sie richtete ihren Blick auf Isabel. »Hast du Lust, dass wir beide nachher irgendwo Mittagessen gehen?«

Isabel blinzelte verwundert. Sie warf einen kurzen Blick auf Fe und zurück zu Olivia. »Äh, ja klar. Gerne«, stammelte sie.

»Okay«, bestätigte Olivia, die wieder einen sachlicheren Ton anschlug, als ginge es um ein normales Mitarbeitergespräch. »Dann treffen wir uns oben vor dem Haus? Gegen halb zwei?«

Isabel nickte mechanisch. »Alles klar.«

»Gut. Dann bis nachher«, sagte sie und ging wieder zurück in die Halle.

Fe sah Isabel mit großen Augen an und klopfte ihr anerkennend auf die Schulter. »Herzlichen Glückwunsch«, sagte sie und grinste. »Offenbar hast du Olivias Interesse geweckt.«

Na prima, dachte Isabel und seufzte. Genau das hatte sie eigentlich vermeiden wollen.

KAPITEL 12

Alfred lenkte den Wagen durch einen Kreisel, nahm dann die Auffahrt zur Autobahn und beschleunigte. Er beobachtete seinen Vater, der still auf dem Beifahrersitz saß und die vorbeiziehende Landschaft genoss. Mittlerweile hatte Alfred das Gefühl, sein Vater sei ein Leben lang am falschen Ort gewesen, so lange, bis er ihm nach Mallorca gefolgt war. Er kannte keinen anderen Menschen, der so viel über die Insel wusste, sich so sehr in ihr gefunden hatte und auch die Inselbewohner und Bräuche so schätzte wie sein Vater. Und das, obwohl er erst seit vier Jahren hier lebte.

Alfred widmete sich wieder der Straße Richtung Inselmitte und ließ die Gedanken schweifen. Er war auf dem Weg nach Manacor, um Ersatzteile für den Traktor sowie für die Abfüllanlage zu besorgen, und hoffte, Raúl werde alles vorrätig haben. Ansonsten konnte für Alfred und sein Team in den nächsten Wochen eine Menge Extraarbeit und Improvisation erforderlich werden. Doch der rüstige Mallorquiner hatte zwischen all dem vermeintlichen Schrott auf seinem riesigen Gelände bisher noch immer die richtigen Komponenten gefunden.

Alfreds Gedanken richteten sich auf die Reparaturarbeiten, auf das geplante Sommerfest und fanden schließlich wieder zurück zu dem Gespräch mit Olivia. Nach ihrem zornigen Blick am Morgen hatte sie zuletzt irgendwie abwesend gewirkt. Sein Vater hatte bereits angedeutet, Olivia sei an die Grenzen ihrer Belastbarkeit gekommen, und tatsächlich, so erschöpft hatte er sie noch nie erlebt. Er nahm sich vor, ihr irgendetwas Gutes zu tun. Vielleicht ein Wellnesstag? Oder ein schönes Abendessen? Ein Ausflug mit einem Segelboot? Er würde sich etwas einfallen lassen, um ihr eine Freude zu machen. Definitiv musste er sie jedoch entlasten.

»Ist alles in Ordnung?«, fragte Claus, als hätte er wieder einmal Alfreds Gedanken gelesen.

»Ja, ach …«

»Du hast mit Olivia gesprochen, nicht?«

Alfred nickte.

»Hector hat mir eben erzählt, sie sei heute früh mit Isabel aneinandergeraten«, sagte sein Vater mit gerunzelter Stirn. »Weißt du, was da los war?«

»Hector?«, fragte Alfred verwirrt.

»Er hat es wohl aus dem Aufenthaltsraum mitbekommen.«

»Hm«, machte Alfred. »Ja, Olivia hat gedacht, Isabel sei eine neugierige Touristin. Ich habe mit ihr gesprochen, es ist alles in Ordnung.«

Claus nickte.

»Ich dachte nur, es könnte für sie vielleicht etwas schwierig sein, das Ganze. Also mit Isabel.«

Alfred überlegte, ob er etwas dazu sagen sollte, und entschied sich schließlich dafür. »Was meinst du damit? Was ist mit Isabel?«

»Na ja …«, begann sein Vater vorsichtig. »Sie ist hübsch, und nett, und wohnt in der Casita. Ich meine, es ist quasi das erste Mal, dass dort überhaupt jemand wohnt. Und das erste Mal, dass eine andere Frau bei uns ist …«

»Sie arbeitet hier«, warf Alfred wenig überzeugend ein. »Für eine begrenzte Zeit.«

»Wie gesagt, ich meine ja nur. Es ist das erste Mal seit Cristina, dass …«

»Paps …«, sagte Alfred seufzend.

Sein Vater hob entschuldigend die Hände. »Ich finde sie jedenfalls sehr nett«, sagte er, und Alfred erkannte aus dem Augenwinkel sein zaghaftes Lächeln. »Und sie erinnert mich ein wenig an deine Mutter in dem Alter.«

»Na prima«, sagte er kopfschüttelnd, konnte sich aber ein Lächeln nicht verkneifen. »Dann ist ja alles geklärt.«

»Wenn du das sagst«, erwiderte Claus mit unschuldiger Miene. Danach wandte er sich schmunzelnd ab und sah wieder aus dem Fenster.

Er kann es einfach nicht lassen, dachte Alfred. Sein Vater hatte dieses feine Gespür für Menschen, mit dem er scheinbar in ihr Innerstes sehen konnte. Das hatte er schon früher gehabt, schon als er ihm und seiner Mutter Cristina vorgestellt hatte. Damals, vor mittlerweile über zehn Jahren.

Aber jetzt, hier und heute war es anders.

Als Isabel am Morgen in seinem Zimmer aufgetaucht war, während er sich gerade fertig gemacht hatte … Ihr Blick, ihre Reaktion. Die hatten ein spürbares Kribbeln in seiner Magengegend ausgelöst. Und dann hatte sie sich völlig entgeistert aus dem Staub gemacht. Als Alfred kurz darauf die Eingangstür unten zufallen hörte, hatte er laut lachen müssen, so skurril und zugleich aufregend war dieses überraschende Zusammentreffen mit ihr gewesen. Natürlich war jetzt alles anders als damals, aber ja, er konnte nicht leugnen, dass Isabel irgendetwas in ihm auslöste. Ob sie bei sich wohl Ähnliches beobachtete?

Bei einem Industriegelände am Ortseingang von Manacor bog Alfred ab und lenkte den Wagen wenig später durch ein breites Wellblechtor. Es war, als betrete man eine andere Welt. Der Schrottplatz war chaotisch, ungeordnet und völlig anders als seine idyllische Plantage. Doch gleichzeitig war der Anblick faszinierend, und Alfred mochte es hier irgendwie. Halb ausgeschlachtete Traktoren, Jeeps, Oldtimer und Kleinfahrzeuge standen aufgebockt in der Gegend herum, daneben türmten sich Stapel von Autotüren, Kühlschränken bis hin zu einem angerosteten Kleinhubschrauber, den der Eigentümer des Platzes, Raúl, hoffentlich nicht mehr in Gebrauch hatte.

»Ist immer ein bisschen wie auf einer Erkundungsreise hier, nicht?«, fragte Claus mit einem Augenzwinkern. Er war eigentlich auch kein Schrauber, brachte aber eine gewisse Faszination für den Metalldschungel hier auf.

Alfred nickte bestätigend, als er den Wagen vor dem Bürocontainer ausrollen ließ. »Und man fragt sich immer, wozu man all diesen Mist braucht. Bis man selbst mal wieder ein Teil sucht.«

Claus lachte.

Die beiden stiegen aus und begrüßten den hageren Mann in Claus' Alter, der ihnen, Kautabak kauend, in Latzhose und Gummistiefeln entgegenschlurfte. Ein mallorquinischer Redneck, dachte Alfred jedes Mal aufs Neue.

»Bon día, limoneros«, begrüßte er sie freudig und schlug Alfred kumpelhaft auf die Schulter. Die drei unterhielten sich ein wenig auf Spanisch über das Wetter und Raúls Kinder, bevor Alfred nach den benötigten Teilen fragte.

»Schon wieder neue Teile für die Abfüllanlage?«, fragte Raúl skeptisch. »Olivia hat doch vor Kurzem erst ein ganz neues Steuergerät bestellt«, sagte er verwundert und spuckte seinen Kautabak auf den staubigen Kies. »Das hat mir zumindest Rafael drüben aus Felanitx erzählt. Er hat ihr das Ding verkauft.«

»Ein Steuergerät?«, fragte Alfred skeptisch. »Davon weiß ich nichts«, antwortete er und sah fragend zu seinem Vater hinüber, der ebenso ahnungslos die Schultern hob. »Die sind doch ziemlich teuer, sie hätte doch …«

»Überlasse niemals einer Mallorquinerin die Zügel deines Pferdes«, grunzte der Teilehändler und schlug Alfred diesmal amüsiert auf den Rücken. »Das solltest du doch eigentlich wissen.« Damit war das Thema für Raúl offenbar beendet und er begann seinen Hof nach den gewünschten Teilen zu durchforsten. Keine halbe Stunde später schraubte sein Gehilfe an einem uralten John-Deere-Traktor herum und trennte eine Hydraulikpumpe und einen Kabelstrang heraus. Danach machte er sich an einem Gerät zu schaffen, das aussah wie ein Segment eines Rollbandes, wie man sie an Flughäfen findet, und entfernte daraus ein Kugellager und eine Art Keilriemen.

Mit den dringend benötigten Teilen auf der Ladefläche und dreihundert Euro weniger im Portemonnaie machten sich Alfred und Claus wieder auf den Heimweg.

Alfred dachte darüber nach, was Raúl über Olivia gesagt hatte. Ein neues Steuergerät für die Abfüllanlage kostete ein halbes Vermögen. Für solch weitreichende Entscheidungen hatten sie sich in der Vergangenheit immer abgestimmt, und Olivia hatte Alfreds Okay eingeholt. Zwar hatte sie damals eine Vollmacht von ihm erhalten, um die Geschäfte zu führen, als er dazu nicht in der Lage gewesen war, aber dennoch war es seine Plantage und seine Existenz, die auf dem Spiel standen.

»Es wird sicher gute Gründe dafür geben«, sagte Claus neben ihm. »Falls es überhaupt stimmt«, fügte er nachdenklich hinzu. »Aber wie dem auch sei, ich denke, sie braucht dich jetzt mehr denn je, mein Sohn. Die letzten Monate waren für uns alle kräftezehrend.«

Auch wenn es von seinem Vater sicher nicht vorwurfsvoll gemeint war, nagte das schlechte Gewissen an Alfred. Er hatte Olivia, seinen Vater und sein Team mit all der Arbeit allein gelassen, um sich wieder einmal in die Einsamkeit zu flüchten. Warum hatte er sich nichts dabei gedacht und sah erst jetzt seinen Fehler ein? Olivia war zuverlässig, fleißig und hatte ihm schon mehr als einmal den Rücken freigehalten, als er in seiner Trauer nicht in der Lage gewesen war, den Betrieb zu führen. Und wenn sein Vater recht hatte und ihr die Arbeit und die Leitung der Plantage über den Kopf gewachsen waren, so musste er nun für sie da sein. Ihm war durchaus bewusst, dass sie all das nicht für ihn, sondern vielmehr für ihre Schwester tat, und ihr mallorquinischer Stolz es ihr nicht erlaubte, um Hilfe zu bitten. Doch nun würde alles wieder anders werden. Er war bereit, sich der Herausforderung zu stellen, so wie er es dem Team bei dem kleinen Willkommensumtrunk versprochen hatte.

Vierzig Minuten später stellte Alfred den Pick-up vor der Fabrik ab und ließ die Ladeklappe herunter.

»*Hombre*, hast du alles bekommen?«, fragte Hector, der mit öligem Shirt aus der Halle kam und offenbar am Förderband herumgeschraubt hatte.

»Ja, haben wir. Wir können die Teile direkt rübertragen.«

»*Fenomenal!*«, stieß Hector freudig aus.

Doch vorher wollte Alfred noch einmal mit Olivia sprechen, sie vielleicht zum Mittagessen einladen und erfahren, wie es ihr wirklich ging und was es mit dem Steuergerät auf sich hatte.

Claus wollte gerade mit anpacken, als Alfred dazwischenging. »Danke, Paps. Wir machen das schon.«

»Hector, muss ich mir das gefallen lassen?«, fragte Claus und lachte. »Bin ich wirklich schon zu alt zum Schleppen?«

Hector hob unschuldig die Hände und zwinkerte Claus zu. »Mir wäre es auch lieber, wenn du die Sachen alleine rüberträgst und ich ein bisschen Honig naschen könnte, Claus«, scherzte er und fing sich damit einen Stüber auf die Brust ein.

»Dann eben ohne mich«, erwiderte Alfreds Vater mit gespielter Empörung. »Ich gehe zu meinen Bienen. Die machen sich wenigstens nicht über mich lustig.« Er zwinkerte Hector noch einmal zu und machte sich auf den Weg.

Alfred sah ihm grinsend hinterher. Er hatte seinen Vater sehr vermisst, das wurde ihm immer deutlicher bewusst. »Ist Olivia im Büro?«, fragte er Hector dann und deutete auf das große Fenster oben an der Halle.

»Nein«, entgegnete dieser mit großen Augen. »Du wirst es nicht glauben. Sie hat Isabel zum Essen eingeladen!« Er stieß Luft durch die Nase aus und schüttelte fassungslos den Kopf. »Und das nach ihrem Auftritt heute Morgen!«

Alfred rutschte unvermittelt das Herz in die Hose. Seine Finger fühlten sich taub an und ein kalter Schauer kroch seinen Rücken hinauf. Olivia war die Einzige, die über Isabel Bescheid wusste, die buchstäblich *alles* wusste. Er atmete schwer und ein pochender Schmerz hämmerte gegen seine Schläfe. Hoffentlich würde sie ihr Wissen auch für sich behalten …

KAPITEL 13

Die Sonne brannte und eine Windböe wirbelte den staubigen Boden auf. Isabel setzte sich auf die schattige Treppe am Eingang des Haupthauses und genoss den kühlen Steinboden. Es war bereits Viertel vor zwei und Olivia hätte schon längst hier sein müssen. Hatte sie es sich doch anders überlegt?

Isabel sah noch einmal auf ihr Handy und nutzte die Gelegenheit, um ihrer Mutter zu antworten, die bereits zwei Mal angerufen hatte. Gestern Abend war sie zu erledigt gewesen, um zurückzurufen, und heute Morgen hatte sie keinen Nerv dazu gehabt. Sie schrieb eine kurze Nachricht, dass es ihr gut ging, sie noch kein Bergbauer verschleppt hatte und die Arbeit Spaß machte. Gerade als sie die Nachricht versendet hatte, schnaubte etwas direkt neben ihrem Ohr. Es kitzelte. Isabel zuckte zur Seite und Tios weiches Maul strich über ihre Wange. Reflexartig legte sie den Kopf zurück, bevor der freche Esel an ihrem Ohr knabbern konnte, und musste zwangsläufig lachen.

Tio hatte sich gestern bereits mehrfach an Isabel herangepirscht, und es kam ihr vor, als wäre er immer noch dabei herauszufinden, ob er sie mochte oder nicht. Als sie ihm über den Kopf streichen wollte, zog er ihn zurück, drehte sich um und marschierte geradewegs auf die offen stehende Haustür zu.

»Halt! Stopp!«, rief sie ihm zu und stand hektisch auf.

»Ist schon in Ordnung«, ertönte eine Stimme hinter Isabel. »Entweder er will zu Claus, oder er geht durch die Terrassentür wieder raus.«

Olivia stand vor der Treppe und zog die Stirn kraus. »Er scheint dich zu mögen …«, sagte sie und wirkte nachdenklich dabei.

»Oh, hi«, stammelte Isabel überrascht. Als sie noch einmal zu Tio blickte, war der bereits im Haus verschwunden, als wäre es das Normalste der Welt.

»Tut mir leid, dass ich zu spät bin. Ich hing am Telefon fest.«

»Kein Problem«, log Isabel, die schon mit dem Gedanken gespielt hatte, zu gehen.

»Okay. Dann gehts los, ja?«

Die beiden stiegen in den vor dem Haus geparkten Seat Ibiza, der bereits die ein oder andere Schramme erlitten hatte, und Olivia fuhr zügig das holprige Sträßchen hinunter.

»Also«, begann sie, als sie das Gelände durch das große Holztor verließen. »Du bist jetzt für acht Wochen bei uns?«

Isabel nickte stumm. Sie wusste noch nicht, ob sie sich über die Einladung zum Mittagessen geehrt fühlen oder misstrauisch sein sollte. Olivia war einige Jahre jünger als Isabel, strahlte jedoch eine Sicherheit und Autorität aus, vor der man automatisch Respekt hatte. Außerdem schien sie ihre wahren Gefühle durchaus für sich behalten zu können, vermutete Isabel.

»Kennst du dich ein bisschen auf der Insel aus?«, wollte Olivia wissen.

Soweit Isabel das beurteilen konnte, machte sie dabei den Versuch eines auflockernden Lächelns. »Ich war noch nie auf Mallorca«, gab sie zu. »Und nach der Ankunft war ich bisher nur in Palma und bin von dort aus direkt zur Plantage gefahren.«

»Oh«, sagte Olivia deutlich überrascht. »Dann hast du noch viel nachzuholen. Unsere Plantage liegt im Tramuntana-Gebirge, das sich fast an der gesamten Westküste entlangzieht. Die Gegend hier, rund um den Ort Sóller, ist bekannt für den Anbau von Zitrusfrüchten, besonders für Orangen, wie du dir sicher denken kannst.« Sie lächelte, diesmal etwas sanfter, und deutete durch das Seitenfenster auf das weite Tal voller blühender Orangenhaine.

Isabel streckte den Kopf durch das geöffnete Fenster und staunte über den atemberaubenden Anblick des Tals, während ihr der Fahrtwind um die Ohren strich. Niemals hätte sie hier auf Mallorca mit so einer Aussicht gerechnet, sie hatte die Insel eher mit flachen Sandstränden und türkisfarbenen Buchten verbunden. Doch Olivia hatte absolut recht: Es gab offenbar noch eine Menge zu erkunden hier.

Je mehr Olivia über die Gegend erzählte, desto freier und gelöster schien sie zu werden. Ihre Blicke waren ehrlich und aufrichtig, sie lachte sogar ab und zu und schien wie ausgewechselt. So, als täte ihr der kleine Ausflug gut. Sie erzählte Isabel von den Ursprüngen des Zitrusanbaus auf Mallorca, der einst durch die arabische Herrschaft über die Insel ab dem neunten Jahrhundert geprägt wurde. Von der Weiterentwicklung der Bitterorangen bis hin zu neuen, süßen Kreuzungen und vom frühen Export der saftigen Früchte über den Hafen von Sóller, der sich zu dem eigenständigen Städtchen Port de Sóller weiterentwickelt hatte. Schon vor Hunderten von Jahren seien die beliebten mallorquinischen Orangen von dort aus bis nach Frankreich gelangt. Olivias Wissen über das Thema war beeindruckend und gab Isabel eine Ahnung davon, wie intensiv sich die tatkräftige Spanierin damit auseinandergesetzt haben musste.

»Hier sind wir nun in Port de Sóller an der Küste«, sagte Olivia irgendwann und bog am Ortseingang links ab. Sie fuhr durch einige Seitenstraßen, dann einen kleinen Weg entlang, der von Steinmauern gesäumt war, bis sie vor einem versteckt liegenden Restaurant Halt machte, das lediglich durch ein verrostetes Coca-Cola-Schild zu erkennen war.

»Wir sind da«, sagte sie und die beiden stiegen aus.

Isabel sah sich einen Moment lang um, bevor sie Olivia in das Restaurant folgte. Die Gegend war unscheinbar und das Meer lag mehrere Straßen weit entfernt. Man konnte es nur schwach rauschen hören.

Kaum hatten sie das Lokal betreten, eilte ein älterer Herr auf sie zu und küsste Olivia auf die Wangen. Isabel wurde daraufhin ebenso herzlich begrüßt.

»*Olivia, cómo estás? Qué bueno verte. Entra y siéntate.*«

Olivia und der Herr wechselten einige schnelle Sätze, bevor er sich als Eugenio vorstellte, sie in einen verwunschenen Hinterhof führte und auf einen wackeligen Plastiktisch deutete. Isabel fühlte sich wie in einer anderen Welt, die lediglich von einigen wenigen Gästen besiedelt war. Nachdem die beiden sich gesetzt hatten, brachte der Mann eine Karaffe mit Wein, eine mit Wasser, etwas Brot und Oliven an den Tisch.

»Du isst doch Fisch?«, fragte Olivia sichtlich amüsiert über Isabels staunende Blicke.

Isabel nickte und Olivia rief dem Mann etwas hinterher. Dann schenkte sie Wein in die Gläser und erhob ihres.

»Ich weiß nicht«, sagte Isabel verhalten. »Ich muss ja noch arbeiten …«

»Das ist schon in Ordnung«, erwiderte Olivia augenzwinkernd. »*Salud.* Auf gute Zusammenarbeit.«

Isabel zögerte, dann griff sie ebenfalls nach ihrem Glas und stieß mit Olivia an. Der Wein war fruchtig und entfaltete trotz seiner Kälte ein warmes Gefühl in ihrem Magen.

»Wo sind wir hier gelandet?«, fragte Isabel etwas fassungslos über die Dynamik, die ihr unverhofftes Treffen mit Olivia angenommen hatte.

»Hier bin ich quasi aufgewachsen«, sagte Olivia und deutete auf den eingewachsenen und pflegebedürftigen Hof, der dennoch Gemütlichkeit ausstrahlte. Die Ausstattung war einfach und in die Jahre gekommen. Blumentöpfe standen überall im Weg herum, blühende Ranken wuchsen über die verwitterten Holzbalken des Vordachs und Baumwurzeln hatten den gepflasterten Steinboden in Wellen gelegt.

»Der Mann, der uns bedient, ist der Cousin meiner Mutter. Ich habe früher in den Ferien hier gearbeitet und an den Wochenenden waren meine Eltern oft zum Essen da.«

Wieder wunderte sich Isabel über die Offenheit, mit der Olivia ihr plötzlich entgegentrat. Wieso nahm sie Isabel mit an einen ihrer Lieblingsplätze? Und wieso stieß sie auf gute Zusammenarbeit an? Und das, nachdem es bei ihrem Kennenlernen nicht eben gut gelaufen war. Was war ihr entgangen?

»Erzähl mir etwas über dich«, bat Olivia direkt. »Wo kommst du her? Was machst du? Und wie hat es dich nach Mallorca verschlagen?«

Isabel schluckte, nippte an ihrem Wein und gab ihr einen kurzen Bericht über ihre momentane Lebenssituation. Sie erzählte, sie lebe allein in Berlin, sei eigentlich Krankenschwester, arbeite aber seit zwei Jahren bei einem Schlüsseldienst und sei nur auf Mallorca, weil Alfred zufällig in den Laden gekommen sei, um diesen alten Schlüssel nachmachen zu lassen. Sie musste schmunzeln, als sie daran dachte, wie er später mit einer Tüte Tiefkühlerbsen vor ihr gestanden hatte.

Olivia hörte interessiert zu und runzelte erst die Stirn, als Isabel den Vorfall von Alfred und dem Schlüssel schilderte.

Nach einer kleinen Weile tauchte der rundliche Cousin von Olivias Mutter wieder auf und stellte eine große Platte mit Fisch, Reis und frittierten Meeresfrüchten auf ihren Tisch. Beim Anblick des Essens lief Isabel augenblicklich das Wasser im Mund zusammen. Ganz sicher hätte sie nicht mit solch einem Menü hier in diesem doch etwas in die Jahre gekommenen Lokal gerechnet.

Als Eugenio wieder in der Küche verschwand, sah Olivia sie freundlich an. »Wegen heute Morgen …«, sagte sie ernst. »Es tut mir leid.«

Isabel nickte aufrichtig. »Ist ja nichts passiert.«

»Ich … hatte da mal eine Begegnung der ungemütlichen Art mit einem ungebetenen Besucher.«

Isabel lächelte sanft. »Alfred hat mir davon erzählt.«

»Alfred …«, sagte Olivia nachdenklich und wirkte überrascht. »Er hat einiges durchgemacht, weißt du. Wir alle.«

Isabel rückte umständlich ihre Serviette zurecht. Sie wusste nicht, was sie darauf erwidern sollte. Sie hätte fragen können, was Olivia damit meinte, aber sie hielt es für klüger, nicht darauf einzugehen. Olivias Blick verdüsterte sich und sie wirkte plötzlich verletzlich. So, als würde sie seit längerer Zeit eine Last mit sich herumtragen.

»Hast du Träume? Ziele?«, fragte Olivia unvermittelt.

Die Frage überrumpelte Isabel. »Ich … ich weiß nicht«, druckste sie herum. »Du?«

»Hatte ich«, sagte Olivia. »Ich habe in Madrid Betriebswirtschaft studiert, wollte nach Amerika gehen, in einer Unternehmensberatung arbeiten oder bei einem großen Konzern …«

»Du wolltest gar nicht die Limonadenfabrik leiten? Ist es wegen …«, Isabel zögerte, »wegen des Fluchs?«

Olivia schnaubte amüsiert durch die Nase und lächelte. »Hat Fe dir davon erzählt?«

Isabel nickte.

»Nein, ich halte nichts von diesen bescheuerten Geistergeschichten. Meine Eltern liegen mir seit Jahren damit in den Ohren. Ich glaube nicht daran und auch nicht an

Schicksal oder sonst irgendetwas. Ich bin nur wegen meiner Schwester wieder auf Mallorca, auf der Plantage.« Olivias Kiefermuskeln traten hervor, als würde sie versuchen, ihre Emotionen zu beherrschen.

Isabel überlegte angestrengt, konnte sich jedoch keinen Reim darauf machen, was Olivias Schwester mit all dem zu tun hatte. Dennoch traute sie sich nicht, nach ihr zu fragen. Es schien ein belastendes Thema für Olivia zu sein.

»Kennt ihr euch schon lange? Alfred und du?«, fragte sie stattdessen.

»Das kann man so sagen«, bestätigte Olivia und trank einen Schluck Wein. »Seit fast zehn Jahren. Noch bevor er meine Schwester geheiratet hat.«

Isabel verschluckte sich an einer Garnele und hustete laut. Dabei stieß sie gegen ihr Weinglas, das beinahe überschwappte.

»Alfred ist … mit deiner Schwester verheiratet?«, stieß sie ungläubig aus. Eine Menge Gedanken schossen ihr durch den Kopf, doch sie konnte sie nicht einordnen. Ihr war heiß und kalt und irgendetwas dazwischen.

Olivia atmete hörbar aus und fuhr sich mit der Hand durchs Haar bis in den Nacken.

»Das war er«, sagte sie. »Cristina ist vor vier Jahren gestorben.«

KAPITEL 14

Der Wein und die Mittagssonne trieben Isabel den Schweiß auf die Stirn, als sie den Hang hinuntereilte. Olivia, die selbst nur einige Male an ihrem Wein genippt hatte, da sie noch Auto fahren musste, hatte Isabel immer wieder nachgeschenkt. Und nach der Mitteilung über Alfreds Frau hatte Isabel das Angebot durchaus gerne angenommen. Olivias Schwester war Alfreds Frau gewesen. Cristina. Sie hatte hier auf der Plantage zusammen mit ihm gelebt, das Anwesen wiederaufgebaut, Fe und Hector Deutsch beigebracht. Die Erinnerungen an sie waren es, die zwischen all den Zweigen der Zitronenbäume hingen und vor denen Alfred geflohen war.

Isabel war so überrascht, beinahe schockiert gewesen, dass sie gar nicht danach gefragt hatte, was mit ihr passiert war. So unverhofft fröhlich dieses Mittagessen angefangen hatte, so abrupt war der Stimmungsumschwung eingetreten. Olivia hatte nach der Hälfte der Fischplatte, kurz nachdem das Thema ihrer Schwester aufgekommen war, einen Anruf bekommen und Isabel eilig wieder zurück zur Plantage gefahren. Ein wichtiger Termin, hatte sie gesagt. Oder hatte sie das Mittagessen wegen des Gesprächs über Alfred und seine Frau beendet? Jedenfalls hatte von jetzt auf gleich eine gedrückte Stimmung geherrscht, die den sonnigen Mittag völlig überschattet hatte.

In der Ferne sah Isabel Fe am Südhang arbeiten, verließ den Kiesweg und steuerte über die Felder direkt auf sie zu. Der Wein. Sie hätte den Wein nicht trinken sollen, sagte sie sich bei jedem schweren Schritt und achtete genau darauf, wo sie hintrat.

»Isabel«, hörte sie plötzlich jemanden neben sich rufen.

Sie ging weiter, ohne sich umzusehen.

»Isabel?«, rief die Stimme erneut. Es war Alfred.

Sie blieb abrupt stehen und atmete einige Male tief durch, bevor sie sich umdrehte, ein verhaltenes Lächeln aufsetzte und damit versuchte, ihren flauen Magen zu kaschieren.

»Ah, Alfred. Ich habe dich gar nicht bemerkt«, log sie, als er durch das Feld auf sie zustapfte.

Isabel konnte nur an Cristina denken, seine Frau. Wie sollte sie sich nun verhalten? Sollte sie ihm von dem Mittagessen erzählen? Oder so tun, als wäre nichts gewesen? Plötzlich konnte sie nachempfinden, wie sich ihre Freunde in Berlin nach Hennings Tod gefühlt hatten. Es war ein schmaler Grat zwischen aufrichtiger Anteilnahme und Betroffenheitsfloskeln. Andererseits war es schon vier Jahre her, und Alfred hatte bisher den Eindruck gemacht, als könnte er mit der Situation umgehen.

»Hi«, sagte er und blieb vor Isabel stehen.

Sie begann unauffällig, an einer Naht ihres Shirts herumzuspielen. Warum war ihr so unwohl zumute? Es war doch eigentlich gar nichts passiert.

»Du warst mit Olivia unterwegs?«, fragte er mit einem seltsamen Unterton.

O Gott, hatte er mit ihr telefoniert? Oder warum sah er sie so an? Roch er den Wein? Isabel versuchte, ihn nicht anzuatmen, was für eine noch verkrampftere Haltung sorgte.

»Hm, hm«, machte Isabel und nickte dabei.

»Ist sie ... im Büro?«

Sie schüttelte den Kopf und atmete tief ein.

Alfred kniff die Augen zusammen.

Musterte er sie?

Ja, er musterte sie.

»Sie hat mich nur oben abgesetzt und musste weiter zu einem Termin«, erklärte sie wahrheitsgetreu.

»Okay«, sagte Alfred und kratzte sich am Hals.

»Also«, begann Isabel. Die Naht an ihrem Shirt hatte mittlerweile einen losen Faden hervorgebracht. »Ich muss dann mal weiter zu Fe. Die Zitronen ...«

Als Alfred nickte, setzte sie hastig einen Schritt vor den anderen und ging etwas zu schnell in Richtung Fe. Sie hatte das Gefühl, sich völlig zum Idioten gemacht zu haben. Oder war es bloß der Wein, der ihr Urteilsvermögen trübte?

Isabel stapfte weiter über das Feld, wich dem einen oder anderen größeren Stein im Boden aus und blieb schließlich vor einem ausladenden Zitronenbaum stehen, an dem eine Leiter lehnte.

Fe steckte ihren Kopf zwischen den Zweigen hindurch und sah Isabel mit großen Augen an.

»Und?«, fragte sie neugierig. »Wie wars?«

Isabel warf einen kurzen Blick hinter sich, um sicherzugehen, dass niemand in der Nähe war.

»Wieso hast du mir nichts von Alfreds Frau erzählt?«, flüsterte sie dann etwas zu laut. »Und dass sie gestorben ist?«

Fe verzog das Gesicht, als wäre sie einer Notlüge überführt worden. Sie schnitt mit der Gartenschere noch eine Zitrone vom Baum und stieg die Stufen bis zur Mitte der Leiter herunter.

»Wir versuchen alle ... also wir versuchen, das Thema zu meiden ...«, druckste sie herum und zuckte mit den Schultern.

Isabel legte den Kopf schief.

»Und, hey, Moment mal«, sagte Fe etwas direkter. »Außerdem kennen wir uns doch erst seit ein paar Tagen.« Sie stieg mit einem verlegenen Grinsen die letzten Stufen herunter und legte einige Zitronen in den Korb.

»Verdammt«, stieß Isabel aus. »Du hast absolut recht«, gab sie zu und legte den Kopf in beide Hände. »Warum fühlt es sich dann so an, als ob du es mir hättest erzählen müssen?«

Fe verzog ahnungslos den Mund. »Vielleicht weil ich so ein netter Mensch bin, mit dem die Zeit wie im Flug vergeht?«

Beide lachten.

»Oder vielleicht liegt es an dem Wein, den du getrunken hast?«, fragte Fe und reckte die Nase in die Luft wie ein Spürhund.

»O Gott, rieche ich so schlimm? Es waren nur ein, zwei Gläser.«

»Ist doch in Ordnung«, winkte Fe ab und lachte. »Alles gut.«

»Vielleicht hat mich Alfred deswegen eben so komisch angeschaut …«, sagte Isabel mehr zu sich selbst.

Fe sah sie fragend an, doch Isabel hob abwehrend die Hand. »Ist schon gut.«

»Alfred?«, fragte Fe augenzwinkernd. »Gefällt er dir ein bisschen?« Ihr Grinsen wurde immer breiter, als Isabel puterrot anlief.

»Was? Nein! O mein Gott!«, stieß sie aus und lachte etwas zu hysterisch. Dann bückte sie sich hastig nach dem Korb und fischte eine der frischen Zitronen heraus, um etwas in den Händen zu halten. »Nein, ich … Er wollte nur wissen, ob Olivia im Büro ist.«

»Ich nehm dich doch nur auf den Arm«, sagte Fe amüsiert und klopfte Isabel dabei lachend auf die Schulter. »Aber wie war es denn nun mit Olivia?«

Isabel atmete erleichtert auf und ließ die Zitrone wieder in den Korb plumpsen. »Eigentlich … ziemlich nett.«

»Hm«, machte Fe skeptisch. »Nett?«

»Ja, irgendwie schon. Wir waren in diesem Restaurant in Port de Sóller, und …«

»Bei Eugenio?«, unterbrach Fe sie erstaunt.

»Ja, genau. Bei ihrem Großonkel oder wie man das nennt. Dem Cousin ihrer Mutter oder so was.«

»Wow«, sagte Fe anerkennend und stemmte die Hände in die Hüften.

»Wow?« Isabel war irritiert.

»Normalerweise nimmt sie nie jemanden mit dorthin. Nicht mal Alfred.«

»Aber … ist das jetzt gut oder schlecht?«

Fe neigte sich zur Seite und sah an Isabel vorbei.

Isabel drehte sich herum und sah Abelia mit zwei Eimern unter den Armen.

»*Hola, chicas*«, sagte die lächelnd, ging auf den nächsten Baum zu und begann, Zitronen zu ernten.

Fe zwinkerte Isabel grinsend zu. Dann beugte sie sich etwas vor und flüsterte durch den halb geöffneten Mund. »Wir reden später.«

Isabel nickte. Dann reichte Fe ihr eine Schere und die beiden machten sich ebenfalls ans Werk.

* * *

Am späten Nachmittag hatte Isabel den Wein mit jeder Menge Arbeit ausgeschwitzt und fühlte sich wieder klar im Kopf. Außerdem hatte sie das Gefühl, beim Zitronenschneiden immer besser und routinierter zu werden. War sie anfangs noch ungeschickt gewesen, konnte sie ihr Tempo nun bereits etwas steigern, und das bei abnehmender Anzahl von Kratzern auf ihren Armen. Es reichte bei Weitem noch nicht, um mit Fe oder Abelia mitzuhalten, doch sie war zuversichtlich.

Mit einem Stapel leerer Körbe verließ sie das Lager neben der Fabrik, um sie auf den Pick-up zu laden und wieder an den Südhang zu fahren. Sie trug so viele Körbe übereinander, dass sie ihre Last mühevoll balancieren musste. Schritt für Schritt tastete sie sich auf den Wagen zu, immer den obersten Korb des Stapels im Blick. Hätte sie vielleicht doch ein zweites Mal gehen sollen? Egal. Gleich war sie am Wagen. Nur noch wenige Schritte.

»Oh, brauchst du Hilfe?«, ertönte Alfreds Stimme von irgendwoher.

Isabel atmete laut auf. Warum musste er ausgerechnet jetzt auftauchen? Und wo war er überhaupt? Sie neigte den Kopf zur Seite und versuchte, an dem Stapel vorbeizuschauen. »Nein, nein«, rief sie zuversichtlich. Als sie an den vor sich aufgetürmten Körben vorbeispähen konnte und Alfred lächelnd neben dem Wagen stehen sah, geriet sie völlig aus dem Konzept. Der oberste der Körbe neigte sich nun einen Deut zu weit nach rechts. Im nächsten Moment geriet der ganze Stapel ins Wanken und Isabels Oberkörper schien sich gummiartig zu verbiegen. Alfred hechtete auf sie zu, doch die Körbe plumpsten zu Boden und Isabel mit ihnen. Sie spürte den dumpfen Aufprall am Hintern und verzog das Gesicht.

»Ah«, keuchte sie, eher vor Schreck als vor Schmerz. Als sie an sich hinuntersah, bemerkte sie, dass sie in die einzige Pfütze weit und breit gefallen war, die einem kleinen Rinnsal aus der Fabrik entsprang. Alles war nass und voll mit lehmiger Erde.

Alfred stand neben der Pfütze und hielt sich die Hand vor den Mund. An seinen zusammengekniffenen Augen erkannte Isabel, dass er kurz davor war, laut loszulachen. Am liebsten hätte sie es dem Rinnsal gleichgetan und wäre einfach davongeflossen. Stattdessen griff sie mürrisch nach der Hand, die Alfred ihr nun reichte.

»Ist alles in Ordnung?«

Als Alfred sie wieder auf die Beine zog, versuchte sie, den Blick von ihm abzuwenden. Erfolglos. Für einen kurzen Moment hielt er ihre Hände umschlossen – die seinen fühlten sich kräftig und warm an. Er blickte sie besorgt an, aber seine Augen blitzten auch schelmisch auf, was ihr ein kurzes Grinsen abverlangte. Dann löste sie sich aus seinem Griff, schnaufte tief durch, fasste sich prüfend an den Hintern und schüttelte leise fluchend den Kopf.

»Verdammte Sch…«

Alfred lachte unterdrückt durch die Nase. Dann beruhigte er sich erneut und musterte Isabel mitfühlend. »Es tut mir leid, wirklich. Es war nur … Hast du dir wehgetan?«

»Alles okay«, sagte sie und winkte ab. »Ich sehe nur aus wie ein Schwein.«

»Das würde ich so nicht sagen«, kommentierte er lächelnd.

Sie sah ihn mit schräg gelegtem Kopf an und grinste.

Er erwiderte ihren Blick.

Aus reiner Verlegenheit bückte sich Isabel ruckartig nach einem der Körbe.

»Warte, ich helfe dir«, sagte Alfred und gemeinsam luden sie alle auf den Pick-up.

Als sie fertig waren, zögerte Isabel. »Na super … So kann ich mich nicht in den Wagen setzen«, stellte sie fest und deutete hinter sich auf ihren verdreckten Allerwertesten.

Alfred begutachtete offenbar möglichst sachlich ihren Hintern, bemerkte dann jedoch, dass das vermutlich etwas zu ausgiebig geriet, und fuhr sich seufzend durch die braunen Locken.

»Also …«, sagte er und verschränkte die Hände hinter dem Kopf. »Ich, äh, soll ich die Körbe rüberfahren? Dann kannst du dich umziehen.«

Isabel schmunzelte. Dann zog sie die Autoschlüssel aus der Tasche und warf sie ihm zu. Er fing sie gekonnt auf.

»Ja. Das wäre nett.«

Isabel zögerte noch einen Moment, dann drehte sie sich um.

»Ach so«, sagte Alfred plötzlich und Isabel wandte sich ihm wieder zu. »Ich wollte noch fragen … also, ob du Lust hättest, heute Abend etwas essen zu gehen.«

»Nein danke«, schoss es reflexartig aus ihr heraus.

Alfred sah sie hilflos an.

»Ich meine, ich war ja eben schon mit Olivia unterwegs …« Sie hielt inne und biss sich auf die Unterlippe.

»Ah, verstehe«, lenkte er betroffen ein.

»Ja, genau«, bestätigte sie.

Er schien nachzudenken und schob beide Hände in die Hosentaschen seiner Jeans. »Wie wäre es dann morgen? Ich fahre Zitronen und Limonade aus. Hast du Lust, mitzukommen?« Er lächelte. »Zu zweit macht es wesentlich mehr Spaß.«

Isabel sah verlegen auf den Boden.

»Vielleicht können wir ja anschließend noch etwas essen«, schlug er vor.

Sie nickte – erst langsam, dann immer schneller. »Okay. Okay, ja. Das klingt doch gut.« Isabel spürte eine prickelnde Aufregung in sich. Gleichzeitig bemerkte sie, dass sich Erleichterung auf seinem Gesicht breitmachte.

»Super«, sagte Alfred, klopfte einmal energisch auf die Ladefläche des Pick-ups und trat zur Fahrerkabine. »Dann … sehen wir uns … hier irgendwo.«

Isabel warf mit klopfendem Herzen noch einen Blick über die Schulter, als Alfred in den Wagen stieg und losfuhr. Was war das bloß für ein mulmiges Gefühl in ihrem Bauch? Und warum fühlte es sich so seltsam, gleichzeitig aber erschreckend gut an? Sie vergrub beide Hände in ihren Haaren und verharrte so einen Moment am Hang. Dann machte sie sich auf den Weg zur Casita.

KAPITEL 15

Gefühlte zwei Meter trennten Isabel und Alfred voneinander, als die beiden in dem alten Lieferwagen über die Insel fuhren, um Zitronenlimonade und frisch geerntete Zitronen auszuliefern. Die Sitzbank war so breit und das Motorengeräusch so laut, dass sie fast schreien mussten, um sich zu unterhalten.

Isabel grinste, als sie ihm wieder einmal mit fast überschnappender Stimme, als sei er schwerhörig, die Frage nach dem nächsten Ziel ihrer Tour stellen musste. Bereits mehrere Stunden waren die beiden unterwegs und hatten dabei kleine Bars in Palma, Felanitx, Manacor und Sineu sowie einige Obstläden in Santa Margalida und zuletzt in Sa Pobla beliefert. Jetzt fuhren sie wieder auf der Autobahn in Richtung Süden.

Der Tag mit Alfred war entspannt und unterhaltsam verlaufen, und Isabel hatte keine Sekunde lang das Gefühl gehabt, sich in irgendeiner Weise verstellen zu müssen. Sie scherzten miteinander, und Alfred machte liebevolle Späße über Isabels gestrigen Sturz in die Pfütze, der ihn an ihr verunglücktes Kennenlernen in Berlin erinnerte. Und Isabel fand es fantastisch, an nur einem Tag so viel von Mallorca zu sehen. Die Besitzer der Lokale waren allesamt freundlich und interessiert, sie fragten, wer Isabel sei und wie die Ernte laufe, was es

Neues in den Bergen gebe und ob dieses Jahr wieder einmal ein Sommerfest stattfinde. Offenbar war dieses Fest, das Alfred und Cristina früher in jedem Sommer veranstaltet hatten, ein richtiges Highlight gewesen, bei dem nicht nur die Mitarbeiter und ihre Familien, sondern auch Kunden eingeladen waren, von denen offensichtlich viele zu Alfreds Freunden zählten.

Besonders ein Dorfhotel war Isabel im Gedächtnis geblieben, in dessen Gastraum eine riesige Glasscheibe in den Boden eingelassen war, durch die man den darunterliegenden Weinkeller samt Küche beobachten konnte. Das gesamte Gebäude war liebevoll renoviert und stammte, laut der Besitzerin, aus dem Jahr 1892. Isabel konnte nur erahnen, wie viele beeindruckende Häuser, Menschen und Geschichten diese Insel wohl zu bieten hatte. Sie war fasziniert von ihrer Vielfältigkeit.

Zu ihrer eigenen Überraschung dachte sie bei all der schönen Ablenkung kein einziges Mal an Berlin, an ihren Job oder an ihr weiteres Leben. Und das, obwohl ab und zu eine Nachricht von ihrer Mutter eintraf, die sie am Abend dringend zurückrufen musste, und natürlich von Klara.

Isabel sah hinter sich in den Laderaum und bemerkte, dass nur noch eine letzte Kiste mit Zitronen übrig war, aber auch, dass diese Kiste deutlich kleiner war, als die bisher ausgelieferten.

»Wir machen einen letzten Halt in Alaró«, erklärte Alfred, der Isabels Blick nach hinten bemerkt hatte, und klopfte gut gelaunt auf das Lenkrad.

Isabel lehnte sich entspannt zurück, genoss den Fahrtwind und die wärmende Sonne, die ihr auf den Unterarm schien. Alfred nahm wenig später eine Abfahrt und steuerte auf das weitläufige Tramuntana-Gebirge zu, von dem aus sie am Vormittag gestartet waren. Links und rechts erstreckten sich weite Felder mit Mandel- und Johannisbrotbäumen, und ab und zu kamen sie an einer Finca oder einem Landgut vorbei.

Die Sonne tauchte die Landschaft in warme Orangetöne, und die Bäume und Häuser warfen lange Schatten über die Straße.

Irgendwann bog Alfred von der Landstraße nach links in einen unscheinbaren Landwirtschaftsweg ab, der von tiefen Schlaglöchern übersät war, und rollte kurz darauf auf einen kleinen Bauernhof zu.

Isabel fragte sich, was es wohl mit dieser Lieferung auf sich hatte, als eine grauhaarige Señora mit einem geschnitzten Gehstock, die etwa in Claus' Alter sein musste, aus dem Hauseingang trat. Alfred stieg lächelnd aus und ging fröhlich auf sie zu. Isabel kletterte ebenfalls aus dem Wagen und beobachtete, wie die Frau Alfred auf die Wange küsste und von allen Seiten beäugte, als hätte sie ihn zuletzt im Jugendalter gesehen.

»Gut siehst du aus, mein Junge«, grüßte die Frau, zwar auf Deutsch, aber mit einem starken spanischen Akzent. »Russland hat dir offenbar gutgetan. Ja, dein Vater hat mich auf dem Laufenden gehalten. Und statt Zitronen hast du eine junge Frau mitgebracht?«, fragte sie und lachte herzhaft.

Isabel lächelte in sich hinein. Die Señora strahlte trotz ihres Alters und des Gehstocks, den sie offenbar nur als Accessoire benutzte, eine ganz besondere Kraft aus, die sich prompt auf jeden in ihrer Umgebung zu übertragen schien.

»Martha, das ist Isabel. Sie ist für einige Wochen bei uns auf der Plantage. Isabel, das ist Martha. Dank ihr haben wir damals die Plantage überhaupt bekommen«, erklärte er.

»Ach was«, ging Martha sofort dazwischen und winkte freudig ab. »Das hättet ihr auch so geschafft, du und Cristina. Gott hab sie selig«, sagte sie und machte eine Geste, als schickte sie einen freundlichen Gruß gen Himmel.

Isabel bemerkte, dass Alfred sie bei Cristinas Erwähnung beobachtete, doch sie ließ sich nichts anmerken. Im nächsten Moment reichte Martha ihm ihren Stock, umfasste Isabels Hände und sah ihr strahlend in die Augen. »Sie sind bei dem nettesten jungen Mann auf der ganzen Insel gelandet ... und an einem der zauberhaftesten Orte«, sagte sie mit einem warmherzigen Lächeln. »Und ich kann jetzt schon erkennen, dass Sie eine mindestens genauso nette Person sind.« Dann gab sie Isabels Hände frei.

Isabel wusste nicht, was sie erwidern sollte, und entschied sich dafür, das Kompliment mit einem Lächeln anzunehmen.

»Ich bin gleich wieder da«, sagte Martha plötzlich und verschwand mit schnellen Schritten und ohne ihren Gehstock im Haus.

Alfred lachte Isabel zu. »Den Stock braucht sie nur, um die Schafe aus dem Haus zu jagen«, sagte er schmunzelnd und ging um den Lieferwagen herum, während Martha mit einem Karton vor sich in der Tür erschien.

Isabel beobachtete das Geschehen, das offenbar ein Tauschgeschäft war.

»Soll ich die Zitronen in die Küche stellen?«, fragte Alfred, als er mit der Zitronenkiste an Martha vorbeiging und das Haus betrat.

»Ja bitte«, rief sie ihm hinterher, ging auf Isabel zu und drückte ihr den Karton in die Hand.

Er war schwerer, als Isabel vermutet hatte, und der Duft, der daraus emporstieg, ließ ihr das Wasser im Mund zusammenlaufen.

»Jetzt verstehe ich, was Alfred für eine Überraschung geplant hat«, sagte Martha und zwinkerte Isabel zu, die keine Ahnung hatte, wovon die alte Dame sprach.

»Überraschung?«, wiederholte sie verwirrt.

Alfred kam wieder nach außen und nahm Isabel den Karton ab. »Martha«, sagte er ermahnend. »Ich weiß jetzt schon, dass das viel zu viel ist!«

»Ach papperlapapp«, entgegnete Martha energisch. »Ihr habt doch sicher Hunger, nicht?«, richtete sie dann das Wort an Isabel, die nur ahnungslos mit den Schultern zuckte und nickte. »Und außerdem bringst du mir schon … wie viele Jahre Zitronen? Neun?«

»Zehn«, sagte Alfred und klemmte sich den Karton unter einen Arm. Mit der freien Hand strich er Martha sanft über die Schulter und gab ihr einen Kuss auf die Wange. »Danke.«

»So, und jetzt los mit euch, sonst ist die Sonne gleich weg.«

Isabel sah zwischen Martha und Alfred hin und her. Was hatten die beiden da zuvor besprochen und Alfred heimlich geplant?

»Bis nächste Woche?«, fragte Alfred.

»Ja. Viel Spaß euch beiden«, sagte Martha, lächelte Isabel noch einmal zu und ging zurück in ihr Haus.

»Okay«, sagte Isabel nachdenklich, als sie wieder im Lieferwagen saßen und zurück über den buckeligen Weg zur Landstraße fuhren. »Was hat es mit Martha auf sich? Und was ist in dieser Kiste?«, fragte sie und deutete neben sich auf die lange Sitzbank.

Alfred grinste. »Das mit der Kiste wirst du gleich erfahren. Ich weiß es ja selbst nicht genau. Und Martha …« Er sah nach rechts und links und bog dann auf die Landstraße ab, die auf die Berge zulief. »Tatsächlich haben wir damals wegen ihr die Plantage bekommen. Das war kein Scherz.« Alfred atmete einmal tief durch, dann wich sein Lächeln einem sehnsüchtigen Blick in die Vergangenheit und er holte etwas weiter aus. »Ich bin wegen einer Frau nach Mallorca gekommen, Cristina. Olivia ist ihre Schwester und ihrer Familie hat damals in den Fünfzigern die Plantage samt Fabrik gehört.«

Isabel nickte bedächtig und hörte Alfred aufmerksam zu. Diesen Teil der Geschichte kannte sie bereits, doch sie war gespannt, wie es weiterging.

»Die Plantage war bis dahin durch viele Hände gegangen, denn – ich weiß nicht, ob du es schon mitbekommen hast – angeblich liegt eine Art Fluch oder Verwünschung darauf. Der Geist von Matilda Femenias …«

Alfred hielt inne, als er bemerkte, dass Isabel bereits davon gehört hatte. Sie nickte, und die beiden lächelten sich vielsagend an.

»In der Vergangenheit ist wohl einiges auf dem Anwesen passiert, und auch der letzte Besitzer hat Unglück und Leid damit erlebt. Er hat es nicht geschafft, die Plantage wieder in Betrieb zu nehmen, und aus irgendwelchen Gründen wollte er sie uns dennoch nicht verkaufen. Vielleicht wollte er das Grundstück sich selbst überlassen, ich weiß es nicht.«

Aus dem Augenwinkel nahm Isabel ein Schild am Straßenrand wahr, das auf ein »Castell d'Alaró« hinwies. Offenbar befand sich die Burg auf dem Berg, dessen Kuppe Alfred nun ansteuerte.

»Jemand im Dorf meinte damals zu uns, es gebe da eine deutsche Frau, Martha, die bereits dreißig Jahre in den Bergen wohne und jeden hier in der Gegend kenne. Wir sollten uns einmal bei ihr melden. Natürlich waren wir skeptisch, was ihre Möglichkeiten betraf, doch wir kontaktierten sie und schlossen sie direkt ins Herz. Sie hörte sich unsere Geschichte an und griff anschließend zum Telefon. Am nächsten Tag hatten wir ein Verkaufsangebot für die Plantage vorliegen und haben sie gekauft.«

Isabel rieb sich verwundert über die Stirn. »Wie … hat sie das angestellt?«

Alfred lachte. »Ich habe keine Ahnung. Sie hat es uns nie verraten. Doch seitdem bringe ich ihr jede Woche eine Kiste Zitronen vorbei. Und seit einigen Jahren backt sie uns im Gegenzug jede Woche einen frischen Zitronenkuchen. Den besten und saftigsten der Insel.« Alfred klopfte voller Vorfreude auf den Karton.

Gerade als Isabel fragen wollte, ob sie tatsächlich zu dem ausgeschilderten Kastell fahren würden, bog Alfred um eine Kurve und der Blick öffnete sich auf die in der Abendsonne leuchtende uralte Ruine. Sie bestand aus schon ziemlich verwitterten hellen Natursteinen und thronte am Rand eines steilen Küstenfelsens. Rechts und links konnte man weit in die Ferne schauen, gefühlt bis an das andere Ende der Insel. Der Anblick raubte Isabel den Atem, und sie konnte es kaum erwarten, diesen besonderen Ort zu erkunden.

Alfred parkte den Wagen an einem entfernten Kiesweg und sie stiegen aus.

»Das ist wunderschön. Aber was genau machen wir hier?«, wollte Isabel wissen.

Alfred lächelte sie an. »Wir essen. Das hatte ich dir doch versprochen.«

Wie auf Kommando knurrte Isabels Magen vernehmlich und die beiden lachten.

»Na dann«, sagte Alfred und deutete auf Isabels Bauch. »Ich denke, es wird höchste Zeit.«

Sie gingen auf einem steinigen Pfad hoch zur Burg, und Isabel kam aus dem Staunen gar nicht mehr heraus. Der Panoramablick war atemberaubend. Die Berge, die weite Sicht bis zum Meer, die in den Fels gehauenen Treppenstufen und mittendrin das uralte und geheimnisvoll wirkende Kastell.

Nach einer Weile ging Alfred voraus, hin zu einem Mauervorsprung, auf dem er sich niederließ. Isabel folgte ihm. Sie schwang die Beine über die Mauer und genoss die Abendsonne.

»Wir sind jetzt genau 822 Meter über dem Meer«, sagte Alfred und zeigte weit in die Ferne, wo die Wellen glitzerten.

»Es ist herrlich hier oben. Danke, dass du mir den Platz gezeigt hast«, sagte Isabel begeistert, und ihre Blicke trafen sich. Sein Atem schien zu stocken und er schluckte. »Aber ...«, begann sie erneut und machte eine theatralische Pause. »... jetzt gib mir endlich von dem verdammten Kuchen«, zischte sie dann lachend durch die Zähne und die beiden prusteten los.

»Okay, okay«, erwiderte Alfred, ganz außer Atem. Er öffnete den Karton und zog ein Baguette, Käse, etwas Wurst und schließlich den sorgfältig verpackten Kuchen heraus. Als er dann noch zwei Piccoloflächchen präsentierte, zog Isabel überrascht die Augenbrauen in die Höhe.

»Aha«, bemerkte sie mit amüsiertem Unterton. »Womit haben wir das denn verdient?« Gleichzeitig fragte sie sich, ob das Picknick Alfreds oder Marthas Idee gewesen war, und hoffte insgeheim, dass er es geplant hatte.

Alfred fuhr sich durch das dichte Haar und stützte sich dann wieder auf der Mauer ab. »Also«, begann er zögerlich. »Es kann sein, dass ich Martha versprochen habe, dass mein Vater ihr als Gegenleistung einen Tag bei der Pflege ihrer Obstbäume hilft.«

Isabel legte lachend den Kopf in den Nacken. »So läuft das hier also«, begann sie, während Alfred die Piccoloflaschen öffnete und ihr eine reichte. »Du vermietest deinen Vater für Kuchen und Käse?«

»Es klingt hart, wenn du das so sagst«, gestand Alfred. »Aber ja.«

Die beiden lachten und stießen mit den kleinen Sektflaschen an.

»Dann auf Claus«, sagte Isabel gelöst. Sie wollte nicht schon wieder in Alkohollaune geraten, in der sie von einer peinlichen Situation in die nächste geriet, also nippte sie nur an dem Sekt.

So saßen sie eine Weile schweigend da, genossen die untergehende Sonne und bedienten sich an den Köstlichkeiten.

»Sag mal, war es Olivia … die dir von der Geschichte mit Matilda Femenias erzählt hat?«, fragte Alfred irgendwann.

Isabel schüttelte sachte den Kopf. »Nein, das war Fe.«

»Ah, okay. Aber Olivia hat dir …«

Jetzt nickte Isabel. »Ja«, sagte sie und das Herz klopfte ihr bis zum Hals. »Sie hat mir von Cristina erzählt. Das mit ihr … tut mir wirklich leid.«

Alfred wirkte überrascht, aber auch irgendwie erleichtert.

»Also, ich weiß nicht, was genau passiert ist«, stellte Isabel klar. »Ich weiß nur, dass sie … dass sie nicht mehr da ist.«

Die beiden sahen einen Moment lang still in den Sonnenuntergang. Völlige Ruhe umgab den Berg, auf den sich nur wenige Menschen verlaufen hatten, welche ebenfalls den stimmungsvollen Ausblick genossen.

»Es war ein Unfall«, sagte Alfred in die Stille hinein und Isabel sah zu ihm hinüber. Er wirkte gefasst, doch er öffnete ihr sein Herz, das konnte sie spüren.

»Beim Paragliding. Es war unser gemeinsames Hobby.«

Er stockte, doch Isabel sagte nichts. Sie gab ihm die Zeit, die er brauchte.

Unweigerlich musste sie dabei an Henning denken.

»Wir waren zusammen unterwegs, ein Tandemflug. Ich war am Steuer. Eine Böe hat uns erwischt. Ich habe überlebt. Sie hat es nicht geschafft«, sagte Alfred leise. Dann sah er Isabel an. »Das ist jetzt vier Jahre her.«

Isabel erwiderte seinen Blick und wusste nicht, was sie sagen oder wie sie reagieren sollte. Es war für sie nicht greifbar, wo dieser intime Augenblick hergekommen war, doch sie war Alfred dankbar dafür. Der Eindruck, den sie vom ersten Moment von ihm gehabt hatte, bestätigte sich. Das Gefühl, dass er sie verstand, dass er nachempfinden konnte, was in ihr vorging, dass es eine unerklärliche Verbindung zwischen ihnen gab.

»Das tut mir sehr leid«, sagte Isabel betroffen.

»Danke«, erwiderte er leise und lächelte matt. »Doch das muss es nicht. Wir hatten eine wundervolle Zeit, und es sind so viele gute Dinge daraus entstanden, für die ich sehr dankbar bin. Zum Beispiel, dass mein Vater bei mir ist, dass sich unser Verhältnis gewandelt hat und er mittlerweile mein bester Freund geworden ist. Oder Hector, Fe und die anderen, die immer für mich da waren, wie eine Familie. Oder … du …«

Isabel spürte Alfreds kurzen Blick. Ihr Körper reagierte auf seine Worte und eine Gänsehaut überzog ihre Arme.

»Ich meine …« Alfred schien seine Worte genau abwägen zu wollen. »Ich habe das Gefühl, du tust uns allen gut.«

Isabels Anspannung löste sich und sie atmete hörbar auf. »Danke«, erwiderte sie bewegt.

Er nickte.

Isabel fasste sich ein Herz und stellte die Frage, die ihr seit dem Gespräch mit Olivia auf der Seele brannte. »Was war Cristina für ein Mensch?«

Alfred holte den Kuchen aus seiner Verpackung, reichte Isabel ein großes Stück und lächelte liebevoll.

»Sie hat Kuchen geliebt.«

KAPITEL 16

»Sie schätzte die kleinen Dinge des Lebens und konnte sie richtig genießen. Manchmal vielleicht ein wenig zu sehr, aber sie war nun einmal Mallorquinerin.« Er lachte. »Sie war einfühlsam, witzig, sah das Gute in den Menschen und wurde meist dafür belohnt. Sie konnte nur ein einziges Lied auf dem Klavier spielen, das aber nahezu perfekt. Sie liebte es, anderen Menschen eine Freude zu machen. Und außerdem konnte sie eine richtige Nervensäge sein, wenn sie etwas wirklich wollte.«

Isabel hörte Alfred gerne zu, denn es lagen Wertschätzung, Bewunderung und Liebe in den Worten über seine verstorbene Frau. Er sprach mit einem Lächeln über sie, so als erzählte er von einer guten Zeit mit einem guten Menschen, den er gerne in Erinnerung behielt. Nichts davon fühlte sich falsch an, auch in ihrer Gegenwart nicht. Cristina war ein Teil von ihm, so wie Henning ein Teil von Isabel war. Das verstand sie jetzt. Das war das Leben.

»Wie habt ihr euch kennengelernt?«, fragte Isabel, zog die Knie an ihre Brust und beobachtete seine Reaktion.

»Schnell«, sagte er mit gerunzelter Stirn. »Und intensiv.«

Isabel sah ihn verdutzt an und grinste dann.

»Sie war mit einigen Freundinnen in Madrid. Nur für ein Wochenende. Und ich auch, mit zwei Freunden. Wir waren jung, haben getanzt, uns verliebt.« Alfred rieb sich mit der Hand über den Kiefer. »Ich konnte kein einziges Wort Spanisch und sie nur einige Worte Englisch. Aber es war mir egal. Damals im Studium hatte ich mit zwei Kumpels eine kleine Software entwickelt, die im Maschinenbau eingesetzt wurde. Noch in Madrid habe ich meine Freunde angerufen und gesagt, dass ich meine Anteile verkaufen möchte. Ich bin mit Cristina nach Mallorca gegangen, habe in wenigen Monaten Spanisch lernen müssen und alles ging sehr schnell.«

Isabel lauschte gespannt seiner Geschichte und beobachtete, wie er den Mund leicht verzog, wenn er nachdachte, und wie seine treuen Augen leuchteten, wenn er lachte.

»Und was war mit den Zitronen?«

»Eines Tages hat Cristina mir die verwilderte Plantage gezeigt. Es ist verrückt, aber uns beiden war sofort klar, was wir zu tun hatten. Anfangs mussten wir nebenher arbeiten, und wir haben jeden Cent zusammengekratzt und klein angefangen. Aber es hat funktioniert. Eins kam zum anderen. Es war ein Abenteuer.« Alfred warf Isabel einen prüfenden Blick zu. »Wenn ich dich langweile, musst du es mir sagen, okay?«, sagte er schmunzelnd. »Ich bin nicht bekannt für meine langen Geschichten, aber manchmal überkommt es mich dann doch.«

Isabel schüttelte amüsiert den Kopf. »Nein, ich höre dir gerne zu«, versicherte sie ihm. »Und außerdem habe ich noch Kuchen, der übrigens verdammt lecker ist.« Sie biss in das große Stück, das sie in der Hand hielt. »Bitte, erzähl weiter ... Also, ich meine, nur wenn du willst, natürlich.«

Alfred überlegte einen Moment. Dann nahm er den Faden wieder auf. »Na ja«, sagte er etwas ruhiger als zuvor. »Alles ging von da an seinen Weg, und das, obwohl Cristinas Eltern vehement gegen den Betrieb der Plantage waren. Sie hatten immer nur diese alten Geschichten ihrer eigenen Eltern im Kopf und natürlich das Verschwinden von Matilda Femenias. Sie haben uns sogar Steine in den Weg gelegt und Cristina angedroht, sie zu enterben, all so was. Aber sie war genauso dickköpfig wie ihre Eltern und hat sich nichts dergleichen sagen lassen.« Alfred stieß den Atem durch die Nase aus. »Als dann der Unfall passierte … und Cristina im Krankenhaus lag, da gaben ihre Eltern mir die Schuld daran. Ich hätte sie zu den Zitronen gedrängt, das Unheil sozusagen heraufbeschworen und sie im wahrsten Sinne in den Abgrund getrieben.« Alfred schluckte und sah in die Ferne. »Im Krankenhaus ist sie dann gestorben.«

»O nein«, sagte Isabel ergriffen. Sie legte ihre Hand zwischen sich und Alfred, war beinahe dazu verleitet, nach seiner zu greifen. Doch kurz darauf zog sie die Hand wieder zurück.

»Sie wollen immer noch, dass ich die Plantage aufgebe. Aber ich kann es nicht. Ich liebe dieses Stück Land, mit allem, was dazugehört.«

Isabel bemerkte aus dem Augenwinkel, wie nun seine Hand zwischen ihnen beiden auf der Mauer ruhte. Dort, wo wenige Augenblicke zuvor noch ihre gelegen hatte.

»Das kann ich gut verstehen«, sagte sie.

Sie blieben so lange auf dem Mauervorsprung sitzen, bis die Sonne hinter den Hügeln verschwunden war. Isabel erzählte von ihrer Kindheit bei ihren Eltern auf dem Bauernhof mit der Tierarztpraxis ihres etwas mürrischen Vaters, dessen Herz so groß war, dass die Seele jedes Tieres dort hineinpasste, und davon, wie sie ihn früher bei seinen Hausbesuchen begleitet hatte. Damals hatte Isabel Tierärztin werden wollen, so wie er, hatte sich jedoch in der Pubertät für die Ausbildung zur Krankenschwester entschieden. Eine Entscheidung, mit der ihr Vater nie wirklich klargekommen war, denn er hatte immer davon geträumt, dass sie einmal den Hof samt Praxis übernehmen würde.

Isabel und Alfred ließen sich von den Gedanken treiben, sprachen über liebe Menschen wie Martha oder Isabels Freundin Klara, und über Tiere, die beinahe ebenso tiefe Beziehungen eingehen konnten, nur ohne Erwartungen und Bedingungen.

In diesem Zusammenhang fragte Isabel, was es mit Esel Tio auf sich hatte, denn sie beide hatten sich zwar etwas angenähert, doch sie konnte sein wechselhaftes Verhalten nach wie vor nicht einordnen. Alfred erzählte daraufhin, wie Cristina und er den kleinen Esel mit der Flasche großgezogen hatten, nachdem er von seiner Mutter verstoßen worden war. Er war wie ein Kind für sie gewesen und hatte nicht von ihrer Seite weichen wollen. So war es gekommen, dass er nicht nur über die gesamte Plantage, sondern auch im Haus herumspazierte. Anders als andere Esel hatte er es dabei glücklicherweise nicht auf Zitrusfrüchte abgesehen, sondern er verschonte die kostbaren Bäume und fraß stattdessen am liebsten Heu, wilde Kräuter und stibitzte hin und wieder etwas Obst aus der Küche. Isabel schmunzelte über Alfreds innige Liebe zu seinem Esel, doch sie war zutiefst berührt und Alfred wirkte immer nahbarer auf sie.

Als es bereits stockfinster war und sich die Luft etwas abkühlte, spürte Isabel Alfreds Nähe neben sich, die Wärme, die von ihm ausging. Im Schein des Mondlichts packten die beiden das kleine Picknick zusammen und standen auf. Mit einem Satz sprang Alfred von der Mauer, als eine dichte Wolke vor den Mond wanderte und die steinige Umgebung in völlige Dunkelheit tauchte. Plötzlich kam Isabel auf der Mauer ins Wanken, stieß einen kurzen Laut aus und ging schnell zurück in die Hocke, um sich festzuhalten. Da spürte sie Alfreds Hand an ihrem Arm.

»Keine Angst, ich hab dich«, sagte er leise und ließ seine Hand langsam an Isabels Arm herunterwandern, bis er ihre Finger umfasste.

»Du kannst hier herunterspringen. Der Boden ist eben und ich halte dich.«

In seinem Griff fühlte Isabel sich sicher und vergaß sogar, dass es auf der anderen Mauerseite einige Meter steil abfiel. Sie drückte sich auf die Beine, holte einmal tief Luft und sprang Alfred entgegen in die Dunkelheit. Mit einem Ruck kam sie zum Stehen und drückte sich wieder in die Höhe.

»Danke«, sagte sie erleichtert und konnte an Alfreds Silhouette erkennen, dass er nickte.

»Soll ich vorausgehen?«

Isabel fand es nett, dass er fragte, und nahm das Angebot gerne an, denn sie hatten ihre Handys im Auto liegen lassen und sich so ihrer einzigen Möglichkeit beraubt, den dunklen Weg zu beleuchten. Schritt für Schritt tasteten sich die beiden den steinigen Pfad entlang, um Büsche herum und über Baumwurzeln. Erst kurz hinter dem Kastell fiel Isabel auf, dass ihre Hand immer noch in Alfreds ruhte. Sofort spürte sie ein Kribbeln in der Magengegend und ihr Atem beschleunigte sich etwas. Seine Nähe, seine Berührung, beides fühlte sich vertraut und sicher an, trotz der Dunkelheit und der ständigen Gefahr, auf dem schwierigen Weg zu stürzen. Isabel überlegte, ob es die Insel war oder seine Nähe, weswegen sie sich hier nach wenigen Tagen bereits derart wohlfühlte. Beides, vermutete sie und lächelte in sich hinein.

Einige Hundert Meter weiter hatten sie das Kastell hinter sich gelassen und Isabel erkannte die Umrisse des Lieferwagens. Vor der Beifahrerseite blieb Alfred stehen und Isabel spürte, wie er sich zu ihr herumdrehte. Es war stockfinster. Und immer noch lag ihre Hand fest in seiner. Isabels Herz raste und ihr wurde unglaublich warm unter seiner Berührung. Die Wärme schien sich von seiner Hand aus in ihren gesamten Körper auszubreiten.

»Das … war schön«, sagte Isabel mit staubtrockener Kehle.

»Ja«, erwiderte er leise.

Warum flüstern wir eigentlich, fragte sich Isabel. Es war keine Menschenseele hier. Dann spürte sie wieder dieses Kribbeln im Bauch. Im nächsten Moment knirschten einige Kieselsteine unter ihren Füßen. Sie bemerkte, wie sie und Alfred sich Zentimeter um Zentimeter näher kamen, wie zwei Magnete, die sich aufeinander zubewegten. Sie konnte gar nichts dagegen tun. Die Anziehung wurde zunehmend größer, bis Isabel Alfreds Atem auf ihren Lippen spüren konnte. Ihr Herz schlug immer wilder und schien sich beinahe zu überschlagen.

In der Ferne zwitscherte eine Nachtigall. Ansonsten umgab die beiden völlige Stille. Plötzlich geschah etwas. Die Wolke. Sie zog weiter und das Mondlicht erhellte die finstere Landschaft. Isabel sah Alfred direkt in die funkelnden Augen. Er lächelte. Es war real. Er stand genau vor ihr und seine Brust hob und senkte sich schnell.

Blitzschnell löste Isabel ihre Hand aus seiner und wich ein Stück zurück. Sie wusste nicht, warum sie das tat. Es war ein Reflex. Nervös strich sie ihre Haare hinter die Ohren und wich seinem Blick aus.

Er ließ sich nichts anmerken und blieb ruhig stehen.

»Ja dann …«, begann sie und räusperte sich umständlich, »dann machen wir uns mal auf den Heimweg, oder?«

Sie erkannte im Schein des Mondes, dass er immer noch lächelte.

»Ja«, sagte er aufmerksam und öffnete die Beifahrertür. »Machen wir uns auf den Heimweg.«

Isabel stieg ein und versuchte zu verstehen, was gerade passiert war. Ihr Herz pochte so laut, dass selbst er es hören musste.

Alfred ging um den Wagen herum, stieg ebenfalls ein und stellte den Karton mit den Picknickresten zwischen sie beide auf die Sitzbank.

»Das war ein wirklich toller Abend«, sagte er, ließ den Motor an und fuhr los.

Isabel wusste nicht, wie ihr geschah. Ja, der Abend war wunderschön gewesen. Doch es blieb ein seltsames Gefühl in ihr zurück. Es fühlte sich an, als hätte sie es vermasselt.

* * *

Der Freiton war zu hören. Isabel ging währenddessen ins Badezimmer, stellte das Handy auf Lautsprecher und spritzte sich etwas kaltes Wasser ins Gesicht. Ihr Kopf glühte und sie hätte sich am liebsten direkt in ein Eisbad gelegt. Nachdem sie sich den Hals mit einem Handtuch trocken gerieben hatte, klackte es in der Leitung.

»Ja? Ist alles in Ordnung?« Klara klang verschlafen. Tatsächlich war es schon spät, doch ihre Freundin ging normalerweise nie vor ein Uhr nachts ins Bett.

»O Gott, habe ich dich geweckt?«

»Ja.«

»Das tut mir leid. Dann lass uns Schluss …«

»Ich bin sowieso schon wach.«

Das Rascheln einer Bettdecke rauschte durch den Lautsprecher. Isabel führte das Handy wieder ans Ohr, ging rüber zum Bett und ließ sich in die weichen Laken sinken.

»Ist alles in Ordnung bei dir? Es ist ja schon … es ist nach zwölf!« Isabel hatte den Eindruck, dass sich Klara im Bett aufrichtete und plötzlich hellwach war. »Isabel Mai, was hast du ausgefressen?«

Isabel hielt sich lachend die Hand vor den Mund. Klara kannte sie einfach zu gut, als dass sie ihr etwas hätte vormachen können.

»Gar nichts … Ich hatte gerade Zeit und wollte dich hören.«

»Unsinn!«

»Wie gehts dir denn?«, fragte Isabel, um das Thema noch etwas hinauszuzögern.

»Isabel, ich warne dich!«, sagte Klara in einem übertrieben empörten Ton. »Mir gehts gut, in der Boutique alles normal, mit Tim läuft es so lala ... blabla ...«, zählte sie gelangweilt auf. »Und jetzt zu dir!«

Isabel vergrub den Kopf unter der Bettdecke, stellte dann jedoch fest, dass das viel zu warm war und schlug die Decke zur Seite.

»O mein Gott«, flüsterte Klara plötzlich in den Hörer. »Sag bloß nicht, es ist wegen dieses Typs. Deinem Chef!«

Isabel rutschte das Herz in die Hose. Sie hatte Klara angerufen und nicht andersherum, doch dass es so schnell zur Sache ging, damit hätte sie nicht gerechnet. Sie brachte keinen Ton heraus.

»Bingo!«, rief Klara zufrieden. »Verdammt, bin ich gut. So, und jetzt erzähl. Langsam und deutlich.«

Isabel fasste sich ein Herz und gab ihr einen kurzen Abriss des Tages. Von der angenehmen Fahrt über die Insel, bei der Alfred und sie Limonade und Zitronen ausgeliefert hatten, bis zu dem Picknick am Kastell. Einige entscheidende Details, wie ihr ständiges Herzklopfen oder Alfreds funkelnde Augen, ließ sie dabei aus. Dennoch reichte es offenbar, um Klaras Fantasie entsprechend anzuregen.

»Ein Sonnenuntergangspicknick am Fuß einer Burgruine in den Bergen? Und er hat dich an der Hand durch die Dunkelheit geführt?«

Obwohl Klara sie nicht sehen konnte, nickte Isabel während der kurzen Gesprächspause.

»Isabel, es tut mir leid, dir das mitteilen zu müssen. Aber du bist geliefert«, urteilte Klara sachlich und kicherte dann in den Hörer.

»Wie ... Was meinst du damit?«

Klara schnaufte. »Isabel, er hat dich am Haken. Er hat die Picknickkarte gezogen. Jetzt schon! Er steht auf dich«, sagte sie, als müsste sie einem Kleinkind das Alphabet erklären.

»Er … ähm.« Isabels Arm kribbelte, dort, wo Alfred sie berührt hatte.

»Ganz genau.«

Isabel seufzte.

»Hast du das denn schon einmal weitergedacht? Ich meine, mit Alfred?«

Isabel konnte keinen klaren Gedanken fassen. »Nein, was denn?«

»Wir sind aber heute schwer von Begriff, was? Man könnte denken, ich hätte dich aus dem Schlaf gerissen und nicht andersherum.«

Trotz der Anspannung in ihrem Brustkorb musste Isabel schmunzeln und ließ beschämt den Kopf sinken.

»Wie dem auch sei«, fuhr Klara fort. »Dieser Abend. Er wird die gesamten nächsten acht Wochen mitschwingen. Bei allem, was du tust. Ist dir das klar? Er wird sozusagen ein Abenteuer im Abenteuer.«

Isabel legte sich ihre freie Hand auf den Kopf, als könnte sie ihn damit zurechtrücken. So weit hatte sie noch gar nicht gedacht. Eine leichte Panik stieg in ihr auf. Wie im Zeitraffer lief der nächste Tag in ihrem Kopf ab, dann der darauffolgende und so weiter. Alles, woran sie denken konnte, war, dass ihr flauer Magen, dieses Kribbeln im Bauch und die wirbelnden Gedanken in ihrem Kopf sie wahnsinnig machen würden.

»O Klara. Das wird … total seltsam werden.«

»Hm«, machte Klara nachdenklich. »Seltsam ist gut. Seltsam ist ein Anfang«, murmelte sie etwas zu kryptisch, als dass man einen Sinn dahinter hätte erkennen können. »Dieses ganze Liebesding ist doch wirklich ziemlich komisch, wenn wir ehrlich sind.«

Liebe? Gott, nein, dachte Isabel. Eine kleine Form gegenseitiger Anziehung vielleicht. Möglicherweise auch eine etwas größere. Maximal ein Flirt. Aber mehr nicht. Definitiv nicht.

»Klara, was redest du da?«

Die Freundin kicherte. »Sorry, ich denke nur laut.«

Isabel schüttelte schmunzelnd und doch etwas ratlos den Kopf.

»Isabel, ich würde sagen, du schläfst erst mal darüber und schaust, wie die nächsten Tage so verlaufen.«

Das war ein Anfang. So konnte sie es machen.

»Und du kannst das ganz entspannt angehen, denn: Du hast die Freiheit, jederzeit zu gehen. Ich meine … So wie ich das verstanden habe, kriegst du ja nicht einmal Geld für deine Arbeit, oder?«

»Ja.«

»Na siehst du«, sagte Klara aufmunternd.

Isabels Unruhe legte sich für einen Moment, bis Klara einen nicht ganz unbedeutenden Einwand hinterherschob.

»Aber für mich stellt sich da noch eine wichtige Frage. Und die solltest du dir auch stellen.«

»Welche Frage?«, schoss es aus Isabel heraus, bevor Klara weitersprechen konnte.

»Na, ob du ihn auch magst, du Knalltüte!«, erwiderte Klara lachend.

KAPITEL 17

Sechs Wochen später

Alfred blieb im Schatten eines Baumes stehen und sah den Hang hinunter. Er beobachtete, wie Isabel in einem Imkeranzug über das Gelände stapfte und sich ausgelassen mit Claus unterhielt. In der Nähe einer der Bienenstationen blieben sie stehen. Alfreds Vater zupfte an Isabels übergroßem Anzug herum, als prüfte er die Dichtigkeit. Dann lachten die beiden und Isabel legte Claus die Hand auf die Schulter, bevor sie sich die Haube, die sie unter den Arm geklemmt hatte, über den Kopf zog.

Alfred grinste, als er sie dabei beobachtete. Gleichzeitig spürte er dieses warme Kribbeln in der Magengegend, das ihn mittlerweile fast jeden Tag begleitete.

Alfreds Vater setzte sich nun ebenfalls eine Schutzhaube auf und ging mit Isabel langsam auf eines der Bienenhäuser zu. Sie öffneten die erste Kiste, sprühten einen Schwall hellen Rauch in eine Öffnung und warteten einen Moment. Dann zog Isabel furchtlos einen der flachen Wabenrahmen heraus, und gemeinsam betrachteten sie den Stand der Honigproduktion.

Die beiden waren mittlerweile ein eingespieltes Team, auf und außerhalb der Plantage. Isabel begleitete Alfreds Vater nicht nur bei den Kontrollen der Bienenvölker, sondern auch beim Einkaufen auf dem Markt oder zu seinen Gartenarbeiten bei Martha. Außerdem gingen die beiden spazieren oder kochten gemeinsam für das Team. Schmunzelnd stellte Alfred fest, dass er beinahe etwas eifersüchtig auf seinen eigenen Vater war. Auf die viele Zeit, die er mit Isabel verbringen konnte. Doch natürlich freute er sich auch sehr über das harmonische Verhältnis zwischen den beiden.

Während er dort so im Schatten der Bäume stand und Isabel mit Claus und den Bienen beobachtete, dachte er daran, wie sie an ihrem ersten Tag oben vor dem Haus gestanden hatte. So als hätte sie sich verirrt, als wäre sie in einer fremden Welt gelandet, in der sie ihren Platz erst noch finden musste. Und nun, sechs Wochen später, war sie angekommen, hatte sich zu einer lebensfrohen, ausgelassenen jungen Frau entwickelt. Sie war zielstrebig, selbstbewusst und man sah ihr förmlich an, wie gerne sie hier arbeitete und wie wohl sie sich fühlte. Selbst mit Olivia hatte sie sich nach den anfänglichen Schwierigkeiten angefreundet und mit Fe, Hector und den anderen ebenso.

Als Alfred die vergangenen Wochen Revue passieren ließ, stellte er fest, wie schnell die Zeit an ihnen vorbeigezogen war. Zu schnell. Er war glücklich über diese wundervolle Zeit, doch kam hin und wieder ein nagender Schmerz dazu bei dem Gedanken daran, dass die gemeinsame Zeit schon in einer knappen Woche vorüber war. Isabel würde zurück nach Berlin fahren, zurück in ihr altes Leben. Offenbar hatte ihr Chef mit den Betreibern des Shoppingcenters eine Einigung erzielt, und er konnte mit dem Laden in die untere Etage der Passage ziehen, deutlich näher beim Haupteingang.

Natürlich freute sich Alfred über die gerettete Existenz des Ladens. Doch etwas in ihm fragte sich, ob Isabel nicht geblieben wäre, hätte es keinen Job gegeben, der in Berlin auf sie wartete.

Alfred dachte an ihren gemeinsamen Abend oben am »Castell d'Alaró«. Daran, wie er Isabels Hand genommen und sie durch die dunkle Nacht geführt hatte. Bei dem Gedanken daran durchfuhr ihn ein angenehmer Schauer, so als könnte er die Berührung in seinen Fingern nachspüren.

Sie hatten am Auto gestanden und sich im Schein des Mondlichts in die Augen geblickt. Er hatte ihr Herz klopfen hören. Es hatte dieselbe Sprache wie seines gesprochen. Eine Sekunde länger, und er hätte sie geküsst. Doch es war nicht dazu gekommen.

Davor hatte er nicht gewusst, was sein Herz ihm all die Zeit versucht hatte mitzuteilen. Aber in diesem Moment war es ihm bewusst geworden.

Die Tage und Wochen danach waren für ihn die reinste Gefühlsachterbahn gewesen. Der Abend am Kastell hatte ihn verunsichert, ja, aber Isabels Blicke … Sprachen sie nicht eine eindeutige Sprache? In ihnen lag etwas Vertrautes, etwas Freches, Neugieriges. Und immer wieder diese leichten, beinahe zufälligen Berührungen, die während der Arbeit, bei einem gemeinsamen Abendessen unten am Meer oder bei den Fahrten mit dem Lieferwagen passierten. Doch kaum war zwischen ihnen eine gewisse Nähe entstanden, war etwas Störendes in die Situation hereingeplatzt, sei es Claus, ein Freund im Restaurant oder ein Stupser von Tio auf der Plantage. Und nun bemerkte Alfred, wie er im Umgang mit Isabel zurückhaltender wurde. Der Abschied rückte in greifbare Nähe, und es fühlte sich beinahe so an, als wäre es zu spät. Als hätte er seine Chance verstreichen lassen.

Plötzlich schreckte er innerlich auf. Isabel schien ihn im Schatten bemerkt zu haben, und ihre Blicke trafen sich durch ihre Imkerhaube hindurch. Isabels Augen funkelten im gedämpften Sonnenlicht und ihr Lächeln brachte sein Herz binnen Sekunden zum Rasen.

Verdammt, dachte er. Ja, er mochte sie. Aber die Zeit lief ihnen davon, und Isabel hatte ihn immer noch nicht in ihr Herz blicken lassen.

* * *

Isabel kicherte, als Claus an ihrem Anzug herumzupfte und seine Dichtigkeit prüfte.

»Weißt du, als ich angefangen habe mit den Bienen, da hatte ich mir nicht viel dabei gedacht. Ohne die Tierchen wirklich zu kennen, bin ich in meinen Imkeranzug gestiegen, habe meine Arbeit gemacht und hatte keine Angst vor ihnen. Aber an einem Tag saß mein Anzug nicht richtig, und ich habe plötzlich ein Summen gehört.«

Isabel bekam ein beklemmendes Gefühl bei der Vorstellung und hielt sich die Hand vor den Mund. »O nein, wurdest du gestochen?«

»Ich bin vor Schreck über die ganze Plantage gerannt und habe geschrien wie verrückt. Ich dachte, ich bin geliefert. Am liebsten wäre ich in einen See gesprungen.«

Bei der Vorstellung, Claus wild umherrennen und schreien zu sehen, musste Isabel unwillkürlich lachen. Das Bild wollte einfach nicht zu diesem in sich ruhenden Mann passen.

»Jedenfalls hat das Summen irgendwann aufgehört und ich bin schwer atmend stehen geblieben. Da krabbelte dieser kleine Teufel in meinem Gesicht herum und blieb genau auf meiner Nasenspitze sitzen. Ich hätte schwören können, das kleine Biest hat mir direkt in die Augen gesehen.«

Isabel schüttelte sich bei der Vorstellung. Automatisch kribbelte ihre Nasenspitze und sie rieb sich darüber.

»Ich habe dann vorsichtig meinen Helm abgenommen und du glaubst nicht, was passiert ist …«

Erwartungsvoll sah Isabel ihn an. »Was denn?«

»Ich greife an meine Nase und …«, er grinste, »es war nur ein loser Faden, der sich aus einer Naht gelöst hatte.«

Sie sahen sich an und lachten herzhaft.

»Noch heute muss ich mich deswegen von Hector veräppeln lassen, der den Vorfall leider beobachtet hat«, sagte Claus schmunzelnd.

»O Gott, schon allein bei der Vorstellung juckt mein ganzes Gesicht«, erwiderte Isabel hinter vorgehaltener Hand. Dann legte sie ihre freie Hand auf Claus' Schulter. »An deiner Stelle wäre ich wahrscheinlich schreiend in die Zitronenpresse gesprungen.«

Er lachte noch einmal laut auf und nickte.

»Gut, dass dein Anzug dicht ist. Denn das wollen wir unbedingt verhindern«, erwiderte er. »Du würdest uns fehlen.«

Ein Gefühl der Geborgenheit erfüllte Isabel. Jeden einzelnen Tag gab ihr Claus das Gefühl, hier willkommen zu sein, etwas Wertvolles zu dem freundlichen Miteinander auf der Plantage beizutragen und ein Teil davon geworden zu sein.

In der Ferne ertönte ein dumpfes Donnern. Erst meinte Isabel, sich verhört zu haben, doch dann folgte ein zweiter Donnerschlag. Ihr Blick wanderte zum Himmel, der sich strahlend blau präsentierte. Sie dachte sich also nichts dabei und widmete sich wieder den Bienen.

»Du sprühst, und ich halte den Deckel, okay?«, fragte Claus mit seinem sanften Lächeln, das Isabel jedes Mal an Alfred erinnerte. Er und sein Vater waren auf gewisse Art und Weise vollkommen verschieden und hatten dennoch so viele Gemeinsamkeiten, dass Isabel manchmal glaubte, den jeweils anderen um sich zu haben.

»Okay«, bestätigte sie und sprühte einen Stoß Rauch aus dem handlichen Smoker in die seitliche Öffnung des Bienenhauses. Claus hatte ihr erklärt, dass der Rauch die Tierchen weder betäube noch vergifte. Er löse lediglich einen Reflex in ihnen aus, der sie dazu animiere, so viel Honig aufzunehmen, wie sie konnten, um im Falle eines Feuers irgendwo neu anfangen zu können. Der gewünschte Nebeneffekt dabei war, dass sie durch das große Fressen träge und zugänglich wurden.

Sie warteten eine Weile, bevor Claus schließlich den Deckel hochklappte und Isabel eine der Trennwände aus dem Inneren herauszog.

»Keine Angst, meine Freunde«, sagte Claus zu seinen Bienen, als er die Waben prüfte. »Ihr leistet tolle Arbeit, wie immer. Weiter so.«

Isabel sah ihm schmunzelnd dabei zu. In jeder seiner Handlungen spürte sie seinen tiefen Respekt für die Tiere. Fast alles, was er über sie wusste, hatte er sich selbst beigebracht und dazu einige Tipps von Imkern auf der ganzen Insel bekommen. Mittlerweile schien er genau zu wissen, was in den Bienen vorging und was sie benötigten, um einen wirklich hervorragenden Honig zu erzeugen.

Manchmal hatte Isabel das Gefühl, er habe dasselbe treffsichere Gespür für die Menschen um sich herum. Er sagte zwar nicht viel diesbezüglich, doch sie sah es in seinen Blicken. Besonders in jenen, die er zwischen ihr und Alfred schweifen ließ.

Außerdem erinnerte er sie oft an ihren Vater. Nicht daran, wie er heute war, sondern an damals, als sie noch gemeinsam mit seiner mobilen Tierarztpraxis von Hof zu Hof gefahren waren, um Pferde, Schweine, Schafe oder Hühner zu untersuchen. Doch seit sich Isabel dafür entschieden hatte, Krankenschwester in Berlin statt Tierärztin auf dem Hof ihrer Eltern zu werden, war ein großer Traum ihres Vaters geplatzt. Ein Wunschtraum, der offenbar direkt mit seiner Zuneigung zu ihr verknüpft gewesen war. Ihr Verhältnis hatte sich gewandelt, war distanzierter geworden, obwohl sie sich nach wie vor gut verstanden.

Nach allem, was Alfred ihr erzählt hatte, war sein Verhältnis zu Claus ähnlich gewesen, bevor es durch den Tod seiner Mutter und schließlich auch den Tod seiner Frau durcheinandergewirbelt worden war. Nur dass sie dadurch so eng und beständig zueinandergefunden hatten wie nie zuvor.

»Ach, Isabel«, schnaubte Claus, als er das Bienenhaus wieder zuklappte. »Willst du nicht doch noch etwas länger bleiben? Ich muss zugeben, ich kümmere mich gerne um meine Bienen. Aber mit dir zusammen macht es deutlich mehr Spaß.«

Sie seufzte ergriffen. Wären ihre ausladenden Imkerhüte nicht im Weg gewesen, hätte sie ihn sicher sofort umarmt. »Ach, Claus«, sagte sie matt lächelnd. »Das ist so lieb …«

»Ich weiß, du musst zurück zu deinem Job. Aber du bist hier immer willkommen. Es gäbe so viele gute Gründe, hierzubleiben.«

Sie spürte, wie ihre Augen feucht wurden. Verlegen drehte sie sich etwas zur Seite, blinzelte die Tränen weg und sah den Hang hinauf. Plötzlich traf ihr Blick auf Alfreds. Er stand oben im Schatten eines Baumes.

Ihr Herz setzte einen Schlag aus.

Ja, dachte sie und wiederholte Claus' Worte in Gedanken. Es gab so viele gute Gründe, hierzubleiben. Und dennoch gab es etwas in ihr, das sie zweifeln und zurückschrecken ließ. Es war diese große Verletzung in ihrer Seele, die immer noch nicht verheilt war.

KAPITEL 18

Aufgeregt schwärmten Hector, Fe und Nael in die eine, Arian und Abelia in die andere, und Alfred, Claus und Isabel in eine dritte Richtung aus. Olivia war bei einem Termin und würde es nicht mehr vor dem Regen zur Plantage schaffen, um mit anzupacken.

Der Wind pfiff Isabel um die Ohren und der Himmel verfinsterte sich zusehends. Immer wieder platzten krachende Donnerschläge in die bedrohlich wirkende Kulisse und ließen Isabel erschaudern. Erste Regentropfen peitschten vom Himmel, auch wenn der Wetterbericht ihnen noch mehrere Stunden Zeit vor dem Unwetter versprochen hatte, um alle Schutzmaßnahmen abzuschließen. Alles ging viel zu schnell.

Isabel und Claus stiegen in den mit Holzbrettern und Werkzeug beladenen Pick-up, während Alfred sich das Quad-Bike schnappte und losbrauste. Die Plantage erstreckte sich über einen Hang, durch den zwei trocken liegende Bachläufe führten, die bei starken Regenfällen das Wasser ableiteten. So zumindest hatte Isabel es bei der kurzen Lagebesprechung in der Fabrik verstanden. Vor jedem Herbst wartete und befreite das Team diese Ableitungsrinnen von Erde und Geröll und befestigte die Wände, um gegen die Unwetter während der

Wintersaison gewappnet zu sein. Ein Sturm wie der heutige war untypisch für diese Jahreszeit, und niemand war darauf vorbereitet.

»Okay«, stieß Isabel aufgeregt aus, als sie sich hinter das Steuer klemmte. »Wohin fahren wir?«

»Alfred hinterher. Er kennt die kritischen Stellen.«

Isabel nickte, trat aufs Gaspedal und fuhr los.

»Wird es schlimm?«, fragte sie mit besorgter Stimme. Sie bemerkte, wie Claus' Blick starr durch das Seitenfenster gerichtet war und er kritisch den Himmel beäugte.

»Ich vermute, ja. Aber keine Angst, für uns besteht keine Gefahr.« Er verzog den Mund. »Allenfalls die neuen Setzlinge werden kämpfen müssen.«

Auf der kurzen Strecke über die Plantage wurde der Regen deutlich heftiger. Erste Pfützen bildeten sich in den Spurrinnen und Isabel bekam ein mulmiges Gefühl im Bauch. Doch sie biss die Zähne zusammen und wollte sich nichts anmerken lassen, bevor sie nicht ihre Arbeit erledigt hatten und im trockenen Haus Schutz suchen konnten. Entschlossen drückte sie aufs Gas, um nicht den Anschluss an Alfred zu verlieren. Bei einem der Gräben, die sich durch den Hang zogen, machte er Halt. Isabel stellte den Pick-up hinter ihm ab und trat hinaus in den Regen.

Alfred lief auf ihren Wagen zu, schnappte sich eine Schaufel und reichte Isabel und seinem Vater ebenfalls geeignetes Werkzeug. Seine Jeans und das Shirt waren von der kurzen Fahrt durch den Regen bereits komplett durchnässt.

»Das Wasser wird durch die Schlucht da oben kommen, sich im Kanal sammeln und nach dorthin abfließen«, erklärte er kurz und malte eine Linie in die Luft. »Hier an der Unterführung ist der Flaschenhals. Hier muss alles frei sein.« Er deutete auf ein Kanalrohr, das auf der einen Seite des Weges im Boden verschwand und auf der anderen wieder zum Vorschein kam. Ein Gitter sorgte dafür, dass keine großen Teile hindurchgespült werden und den Kanal verstopfen konnten. Allerdings hatten sich vor dem Gitter bereits Erd- und Steinablagerungen angesammelt.

Isabel verstand das Problem und machte sich sofort an die Arbeit. Beherzt packte sie mit Alfred zusammen an und trug Schaufel um Schaufel Geröll vom Gitter ab. Claus schritt währenddessen bergaufwärts den Kanal ab, um kleinere Gesteinsbrocken und abgerutschte Erde zu entfernen.

Wenige Minuten später war auch Isabels Kleidung vollständig durchnässt und klebte eng an ihrem Körper. Der Regen nahm stetig zu und ein Rinnsal bahnte sich den Weg durch den Kanal.

»Wir müssen uns beeilen«, rief Alfred und schaufelte schneller. »Es wird jeden Moment richtig losgehen.«

Isabel nickte und begann auf der anderen Seite des Weges die abgerutschte Erde zu beseitigen. Plötzlich trug der Wind einen dumpfen Schrei zu ihr herüber. Sofort blickte sie den Berg hinauf und entdeckte Claus, der sich am Rand des Kanals auf der Erde abstützte, um anscheinend seinen rechten Fuß zu entlasten.

Sie ließ die Schaufel fallen und eilte zu Alfred. »Irgendwas ist mit Claus«, rief sie gegen den tobenden Wind und zeigte den Hang hinauf. Ein Blitz zog sich grell durch den dunklen Himmel und ließ Isabel zusammenzucken.

»Verdammt«, stieß Alfred aus und begann zu laufen.

Isabel eilte ihm hinterher.

Als sie oben ankamen, winkte Claus hektisch ab. »Alles in Ordnung. Es ist nichts. Ich bin nur leicht umgeknickt.«

Alfred und Isabel stützten ihn jeder auf einer Seite ab, und er versuchte, sachte aufzutreten. Doch sofort zog er mit schmerzverzerrtem Gesicht den Fuß zurück.

»Paps, du bist fertig für heute. Wir bringen dich zum Haus.«

»Aber der Kanal«, rief Claus mit finsterer Miene und zeigte auf eine abgesackte Stelle des Kanals, genau in einer Biegung an der Außenwand.

»So ein Mist!«, stieß Alfred aus. Sein Blick wanderte von der beschädigten Stelle weiter den Hang hinunter. Dorthin, wo sich das Wasser seinen Weg bahnen würde, sollte es ihnen nicht gelingen, die Außenwand oben zu befestigen.

»Die Bienen!«, schrie Isabel entsetzt durch den Regen. Sollte der Sturzbach tatsächlich so stark werden, wie Alfred befürchtete, würden die Wassermassen direkt auf das größte der fünf Bienenhäuser zurauschen. Was das bedeutete, konnte und wollte Isabel sich nicht vorstellen.

»Wir bringen dich zum Wagen, und dann kümmern wir uns um die Kanalwand«, stieß Alfred an seinen Vater gewandt hervor und stützte seine rechte Seite.

Isabel half ihm dabei, Claus aus dem Kanal zu hieven. Dann geleiteten sie den Verletzten vorsichtig nach unten zum Pick-up.

»Danke, aber jetzt geht und arbeitet weiter«, rief Claus aufgeregt, als er mit unterdrücktem Stöhnen in den Wagen stieg. »Beeilt euch!«

Alfred und Isabel sahen sich kurz an und nickten. Dann zogen sie einige Bretter, Pfosten und eine Werkzeugkiste von der Ladefläche und trugen alles nach oben zu der beschädigten Stelle.

Ein lang gezogener Blitz ließ Isabel erneut zusammenzucken, gefolgt von einem ohrenbetäubenden Krachen, welches sich durch das gesamte Tal zog.

»Alles in Ordnung?«, rief Alfred ihr zu und legte seine Hand auf ihren nassen Unterarm. Windböen peitschten durch ihre Haare.

»Ja«, rief sie entschieden zurück. »Wir kriegen das hin!«

»Okay«, bestätigte Alfred. »Also los!«

Die Regentropfen wurden dicker und klatschten auf Isabels Stirn, während Alfred und sie zuerst das abgerutschte Erdreich aus der Rinne schaufelten und dann von innen ein großes Brett gegen die Kanalwand stemmten. Das Rinnsal, das durch den Graben floss wurde mit jeder Minute höher, bis der Wasserstand schließlich Isabels Schienbeine erreichte.

Alfred griff nach den mitgebrachten Holzpflöcken und setzte sie von innen an das Brett. Isabel drückte sich mit aller Kraft gegen die Konstruktion, während Alfred mit einem gewaltigen Hammer erst den einen, dann den anderen Holzpflock in die Erde trieb.

»Wird das halten?«, fragte Isabel zweifelnd.

»Ich hoffe es.«

Von außen schaufelten sie dann die überschüssige Erde gegen die Holzbretter und stampften sie fest.

»Mehr können wir nicht tun«, rief Alfred atemlos und griff nach dem Werkzeug. »Ab ins Trockene. Und Isabel …« Der Regen tropfte von seiner nassen Stirn, als er sie eindringlich ansah. »Danke.«

Sie nickte lächelnd. Dann machten sie sich auf den Weg zum Auto. Unten angekommen, warfen sie alles Gerät auf die Ladefläche, bestiegen nass und schmutzig ihre jeweiligen Fahrzeuge und fuhren zum Haupthaus. Fe, Hector und die anderen kamen zeitgleich dort an und berichteten von enormen Wassermassen, die sich am Westhang den Weg ins Tal suchten. Aber immerhin brachten sie die frohe Kunde, dass Tio in Sicherheit war und unten im Nebengebäude der Fabrik Schutz gefunden hatte.

»Danke, Leute. Ihr seid die Besten«, sagte Alfred erleichtert. »Ich würde vorschlagen, ihr macht euch schnell auf den Weg nach Hause, damit ihr dort keine Probleme mit dem Unwetter bekommt.«

Die Mitarbeiter nickten dankbar.

»Und nehmt am besten den Pick-up, der hat wenigstens Allrad.«

»Alles klar, *Jefe*. Danke«, sagte Hector, ließ seine Hand klatschend in Alfreds sausen und nahm dann die Schlüssel von Isabel entgegen.

»Pass gut auf dich auf«, sagte Fe zu Isabel und drückte sie trotz des Schlamms, der an ihrer Kleidung klebte. »Wir sehen uns morgen.«

»Fahrt vorsichtig, okay?«

Dann stiegen die fünf in den Wagen und fuhren über den mit Pfützen übersäten Weg davon.

»Komm, wir helfen dir erst mal rein ins Trockene«, sagte Isabel zu Claus und bot ihm ihren Arm an.

Ein langes Donnergrollen hallte durch die Berge und weitere Blitze zogen sich wie Neonlichter durch den dunklen Himmel.

»Danke, ihr beiden«, sagte Claus müde lächelnd und ließ sich von Alfred und Isabel in die Küche führen. »Das hat mir gerade noch gefehlt.«

»Ich hoffe, es ist nur eine leichte Verstauchung«, sagte Alfred schnaufend.

»Wenn es etwas Ernstes wäre, würde ich das spüren. Es wird auch schon etwas besser.«

»Darf ich?«, fragte Isabel derweil und deutete auf den Kühlschrank.

»Natürlich, bitte«, sagte Alfred.

Isabel öffnete erst die Kühlschranktür und anschließend das Gefrierfach. Sie zog einen Beutel heraus und drehte sich grinsend herum.

»Die guten alten Erbsen«, sagte Alfred und zwinkerte ihr lächelnd zu.

»Am besten, du ziehst dir erst mal was Trockenes an und dann kühlst du deinen Fuß«, sagte Isabel und reichte Claus die Tüte.

»Danke, Isabel. Du bist ein Engel. Und ihr zwei geht am besten erst mal duschen, so wie ihr aussseht«, sagte er lachend.

Isabel sah zu Alfred hinüber und spürte, wie ihr die Röte ins Gesicht stieg.

»Also ... ihr wisst schon, wie ich es meine«, warf Claus schnell ein und stand lachend auf.

»Schaffst du das allein, Paps?«, fragte Alfred, ohne den Blick von Isabel abzuwenden.

»Ja, ja. Ich schaff das schon«, sagte Claus und tastete sich an der Wand entlang in sein Zimmer.

Als er verschwunden war, donnerte es erneut. Alfred und Isabel blieben reglos in der Küche stehen und sahen sich stumm in die Augen.

»Dann ...«, unterbrach Isabel beinahe flüsternd die Stille, »... gehe ich mal rüber.« Ihr Herz trommelte so fest gegen ihre Brust wie der Regen auf das Dach.

Alfred sagte nichts, sondern sah sie bloß mit einem geheimnisvollen Lächeln an.

»Kommst du wieder?«, fragte er irgendwann, als Isabel sich immer noch nicht gerührt hatte.

»Ich denke schon«, antwortete sie ruhig. »Ja.«

»Okay.«

Dann drehte sich Isabel langsam um. Als sie die Küche verließ, sah sie noch einmal über die Schulter zurück. Ihr ganzer Körper prickelte vor Aufregung. Als sie in der Casita ankam, ging ihr Atem schwer. Das Herz klopfte ihr bis zum Hals und sie hörte das Blut in ihren Ohren rauschen.

Sie betrat das Badezimmer und stellte die Dusche an. Nach wenigen Sekunden erfüllte ein angenehm warmer Dampf den Raum. Gerade wollte sie sich das durchnässte Oberteil abstreifen, als es an der Tür klopfte.

Sie atmete tief ein und aus. Ihre Arme kribbelten, genau wie der Bauch. Ihr Brustkorb hob und senkte sich immer schneller. Sie ging zur Tür und öffnete sie langsam.

Alfred stand unter dem Vordach, in der Hand einige frisch duftende Handtücher.

Isabel biss sich unwillkürlich auf die Unterlippe, als sie ihn musterte. Sein Shirt spannte sich über dem durchtrainierten Oberkörper. Die nassen Locken klebten an seinem Kopf, und seine Augen leuchteten im fahlen Licht. Im Hintergrund mischte sich das Prasseln des Regens mit dunklem Donnergrollen.

»Ich dachte …«, begann Alfred und hob die Handtücher etwas höher, ohne seinen Blick von Isabel abzuwenden. Auch sein Brustkorb hob und senkte sich im Rhythmus seines Atems.

Isabel konnte beinahe seinen Herzschlag spüren.

»Du …«, stammelte Isabel und trat einige Zentimeter auf ihn zu. »Ich … also …«

Auch Alfred machte einen kleinen Schritt auf Isabel zu. Dann noch einen.

»Ich muss dir etwas sagen …«, begann er leise.

Die Anspannung in Isabels Körper ließ sie wohlig erschaudern. Als Alfred noch näher kam, schloss sie die Augen und streckte sich ihm langsam entgegen.

»Ich …«

Er zögerte.

Im nächsten Augenblick spürte sie seine warmen Lippen auf ihren, erst langsam erkundend, dann leidenschaftlicher. Sie hörte, wie die Handtücher zu Boden fielen, und spürte seine starken Hände an ihren Hüften.

Gemeinsam gingen sie zwei kleine Schritte hinein ins Zimmer, aus dem warmer Wasserdampf herauswehte. Isabel löste sich von Alfreds Lippen und sah ihn einen Moment lang sehnsüchtig an. Dann drückte sie ihren nassen Körper an seinen und küsste ihn.

Kapitel 19

Isabel schlug die Augen auf. Langsam drehte sie den Kopf nach links und lächelte. Alfred lag lang ausgestreckt auf der anderen Bettseite, die Decke halb über seinem nackten Oberkörper.

»Guten Morgen«, flüsterte er mit geschlossenen Augen.

Isabel schmunzelte. »Du bist ja schon wach.«

»Eigentlich nicht«, sagte er mit einem morgendlichen Brummen in der Stimme. »Ich rede im Schlaf.«

»Oh«, sagte sie mit gespielter Enttäuschung. »Das ist schade.« Sie ließ ihre Fingerspitzen über seine Brusthaare streifen. »Ansonsten hätte ich ...«

Alfred zog eine Braue hoch, öffnete die Augen und drehte grinsend den Kopf zu ihr. »Du hättest was?«

Sie lachte und zog ihre Hand zurück. »Ansonsten hätte ich vorgeschlagen ... dass wir etwas frühstücken. Ich habe einen Bärenhunger.«

Er stieß grinsend Luft durch die Nase, als hätte er etwas anderes im Sinn gehabt. Dann zog er Isabel sanft zu sich herüber und küsste sie. »Wenn das so ist ...« Er drehte sie unerwartet auf die Seite und ließ seine Hand über ihren Po gleiten. »... dann werde ich der hungrigen Bärin mal Frühstück machen.« Mit einer schnellen Bewegung schlug er die Bettdecke zurück und sprang aus dem Bett. »Schließlich gehört das zu deinem Arbeitsvertrag.«

Isabel stützte sich genüsslich auf ihr Kissen und sah Alfred dabei zu, wie er sich die total verschmutzte Hose überstreifte und nach dem ebenso dreckigen Shirt griff.

»Ich bin gleich wieder da«, sagte er, bevor er lächelnd aus der Tür verschwand.

Isabel zog sich die Bettdecke über die Stirn und schüttelte den Kopf. »O mein Gott!«, flüsterte sie in die Daunen hinein. Dann stieg sie ebenfalls aus dem Bett, tapste rüber ins Badezimmer und stellte die Dusche an.

Nachdem sie sich kurz abgeduscht und die Zähne geputzt hatte, stieg sie in ein paar frische Klamotten und trocknete sich notdürftig die Haare. Sie betrachtete sich im Spiegel und konnte nicht anders, als ihr Gegenüber kontinuierlich anzugrinsen. Was war das für eine wundervolle Nacht gewesen, nach diesem stürmischen Tag. Die beiden waren zärtlich und respektvoll miteinander umgegangen und doch voller Leidenschaft und Sehnsucht. Isabel war überrascht von sich selbst. Sie hatte sich voll und ganz auf Alfred einlassen können, auf seine Berührungen, seine Nähe. Ihr schien, als hätte sich ein Schalter in ihrem Kopf umgelegt, und alle Zweifel, Ängste und alle Schuldgefühle waren wie weggewischt. Nach den ersten Küssen hatte sie Alfred behutsam von der schmutzigen Kleidung befreit und danach hatten sie sich unter der warmen Dusche zärtlich geliebt.

Als sie später eng aneinandergekuschelt im Bett lagen und sich voller Zuneigung ansahen, war in ihr ein Gefühl aufgekommen, das sie seit langer Zeit nicht mehr verspürt hatte. Glück. Ja, das musste es sein. Um sie herum donnerte und krachte es, die Welt draußen schien unterzugehen, doch sie fühlte sich geborgen und geliebt, bis sie schließlich gemeinsam einschliefen.

Isabel fasste ihre Haare zu einem Pferdeschwanz zusammen und setzte sich aufs Bett, als es an der Tür klopfte und Alfred vorsichtig hereinkam. Auch seine Locken waren feucht. Er trug frische Kleidung und duftete nach Zitrus und Vanille. Als er Isabel sah, trat er auf sie zu, half ihr auf die Beine und küsste sie zärtlich.

»Hast du nicht etwas vergessen?«, fragte sie dann amüsiert.

Er grinste. »Ach so, ja …«, druckste er herum. »Es ist nicht besonders romantisch, aber, na ja, Paps hat schon Frühstück gemacht und hat gefragt, ob du auch rüberkommst. Ich habe ihm gesagt, dass ich dich erst frage.«

Isabel kicherte, dann nickte sie. »Ist schon in Ordnung. Er hat sich bestimmt viel Mühe gemacht. Lass uns rübergehen.«

Claus lächelte verschmitzt, als Isabel und Alfred am eingedeckten Frühstückstisch auf der Terrasse erschienen. Dennoch ließ er sich nicht anmerken, ob er ahnte, was in der Nacht vorgefallen war.

»Guten Morgen«, grüßte Isabel und versuchte, nicht allzu offensichtlich zu grinsen, so wie eben noch vor dem Spiegel.

»Guten Morgen, Isabel. Hast du gut geschlafen?«

Unwillkürlich sah sie zu Alfred hinüber, als sie antwortete. »Ja, alles … bestens.«

Claus nickte. »Ich dachte, nach der stürmischen Nacht hast du sicher Hunger.«

Alfred lachte kurz auf, dann räusperte er sich und zwang sich offensichtlich zur Ruhe.

Claus' Blick wanderte von Alfred zu Isabel und wieder zurück. »Ich hoffe, es gibt alles, was dein Herz begehrt. Es wird sicher ein anstrengender Tag.«

Alles, was mein Herz begehrt, dachte Isabel schmunzelnd. Drückte er sich rein zufällig derart treffend aus?

»Wie geht es deinem Fuß?«, fragte sie ihn, um das Thema zu wechseln.

»Ach, schon besser. Er ist beinahe vollständig abgeschwollen, und ich war bereits bei meinen Bienen. Sie haben die Nacht trocken überstanden und sogar schon angefangen, zu arbeiten.«

»Super, das freut mich. Wenn du willst, schaue ich mir den Fuß trotzdem nachher mal an.«

»Danke, das ist lieb.«

Bei der ganzen Aufregung bemerkte Isabel erst jetzt die fast unwirklich anmutende Kulisse um sie herum. Die Luft war absolut klar und die Sonne strahlte am blauen Himmel, als hätte das Unwetter des gestrigen Tages gar nicht stattgefunden. Doch die Wiesen waren noch ganz nass und einige dünnere Bäume umgeknickt.

»Verrückt, nicht wahr?«, meinte Claus, der ihren Blick bemerkte. »Nach einem Sturm kehrt friedliche Ruhe ein und irgendwann kommt wieder ein Sturm. Aber es geht immer weiter, und die Sonne geht auch morgen wieder für uns auf.«

Isabel lächelte.

Dann frühstückten sie zusammen, aßen frische Croissants mit Marmelade und Honig, Obstsalat und tranken dazu duftenden Milchkaffee. Alfred, der erst etwas zurückhaltend gewesen war, wurde immer gesprächiger und verhielt sich Isabel gegenüber zuvorkommend und charmant. Ihre Blicke fanden einander und sie gingen vertraut miteinander um, als wäre ihr gemeinsames Frühstück nach dieser Nacht das Normalste von der Welt.

Als Claus kurz in der Küche verschwand, griff Alfred auf dem Tisch nach Isabels Hand. Sanft strich er über ihre Finger und lächelte sie liebevoll an. Als Claus zurückkam, hielten sie sich immer noch an den Händen und kamen gar nicht auf die Idee, ihre Liebkosung zu verstecken.

»Ich wusste es doch«, platzte es aus Claus heraus, und grinsend klopfte er seinem Sohn auf die Schulter.

»Paps, bitte«, sagte Alfred peinlich berührt.

Isabel hielt sich lachend die Hand vor den Mund.

»Na gut«, sagte Claus, griff fröhlich nach seiner Kaffeetasse und wendete auf der Stelle, als sei sein Fuß nie verletzt gewesen. »Ich lasse euch ein bisschen allein.« Dann verschwand er pfeifend im Haus.

»Ist schon in Ordnung«, sagte Isabel, der nicht entging, dass Alfred sich fühlen musste, als wohnte er bei seinem Vater und nicht andersherum. Nun war sie es, die über Alfreds Finger strich. Dann lehnte sie sich zu ihm hinüber und küsste ihn.

»Das hier, ich meine ... heute Nacht. Das war wunderschön ...«, murmelte sie.

Alfred nickte wehmütig. »Das klingt nach einem *Aber*«, sagte er vorsichtig.

»Nein. Ich meine, ich war nur nicht darauf vorbereitet.«

»Ich glaube, ich auch nicht«, gab Alfred zu.

»Am liebsten würde ich gar nicht darüber nachdenken, sondern es einfach genießen.«

Alfred nickte verständnisvoll. »Das tue ich auch. Jede Sekunde.«

Ein leichtes Beben ging durch Isabels Körper. Ihre Finger fanden seine und sie verspürte ein Prickeln bei jeder Berührung.

»Wollen wir ein paar Schritte über die Plantage gehen?«, fragte Alfred irgendwann, und Isabel freute sich über seinen Vorschlag. Sie wusste, es war ein ganz normaler Arbeitstag, und sicher gab es auch einige Schäden zu reparieren, bevor die Produktion wieder anlaufen konnte. Und dennoch nahm sich Alfred Zeit für sie.

Sie küsste ihn zärtlich, dann räumten sie den Tisch ab und brachten alles in die Küche. Immer wieder neckten sie sich, lachten und tollten draußen im Matsch herum wie zwei verliebte Teenager.

Isabel hatte keine Ahnung, was all das zu bedeuten hatte, was das zwischen ihnen überhaupt war, wie die ihr auf der

Plantage verbleibenden Tage noch werden würden, geschweige denn, wie es danach weitergehen sollte. Doch sie wollte ihr Glück festhalten, sich einfach daran erfreuen, ohne an morgen zu denken. Hin und wieder schweiften ihre Gedanken ab, sie dachte an Henning und daran, was ihre Mutter über ihn gesagt hatte. »Henning hätte gewollt, dass du dein Leben weiterlebst, dass du dein Glück und vielleicht auch eine neue Liebe findest.«

Sie näherten sich dem Kanal und sahen bereits aus der Ferne, dass die angebrachte Befestigung standgehalten hatte. Unser erstes gemeinsames Werk, dachte Isabel voller Stolz und drückte leicht seine Hand. Dann liefen sie den matschigen Hang hinunter bis zur Fabrik, deren Rolltor sich quietschend öffnete.

Zuerst kam Hector heraus, dann Fe. Beide grinsten um die Wette.

»Na endlich!«, rief Hector und klatschte einmal in die Hände. »Wir haben schon gedacht, wir müssten euch beide noch versehentlich einsperren.«

Isabel sah Alfred irritiert an. »War das denn so offensichtlich?«, flüsterte sie ihm amüsiert zu. Zugegeben, sie war etwas angespannt gewesen, wie die anderen wohl reagieren würden, wenn sie Isabel und Alfred zusammen sahen, doch Hectors Kommentar hatte die Anspannung sofort gelöst.

»Ja, war es.« Fe umarmte Isabel fest.

»Seid ihr okay? Habt ihr die Nacht gut überstanden?«, fragte Alfred.

»Wir, ja«, sagte Hector augenzwinkernd. »Und ihr?«

Alfred winkte verlegen ab.

»Wie geht es Claus?«, wollte Fe besorgt wissen.

»Viel besser. Er war sogar schon auf den Beinen.«

»Ach, super.«

»Ist Nael auch schon da?«

»Der ist schon bei der Arbeit. Wie sagt man? Streber?«, fragte Hector und lachte.

Isabel bemerkte aus dem Augenwinkel eine Bewegung, und als sie hochblickte, sah sie Olivia oben am Fenster stehen. Gerade als Isabel ihr zuwinken wollte, war sie schon verschwunden. Isabel lauschte gespannt, ob sie Schritte auf den metallenen Treppenstufen hörte, doch es blieb still.

Im nächsten Moment spürte sie Alfreds Hand zart ihren Rücken hinabgleiten. Er sah sie mit leuchtenden Augen an, als wollte er ihr sagen, es würde alles gut werden. Dann zog er die Hand behutsam zurück und wandte sich augenzwinkernd Hector und Fe zu.

»So, Freunde. Jetzt aber an die Arbeit. Lasst uns endlich wieder Limonade machen!«

KAPITEL 20

Genau wie die Abfüllanlage war die Etikettiermaschine halb automatisch, sprich, man musste die Flaschen per Hand in eine Vorrichtung legen, dann eine Kurbel betätigen, sodass jede einzelne Flasche über ein Etikett rollte, und sie danach in eine Kiste stellen. Fe stand neben Isabel an einer baugleichen Maschine.

Nicht jeden Tag wurde Limonade hergestellt und nicht jeden Tag abgefüllt oder etikettiert. Die Arbeiten fanden in einem bestimmten Turnus statt und blieben dadurch abwechslungsreich und angenehm.

»So, und jetzt erzähl endlich. Was ist passiert?«, fragte Fe neugierig.

Isabel lachte. Bei der heutigen Arbeitsverteilung hatte Fe unbedingt mit ihr zusammenarbeiten wollen, und natürlich wusste Isabel genau, warum.

»Na ja, du weißt schon«, druckste sie herum. »Da war das Gewitter und ich hatte Angst vor den Blitzen, und …«

»Ja, ja«, stieß Fe lachend aus. »Ist klar. Und er hat dich beschützt.«

»So in etwa muss es gewesen sein«, sagte Isabel achselzuckend und kicherte.

»Wie dem auch sei«, meinte Fe. »Ich gönne es euch beiden sehr. Zugegeben, es ist seltsam, eine … wie soll ich sagen … eine neue Frau an Alfreds Seite zu sehen. Aber ich könnte mir keine bessere vorstellen.« Klirrend stellte sie die letzte Flasche in einen Kasten und griff nach dem nächsten.

»Danke«, murmelte Isabel nachdenklich.

Eine neue Frau an Alfreds Seite, dachte sie. Das klang seltsam. Weder hatte sie bisher darüber nachdenken können, was das mit Alfred und ihr überhaupt war, noch darüber, was es vielleicht für andere bedeuten mochte. Zum Beispiel für Olivia.

Fe schien Isabels Gedanken lesen zu können. »Hey«, sagte sie beschwichtigend und unterbrach für einen Moment ihre Arbeit. »So war das nicht gemeint.«

Isabel nickte.

»So ist das Leben, nicht? Und es ist völlig okay.« Fe griff nach einer der Flaschen und strich über das gelbe Etikett. »Schau mal, Cristina ist hier überall. Bei all dem hat sie mitgewirkt, viel Liebe und Herzblut in die Plantage gesteckt. Sogar diese Etiketten hat sie gezeichnet.«

Isabel hob erstaunt die Augenbrauen und musterte das filigran gezeichnete Etikett mit dem kleinen Esel neben einem Zitronenbaum. Ihr hatte das Bild von Anfang an gefallen, und sie hatte nicht gewusst, dass Cristina es entworfen hatte. Unwillkürlich ließ Isabel die Hand in die Hosentasche gleiten, in der sich normalerweise ihr Schlüsselbund mit dem kleinen Stoffelefanten befand.

»Sie kann nicht mehr bei uns sein, aber du kannst es. Und du und Alfred, ihr tut euch gegenseitig gut. Ich sehe doch, dass ihr euch die ganze Zeit verliebte Blicke zuwerft … seit Wochen schon! Und sieh dich an, wie glücklich du aussiehst im Vergleich zu deinem ersten Tag hier.« Fe lächelte amüsiert und stellte die Flasche wieder in den Kasten.

»Danke«, sagte Isabel aufrichtig.

Fe hatte recht. Sie war glücklich. Und trotz der beunruhigenden Aussicht, dass sie irgendwann zum richtigen Zeitpunkt mit Olivia über Alfred sprechen musste, überwog die Leichtigkeit der Schmetterlinge in ihrem Bauch. Wenn sie daran dachte, wie es sich anfühlte, Alfreds Hände auf ihrem Rücken und seine Küsse zu spüren oder den Duft nach Zitronen an ihm zu riechen, dann wollte sie nie wieder etwas anderes tun, als Zeit mit ihm zu verbringen.

Es piepte in Isabels Hosentasche und sie zog ihr Handy heraus. Hatte ihre Mutter vielleicht mal wieder so eine Vorahnung, ähnlich wie sie es auch bei Claus bisweilen schon beobachtet hatte? Isabel tippte auf das Display. Es war André. Sofort rutschte ihr das Herz in die Hose.

Hallo, Isabel, ich hoffe, du hast weiterhin einen schönen Urlaub. In knapp zwei Wochen geht es endlich wieder los. Wir rocken den neuen Standort! Ich freue mich darauf. Bis bald, André

* * *

»Nein! Isabel, verarsch mich nicht!« Klaras Schnappatmung drang hörbar durch den Lautsprecher. »Du hast … ich meine … Was?« Isabel grinste. »Ich flippe aus. Ganz ehrlich. Das ist ja wirklich krass.« Klara rang weiter um Fassung. »Da fährt die einfach los, pflückt ein paar Zitronen und schleppt nebenbei ihren Traumprinzen ab. Ich glaub's ja nicht!«

»Ganz langsam, Klara«, versuchte Isabel, ihre Freundin zu beruhigen. »Ich weiß noch nicht mal, was das überhaupt zwischen uns ist.«

»Isabel Mai, willst du mich eigentlich verscheißern? Du weißt nicht, was das ist … also wirklich! Du hast die Symptome ganz klar beschrieben und den klassischen Krankheitsverlauf durchgemacht. Du bist verliebt.«

Isabel rutschte unruhig auf der Bank herum, die mitten auf der Plantage einen wunderbaren Ausblick auf den sich rötlich färbenden Abendhimmel bot.

»Und hör bloß auf, es zu leugnen, sondern freu dich darüber. Um es dir noch einmal ganz plakativ zu sagen: Du hast offenbar einen verdammt attraktiven und auch noch äußerst liebenswerten Limonadenfabrikanten abgeschleppt. So ist es und nicht anders.«

Isabels Mundwinkel zogen sich bis hinauf zu ihren Ohren. Dann kicherte sie und schüttelte den Kopf über ihre Freundin.

»Okay, okay, ich habe schon verstanden.«

»Akzeptiere es. Sofort. Sag, dass du es akzeptierst!«

Isabel prustete los und hatte Mühe, sich zusammenzureißen. »Ja, ich akzeptiere es.«

»Und jetzt sag es laut und deutlich: Ich, Isabel Mai, bin verliebt in den heißen Limonadenfabrikanten.«

Isabel krümmte sich vor Lachen und sah sich nach allen Seiten um. »Okay, okay«, begann sie leise. »Ich, Isabel Mai ...«

»Lauter!«

»O Mann, Klara ...«

»Los. Lauter.«

Isabel atmete hörbar aus. Dann sah sie sich noch einmal prüfend in alle Richtungen um. »Ich, Isabel Mai ...«, begann sie nun mit fester Stimme, musste jedoch noch einmal innehalten und ihre Scham abschütteln. »Ich, Isabel Mai, bin verliebt!«

»In den heißen Limonadenfabrikanten«, fügte Klara fordernd hinzu.

»In den heißen Limonadenfabrikanten«, wiederholte Isabel grinsend.

»Na also«, gluckste Klara. »Das war doch gar nicht so schwer.«

»Du bist verrückt. Ich hoffe, du weißt das«, stellte Isabel klar. Dennoch hätte sie ihre Freundin am liebsten durch die Leitung in den Arm genommen.

»Ja, ja, weiß ich. Wie dem auch sei. Hast du André schon abgesagt?«

Isabel stockte, zögerte ihre Antwort hinaus. »Wie meinst du das genau?« Durch die Leitung war ein heftiges Rascheln zu hören, so, als hätte sich Klara ruckartig aufgerichtet. »Das meinst du nicht ernst, oder?«, fragte Isabel nach.

Klara schien es für einen kurzen Moment die Sprache zu verschlagen. »Bitte sag mir nicht, dass du übernächste Woche wieder nach Berlin fährst!«, rief sie dann entsetzt.

»Na ja ...«, druckste Isabel herum.

»Ach, Isabel. Du kannst doch jetzt nicht einfach gehen und dein Schicksal mit Füßen treten. Der Job bei André ist doch sowieso scheiße. Willst du dein Glück für ein paar blöde Schlüssel und Schuhsohlen wegwerfen?«

»Aber ...« Isabels Gedanken überschlugen sich. »Ich meine ... Ich kenne Alfred doch erst seit ein paar Wochen.«

Erneut stöhnte Klara laut auf, so als hätte sie es mit einem hoffnungslosen Fall zu tun. »Isabel, ich kenne niemanden, der es mehr verdient hat, glücklich zu sein.«

Das klang nach einem großen *Aber*.

»Bist du glücklich? Willst du glücklich sein?«, bohrte Klara unerbittlich nach.

»Ja. Ja, natürlich.«

»Na bitte. Dann weißt du, was zu tun ist.«

Kapitel 21

Alfred zog Isabel sachte zu sich, als ein Junge auf seinen Inlineskates auf sie zurollte und knapp an ihnen vorbeischoss. Dann gingen sie weiter Hand in Hand an der Promenade entlang. Sie hatten das Auto in Portixol geparkt, dort einen Salat gegessen und waren dann nach Palma spaziert. Nun gingen sie an der Strandpromenade zurück. Im Hintergrund lag die Kathedrale im strahlenden Licht der Nachmittagssonne und rechts das weite Meer, auf dem die kleinen Boote einer Segelschule ihre Bahnen zogen.

Alfred sah Isabel lächelnd an. Wieder einmal dachte er, wie hübsch sie war. Mit ihrer sommerlichen Bräune, dem in der leichten Brise wehenden Haar, dem Funkeln in den Augen und in ihren Lieblingsshorts.

Der Junge auf Inlineskates hatte eine rasante Kurve hingelegt und Isabel wartete, um ihn vorbeiziehen zu lassen. Alfred nutzte die Gelegenheit, legte seine Arme um ihre Taille und küsste sie. Dann gingen sie gemächlich weiter und schlängelten sich durch die vielen Spaziergänger, Jogger und Radfahrer, die mit ihnen den perfekten Sommertag an der frischen Meeresluft genossen.

Alfred konnte sein Glück kaum fassen. Nie im Leben hätte er sich träumen lassen, dass er sich noch einmal derart stürmisch verlieben würde. Und das ausgerechnet in Isabel, die seine Gefühle ebenso intensiv erwiderte. Sie war gefühlvoll, offenherzig, liebevoll, witzig, interessiert, konnte mit anpacken und war dazu auch noch wunderschön. Ja, er war definitiv verliebt. Selbst wenn er es ihr so noch nicht ausdrücklich gesagt hatte. Es war vor allem die Angst vor Isabels baldiger Abreise, die ihn davor zurückschrecken ließ. Und natürlich die Angst vor dem Geheimnis, das er noch immer mit sich herumtrug.

Doch all die Wenns und Abers, all die Zweifel und Möglichkeiten, all das war nichts gegenüber der wundervollen Woche, die sie seit der Nacht des Unwetters miteinander verbracht hatten.

An jenem Abend hatte er ihr alles sagen wollen. Doch dann war da diese unwiderstehliche körperliche Anziehung zwischen ihnen gewesen. Es war einfach passiert. Sie hatten sich geküsst, sich leidenschaftlich geliebt und waren irgendwann eng umschlungen eingeschlafen.

In den darauffolgenden Tagen hatten die Nähe und Unbefangenheit zwischen ihnen immer weiter zugenommen. Hector meinte zwar, sie würden wie zwei verliebte Teenager im siebten Himmel über die Plantage schweben, doch für Alfred war es mehr als das.

Auch mit Alfreds Vater ging Isabel liebevoll und vertraut um. Die beiden schienen einen besonderen Zugang zueinander gefunden zu haben, der sich bei ihrer täglichen Pflege der Bienen immer mehr vertiefte. Selbst Tio schien die Veränderung zwischen Isabel und Alfred zu spüren, denn er zeigte sich zutraulicher als je zuvor. Er begleitete Isabel während der Arbeit und streifte erst wieder über die Wiesen, wenn Alfred in der Nähe war. Und der musste jedes Mal ungläubig den Kopf schütteln, wenn er feststellte, wie viel Zuneigung dieser störrische, freche Esel für Isabel zeigte. Es war bemerkenswert.

Neben der Arbeit hatten Alfred und Isabel sich in der vergangenen Woche viel Zeit füreinander genommen und die Insel erkundet. Sie waren in Palma durch den belebten Stadtteil Santa Catalina geschlendert, hatten an der Markthalle Muscheln gegessen und Wein getrunken. Sie waren an die Nordostküste bei Alcúdia gefahren und hatten in den versteckten Buchten im Südosten der Insel im kristallklaren Meer gebadet und sich in den sanften Wellen geliebt. Nachts hatten sie stundenlang wach gelegen, ihre gegenseitige Nähe genossen und sich voneinander erzählt. Alfred hatte so viel von Isabel erfahren, von ihren Ängsten, ihren Wünschen, ihrer schweren Zeit nach dem Tod ihres Partners und von der unbeschwerten Zeit, als sie noch eine junge Frau gewesen war.

»Wollen wir uns noch ein bisschen an den Strand setzen?«, fragte Isabel, als sie an einem der Tage die Promenade von Portixol entlangschlenderten, nachdem sie zuvor einen Hafenrundgang gemacht hatten.

Alfred nickte und folgte Isabel hinunter zu der kleinen sichelförmigen Sandbucht. Er hatte das beschauliche Portixol schon immer geliebt, denn hier zeigte die Insel eine ganz besondere Seite ihrer Schönheit und Lebensart. Kinder spielten auf der Promenade, während die Senioren des ehemaligen Fischerdorfs auf Bänken im Schatten saßen und plauderten, die kleinen, gemütlichen Restaurants waren gut gefüllt und eine fröhliche Geräuschkulisse belebte die Flanierstraße. Unten am Strand war es dagegen ruhiger.

Die beiden setzten sich vor einen Felsen in den warmen Sand und lauschten dem immerwährenden Rauschen der Wellen.

»Danke für den schönen Tag«, sagte Isabel und küsste Alfred auf den Mund. Dann schmiegte sie sich an seine Brust. »Für all die schönen Tage«, fügte sie hinzu.

Er genoss den Moment schweigend. Zu gerne hätte er ihr gesagt, wie sehr er sich eine Fortsetzung ihrer gemeinsamen Zeit wünschte und dass er sie am liebsten gar nicht mehr losgelassen hätte. Doch er wollte sie nicht unter Druck setzen, sondern ihr alle Zeit geben, die sie brauchte. Schließlich waren ihre Gefühle gerade erst dabei, sich einen Weg durch die Windungen ihres Lebens zu suchen.

Während er Isabel mit verträumtem Blick durch die Haare fuhr und sanft ihre Schulter streichelte, schweiften seine Gedanken ab. Er stellte sich vor, wie das Leben für ihn weiterginge, wenn sie wieder in Berlin wäre. Würden sie sich gegenseitig besuchen? Wäre es dann eine Art Wochenendbeziehung? Und bestünde die Chance, dass sie irgendwann ganz zu ihm nach Mallorca ziehen würde? Oder sollte Alfred ihr nach Berlin folgen? Je mehr er darüber nachdachte, desto stärker vermisste er sie bereits jetzt. Und das, obwohl sie doch hier vor ihm saß und er ihren Herzschlag spüren konnte.

»Ich hatte da so einen Gedanken«, sagte Isabel leise und legte ihre rechte Hand auf Alfreds angewinkeltes Knie. Durch ihre linke ließ sie etwas Sand rieseln.

Alfreds Herz klopfte schneller. Es wäre nicht das erste Mal gewesen, dass sie zur selben Zeit über das Gleiche nachgedacht hätten. Ein Funken Hoffnung keimte in ihm auf, doch gleichzeitig hatte er ein mulmiges Gefühl im Bauch.

Isabel atmete leise ein und aus und Alfred spürte das Auf und Ab ihrer Brust.

»Ich glaube, ich möchte ... keine Schlüssel mehr verkaufen«, sagte sie nachdenklich.

Alfreds Gedanken überschlugen sich. Was meinte sie damit? Sie hatte viel von ihrer Arbeit als Krankenschwester erzählt.

Fühlte sie sich bereit, wieder im Krankenhaus zu arbeiten? Schließlich war sie in diesem Beruf offenbar sehr glücklich gewesen.

»Meinst du, also ... willst du wieder im Krankenhaus arbeiten?«, vergewisserte er sich und ließ seine Hand an Isabels Schulter hinunter bis auf den Sand gleiten.

Sie atmete tief durch. Dann wanderte ihre Hand behutsam auf Alfreds und fuhr über jeden seiner Finger.

Er konnte ihr Gesicht nicht sehen, da ihr Kopf an seiner Brust lehnte, doch er meinte, ihr Lächeln zu spüren.

»Nein«, sagte sie, gab Alfreds Hand frei und richtete sich auf, sodass sie sich ansehen konnten. Ihre Augen funkelten und ihre Miene war wie verzaubert.

»Ich weiß nicht, was die Zukunft bringt«, begann sie, »aber ich glaube ...«, sie biss sich auf die Unterlippe und zögerte, »ich glaube, ich würde gerne Zitronenlimonade machen.« Bei diesen Worten suchte sie seinen Blick und umfasste seine Hände.

Unwillkürlich riss Alfred die Augen auf, was dafür sorgte, dass Isabel seine Hand freigab und ihn skeptisch musterte.

»Also, ich meine ... nur falls du nichts dagegen hast«, sagte sie bedächtig.

Alfreds Atem ging stoßweise. Er konnte nicht fassen, was Isabel da gerade andeutete. Sein überraschter Ausdruck wich nach und nach einem unfassbar erleichterten Grinsen. Die Situation überforderte ihn vollständig.

Isabels Wangen waren vor Aufregung leicht gerötet und sie sah ihn erwartungsvoll, fast hoffnungsvoll an.

Alfred zwang sich noch einmal zur Ernsthaftigkeit, obwohl er innerlich vor Glück jubilierte.

»Du ... ich meine ... du willst in Berlin Limonade machen?«, fragte er ungläubig, konnte sich jedoch nach einigen Sekunden ein Lachen nicht verkneifen.

Sie lachte ebenfalls und schlug ihm sanft gegen die Brust.

»Du Blödmann«, sagte sie kichernd.

Alfred zog scharf die Luft ein, riss die Augen auf und wich einige Zentimeter zurück. Dann bohrte er mit verschmitzter Miene weiter nach: »Oder heißt das etwa, du willst all unser Wissen stehlen und deine eigene Plantage auf Mallorca aufmachen? Wir wären dann Konkurrenten?«

»Du bist so doof«, stieß Isabel lachend aus und warf sich Alfred in die Arme, sodass sie beide im Sand landeten. Isabel lag auf ihm und stützte die Arme auf dem Sand ab. Ihre Lippen waren einander sehr nah. Alfreds ganzer Körper schien zu kribbeln. Nie mehr wollte er etwas anderes tun, als Isabel festzuhalten, ihren Duft zu riechen und sie im warmen Sand liegend zu küssen.

»Nein, aber jetzt mal ganz ernsthaft«, flüsterte sie und Alfred spürte ihren Atem auf seinen Lippen. »Wie fändest du das? Also, wenn ich länger bleibe als gedacht?«

Sie ließ sich langsam auf Alfreds Brust sinken, sodass er ihren festen Herzschlag spürte.

»Machst du wirklich keine Scherze?«, fragte er flüsternd und strich mit seiner Hand über ihren Rücken.

Isabel richtete sich wieder ein wenig auf, sodass sie sich in die Augen sehen konnten.

»Nein, wirklich nicht. Hier ist nämlich so ein Kerl«, erklärte sie mit dem Anflug eines Grinsens, »der Typ hat einen Esel, und in beide, also vor allem in den Esel ...«

Sie verzog das Gesicht, als würde sie nachdenken.

»Ich glaube, ich bin ... verliebt.«

Alfred zog Isabel sanft an sich und küsste sie.

Kapitel 22

Olivia fuhr von der Autobahn ab und nahm die erste Ausfahrt im Kreisel auf die Landstraße in Richtung Sa Pobla. Rechts und links erstreckten sich weite Felder, die immer wieder durch Landwirtschaftsgebäude oder Wasserbassins unterbrochen wurden. Einige Hundert Meter vor dem Ortsrand bog Olivia direkt von der Landstraße in eine Zufahrt ein und steuerte den Wagen durch eine schmale, von Platanen bewachsene Allee.

Ihr Herz klopfte immer heftiger, je näher sie ihrem Elternhaus kam. Hier war sie mit ihrer Schwester Cristina aufgewachsen, hier kannte sie jeden Stein und jeden Baum. Und hier hatte sich auch der drängende Wunsch in ihr entwickelt, diesen Ort und diese Insel zu verlassen.

Als Olivia den Wagen vor der alten Finca parkte, die mit den Jahren immer weiter eingewachsen war, sodass das Sonnenlicht kaum noch den Weg ins Innere fand, überfiel sie ein beklemmendes Gefühl. Zu viele schlechte Erinnerungen waren mit diesem Ort verbunden, und es kam Olivia so vor, als wäre das Verhältnis zu ihren Eltern in den letzten Jahren sogar noch distanzierter geworden.

Seit jeher war es Cristina gewesen, um die sich alles gedreht hatte. Sie war die Größere, die Hübschere und die Klügere gewesen. Sie hatte nie etwas falsch machen können, zumindest in den Augen ihrer Eltern nicht. Auch wenn sie nicht immer die besten Noten nach Hause gebracht, die Finger nicht immer von den Jungs gelassen und nichts im Haushalt erledigt hatte, was von ihr erwartet wurde, Cristina hatte stets eine Sonderstellung innegehabt. Vielleicht hatte es daran gelegen, dass sie das erstgeborene Kind gewesen war, das sich ihre Mutter Carmen damals so sehnlichst gewünscht hatte. Olivia wusste es nicht und hatte es nie verstehen können. Sie selbst war anders gewesen als ihre Schwester. Sie hatte sich irgendwann ganz offen nicht mehr an die Regeln gehalten, war mit den Jungs aus dem Dorf durch die Felder gestreift und hatte bei Festen geraucht und Brandy getrunken. Sie war mittelmäßig in der Schule gewesen und hatte immer nur weggewollt. Und das nicht etwa, weil sie diese Insel nicht liebte, nicht weil sie perspektivlos und unglücklich gewesen wäre, sondern weil sie ihr Leben lang im Schatten ihrer Schwester gestanden hatte, selbst nach ihrem Tod.

Cristina war das Lieblingskind geblieben, obwohl sie sich in den großen Deutschen statt in einen jungen Mann aus dem Dorf verliebt hatte. Und sie war selbst dann noch nicht in Ungnade gefallen, als sie gegen den Willen ihrer Eltern den Geist von Matilda Femenias wieder heraufbeschwor, indem sie mit Alfred die alte Familienplantage zurückgekauft und in Betrieb genommen hatte.

Früher war die Sonderstellung ihrer Schwester für Olivia nicht nachvollziehbar gewesen, doch Cristina konnte nichts dafür, dass ihre Eltern sie auf einen Thron gesetzt hatten, sie hatte im Gegenteil stets für die Gleichbehandlung der Schwestern gekämpft. Sie war für Olivia da gewesen, als ihre Eltern sich beinahe getrennt hatten, als sie von zu Hause weggewollt und ihr Vater sich dagegengestellt hatte. Sie hatte ihr bei ihrer ersten schmerzhaften Periode und ihrem ersten Liebeskummer beigestanden. Cristina hatte sie stets in Schutz genommen und sie bedingungslos geliebt. Doch all das nutzte Olivia jetzt nichts. Cristina war nicht mehr da.

Mit neunzehn hatte Olivia es nicht länger auf Mallorca ausgehalten, und sie hatte die erste sich bietende Gelegenheit ergriffen, um aufs Festland zu gehen, zu studieren, sich ein eigenes Leben aufzubauen und sich zu verlieben. Bis Cristinas tragischer Unfall alles verändert hatte.

Plötzlich war an die Stelle dieser bedingungslosen Liebe für ihre ältere Tochter der Hass ihrer Eltern auf die ganze Welt getreten, vor allem auf Alfred. Sie machten ihn für den Unfall, für den Verlust ihrer Tochter verantwortlich. Er habe ihr Flausen in den Kopf gesetzt und erneut das Unheil heraufbeschworen, das so viele Jahre geruht hatte.

Olivia hatte oft versucht, ihnen zu erklären, dass Cristina selbst auf die Idee gekommen war, die Plantage wieder zu bewirtschaften. Auch beim Gleitschirmfliegen war sie die treibende Kraft gewesen, die unbedingt hatte lernen wollen, frei und losgelöst über der Welt zu schweben. Sie wollte leben, statt eines Tages aufzuwachen und zu merken, dass es zu spät war. Sie hatte Alfred von Herzen geliebt, und er hatte ihre Liebe aufrichtig erwidert. Doch all das zählte für Olivias Eltern nicht. Sie hatten sich ihre eigene Wahrheit zurechtgebogen, so wie sie es immer getan hatten, wenn es um ihre heilige Cristina ging.

Nach einem Jahr der Trauer war jedoch etwas Seltsames passiert. Olivia hatte es weder erwartet noch eingefordert, doch plötzlich rückte sie bei ihren Eltern in den Mittelpunkt der Aufmerksamkeit. Und das, obwohl sie ihr Studium in Madrid abgebrochen hatte, für Alfred da gewesen war und sich in der schweren Zeit um die Plantage und die Limonadenfabrik gekümmert hatte. Es war, als hätte sich in den Köpfen ihrer Eltern ein Schalter umgelegt. Sie hatten Olivia umsorgt, beinahe hofiert, erkundigten sich nach ihrem Befinden und wollten für sie da sein.

Olivia war mit der Situation zunächst überhaupt nicht zurechtgekommen, denn sie hatte nicht damit gerechnet, je aus Cristinas Schatten hervortreten zu können. Hatten ihre Eltern etwa endlich erkannt, was sie an ihrer noch lebenden Tochter hatten? Oder was war der Grund für ihre Verhaltensänderung? Zu lange hatte sich Olivia bereits den Kopf über diese Frage zerbrochen und war zu keinem Ergebnis gekommen.

Doch nun hatte sich die Situation erneut geändert, und zwar nach Isabels Erscheinen. Zunächst hatte Olivia es für einen makaberen Scherz gehalten, aber dann hatte sie gespürt, dass Alfred diese blonde Deutsche tatsächlich mochte. Und mehr als das.

Sicher, sie war eine hübsche und liebenswerte junge Frau. Nett, zuverlässig, charmant.

Doch das konnte nicht sein.

Das durfte nicht sein.

Wo sollte das hinführen? Es würde in ihren Eltern nur neuen Hass schüren und alles noch komplizierter machen. Doch glücklicherweise würde sich dieses Problem bald erledigt haben. Dann nämlich, wenn Isabel wieder zurück in ihr altes Leben in Berlin ginge. Sie hatte einen Job, hatte ihre Familie und ihr Leben in der Großstadt. Sie hatte das, was Olivia in Madrid für Alfred und seine Plantage aufgegeben hatte.

In wenigen Tagen wäre wieder alles beim Alten und Olivia konnte aufatmen. Für sich selbst und für Alfred, der sich mit der zwischen ihm und Isabel bestehenden Lüge um ihr Kennenlernen in Berlin in eine verzwickte Situation befördert hatte. Er musste Isabel endlich die Wahrheit sagen, sonst würde sie selbst, Olivia, es irgendwann tun.

Zugegeben, Olivia hatte sich in eine gleichermaßen verzwickte Situation manövriert, als sie das beträchtliche Darlehen ihres Vaters angenommen hatte, um einen wichtigen Bestandteil der defekten Abfüllanlage ersetzen zu können. Beinahe siebzigtausend Euro hatte die aufwendige Instandsetzung gekostet, und ohne Olivias Entscheidung, das Geld ihres Vaters anzunehmen, stünde die Fabrik noch immer still. Alfred war in jener Zeit weder erreichbar gewesen, noch hatte er Interesse am Tagesgeschehen der Fabrik gehabt, also hatte Olivia die Initiative ergriffen und das Problem aus der Welt geschafft.

All das war kein Problem, sofern Isabel wieder nach Berlin zurückging. Olivias Vater würde nicht auf die Rückzahlung des Darlehens drängen. Das hoffte sie jedenfalls. Und bis dahin würde sie das Limonadengeschäft wieder zum Laufen bringen, mit viel Einsatz, den richtigen Kontakten und mit etwas Glück. Isabel war der Tropfen, der das Fass zum Überlaufen bringen und den Hass ihrer Eltern aufs Neue heraufbeschwören würde … Und sie würde einmal mehr das wackelige Konstrukt, das Olivia mit viel Schweiß und Tränen aufgebaut hatte, wieder zum Einsturz bringen.

Olivia stieg aus dem Wagen, ging auf die von Sonne und Kälte patinierte Haustür zu und klopfte. Sie zwang sich zur Ruhe und streckte den Rücken durch.

Schritte ertönten aus dem Inneren und hallten durch die gefliesten Räume. Dann wurde ein schwerer Riegel zur Seite geschoben und die Tür öffnete sich.

Olivias Mutter war schlank, fast mager, sie hatte die grauen Haare zu einem Dutt am Hinterkopf zusammengefasst und trug ein unscheinbares geblümtes Tageskleid. Darüber hatte sie eine weiße Schürze mit Spitze angelegt, an der sie sich die Hände abtrocknete, bevor sie auf Olivia zutrat und ihr einen Kuss auf die Wange gab.

»*Hola, cariño*«, sagte sie mit glockenklarer Stimme. »Komm rein. Dein Vater sitzt im Esszimmer und die Suppe ist gleich fertig.«

»Hallo, Mama«, entgegnete Olivia matt lächelnd. Sie schluckte ihre gemischten Gefühle hinunter und trat ein.

185

Ihre Mutter musterte sie, legte dann den Kopf schräg und sah sie eindringlich an. »Hast du etwa geweint?«

Olivia zuckte zusammen, rieb sich die Augen und bemerkte einen zarten feuchten Film auf ihren Fingern. Dann räusperte sie sich und fuhr sich durchs Haar. »Ja, ach … Ich hab etwas ins Auge bekommen«, wich sie aus. »Sebastià ist mit dem Traktor vor mir hergefahren und hat Heu transportiert. Das muss es gewesen sein.«

»Dieser Tunichtgut!«, ertönte die brummige Stimme ihres Vaters aus dem Esszimmer. »Er denkt, ihm gehöre der ganze Ort! Verdreckt die Straßen und lässt überall sein Heu herumliegen. Dem werde ich …«

»Antonio, bitte …«, drängte die Mutter und schob Olivia durch den Flur ins Esszimmer hinein.

Dort blieb sie einen Moment stehen und musterte ihre Tochter, dann verschwand sie in der Küche.

»Hallo, Papa«, sagte Olivia leise. In all den Jahren in Madrid war sie zu einer durchsetzungsstarken, energischen Frau herangereift, doch in Gegenwart ihres Vaters fühlte sie sich immer noch klein und angreifbar. Das Geld von ihm zu nehmen war ein Fehler gewesen, das hatte sie tief in ihrem Inneren gewusst. Doch sie war auf sich allein gestellt, überarbeitet und ausgelaugt gewesen. Und sie hatte eine Entscheidung getroffen. Die Plantage hatte jenen großen Auftrag gebraucht, und das Geld, das dabei in die Kasse gespült worden wäre. Dass dieser Auftrag in letzter Minute storniert worden war, dafür konnte sie nichts. Und dennoch, jetzt musste sie die Suppe irgendwie auslöffeln, auch wenn sie noch keine Idee hatte, wie sie das machen sollte.

Olivias Vater sah kurz zu ihr auf, zog die Augenbrauen in die hohe Stirn und blätterte die Zeitung um, hinter der sein stämmiger kleiner Körper fast verschwand.

»Setz dich«, sagte er und nippte an seinem Wein.

Olivias Magen zog sich zusammen, als sie den Stuhl zurechtrückte und sich ihm gegenüber setzte. Der Tisch war eingedeckt und die Weingläser waren gefüllt, doch die ganze Situation erinnerte Olivia an die vielen Streitgespräche, welche die beiden schon an diesem Tisch ausgetragen hatten, an die vielen Standpauken, die sie genau hier bekommen hatte.

Der Raum roch alt und muffig, die Luft war abgestanden. Olivia meinte, das Knarzen der alten Deckenbalken zu hören. Bereits ihre Großeltern hatten in diesem Haus gelebt. Großvater Álvaro war hier aufgewachsen und vor ihm sein Vater. Das Haus war über die Jahre immer größer geworden und der neue Trakt hatte etwas durchaus Gemütliches. Doch hier im Esszimmer herrschte eine kühle Grabesruhe, die Olivia noch nie gemocht hatte.

Nach einigen erdrückenden Sekunden kam ihre Mutter wieder herein, ein Tablett in den Händen. Sie stellte drei gut gefüllte Suppenteller auf den Tisch, die nach gerösteten Maronen dufteten, und setzte sich.

»Wie gehts dir denn, Olivia-Kind?«, fragte sie und bedeutete Olivia und ihrem Vater mit einem Nicken, dass sie es sich schmecken lassen sollten.

Es kam ein holpriges Gespräch zustande, das sich glücklicherweise um die Gartenarbeiten rund um das Haus drehte. Vater Antonio beteiligte sich jedoch nahezu überhaupt nicht daran. Stattdessen spürte Olivia seine ständigen Blicke auf sich, die für ihren Geschmack etwas zu viel Skepsis ausdrückten. Was war bloß mit ihm los? Zuletzt war er doch deutlich besser gelaunt gewesen, und er hatte sich Olivia förmlich aufgedrängt.

Auch Mutter Carmen schien die sonderbare Stimmung ihres Mannes nicht zu entgehen, denn immer wieder fragte sie nach, ob die Suppe in Ordnung sei, der Wein schmecke oder ob es an sonst irgendetwas fehle.

Antonio brummte darauf jeweils nur etwas Belangloses, bis Olivia und ihre Mutter schließlich den Tisch abräumten und Kaffee kochten.

Als die beiden mit der dampfenden Kanne wieder im Esszimmer erschienen, verhärtete sich der Blick ihres Vaters zunehmend. Oder bildete sich Olivia das nur ein? Sie setzte sich und atmete tief durch.

»Papa, was ist denn los?«, fragte sie dann und versuchte, seine Reaktion zu deuten.

Er blieb stumm und rührte mit stoischer Ruhe etwas Zucker in seinen Kaffee.

»Geht es um das Darlehen?«, fragte Olivia forschend.

Plötzlich schnaubte Vater Antonio laut durch die Nase und lachte spöttisch auf. »Um das Darlehen?«, wiederholte er ungläubig. Dann nickte er bedächtig. »Auch.«

Olivias Mutter rutschte unruhig auf ihrem Stuhl hin und her, als wartete sie auf eine Wurzelbehandlung.

»Was meinst du damit?«, fragte Olivia unsicher.

Erneut lachte ihr Vater auf, sah ungläubig zu seiner Frau hinüber, die den Blick auf das Tischtuch richtete, und wieder zurück zu Olivia.

Es lag eine Kälte in seinem Blick, die Olivia erschaudern ließ.

»Was ich damit meine?«, fragte er theatralisch.

Es kostete Olivia Mühe, nicht darauf zu reagieren. Sie versuchte lediglich, seinem Blick standzuhalten.

»Ich meine, dass bald Schluss mit dem Theater ist! Wir lassen uns nicht vorführen!«

Olivias Gedanken ratterten nur so durch ihren Kopf. Was meinte er damit? Was war hier eigentlich los?

»Papa, ich …«

»Sag Alfred, ich will unser Geld zurück. Und zwar sofort«, zischte er mit finsterer Miene. Sein Oberkörper war mittlerweile leicht vorgebeugt, seine geballten Fäuste ruhten auf dem Tisch und bewegten sich keinen Zentimeter.

Olivia versuchte zu verstehen, was hier gespielt wurde. Ihre Mutter tat unterdessen völlig unbeteiligt und starrte weiterhin auf das Tischtuch, als suche sie dort nach etwas.

»Ich kann nicht … Ich meine, wieso? Was ist denn los?«

»Ich hätte mich gar nicht beschwatzen lassen sollen, Alfred dieses Darlehen zu geben. Er schadet unserer Familie, er hat uns unsere Tochter genommen und nun beschmutzt er unsere Ehre mit dieser Deutschen!«

Olivias Herz setzte einen Schlag aus. Ihr ganzer Körper versteifte sich. Wie sollte sie ihrem Vater erklären, dass Alfred gar nichts von dem Darlehen wusste? Und wie hatte ihr Vater von Isabel erfahren?

»Sie arbeitet doch nur bei uns«, sagte Olivia beschwichtigend. »Das hat nichts mit der Plantage und mit dem Darlehen zu tun …«

Plötzlich krachte Antonios Faust auf den Tisch, sodass seine Kaffeetasse wackelte.

»Lüg uns nicht auch noch an!«, stieß er wütend aus. »Oder spielst du etwa mit bei diesem Puppentheater?«

»Papa, ich …«, begann sie, doch er schnitt ihr barsch das Wort ab.

»Ich habe eben einen Anruf gekriegt, von einem Bekannten …«, sagte Antonio plötzlich bedrohlich ruhig.

Olivia rutschte das Herz in die Hose.

»Dieser Bekannte ist ein Freund von Fes Vater«, fuhr Antonio fort. Sein Ton wurde immer gefährlicher.

»Er hat mir überhaupt erst von dieser Deutschen erzählt und dass sie schon seit acht Wochen auf der Plantage arbeitet. Seit acht Wochen!« Er schnaufte heftig. »Stell dir vor, er fand sie auch noch nett, diese Isabel!«

Olivia glaubte zu verstehen, worauf ihr Vater hinauswollte.

»Papa, sie fährt nächste Woche zurück nach Berlin! Da ist nichts.«

Plötzlich lachte ihr Vater amüsiert auf. »Das wird ja immer besser. Offensichtlich weißt du es selbst noch gar nicht ...«

Olivia dachte angestrengt nach. Was meinte er? Was war hier los, verdammt noch mal?

»Was weiß ich nicht?«, fragte sie verunsichert.

Es entstand eine Stille, die ihr Vater sichtlich auskostete. »Sie bleibt«, sagte er trocken und seine Augen funkelten dabei teuflisch.

Olivia stand verwirrt auf und verharrte einige Sekunden lang stehend am Tisch.

»Während du über die Insel gefahren bist, um für Alfred Klinken zu putzen, sind er und diese Deutsche wieder zur Plantage zurückgekehrt und haben die frohe Botschaft verkündet, dass sie bleibt. Oscar hat gerade Wasser geliefert und mich sofort angerufen.«

Olivia spürte, wie das Blut in ihren Ohren rauschte.

»Ja, ganz genau. Er spuckt uns ins Gesicht. Und du spielst das ganze Spiel auch noch mit. Weißt du, eigentlich müsste ich deiner Mutter dankbar sein, dass sie mich zu dem Darlehen überredet hat«, sagte er und blitzte Olivia giftig an. »Denn so kann ich diesem ganzen Irrsinn mit der verdammten Zitronenlimonade endlich einen Riegel vorschieben. Und zwar endgültig! Und du hältst dich endlich da raus, damit dich nicht auch noch ein Unglück trifft.«

KAPITEL 23

»Streich sie einfach vorsichtig mit dem Besen ab, und dann kommt sie hier zu den anderen in die bienendichte Kiste«, sagte Claus und beobachtete Isabel dabei, wie sie ihren ersten Honig erntete.

Vorsichtig zog sie mit den Handschuhen die Waben heraus und spürte bereits am Gewicht, dass sie gut gefüllt waren. Der Geruch von Bienenwachs stieg ihr in die Nase und erinnerte sie an die handgemachten Kerzen, die ihre Oma früher auf dem Bauernmarkt gekauft hatte.

Genau wie Claus es ihr gezeigt hatte, strich sie mit dem Besen sachte die summenden Bienen von der Wabe und verstaute sie in der mitgebrachten Kiste, die keine Öffnung hatte und somit gut vor den Insekten geschützt war. Dann hebelte sie den nächsten Wabenkasten aus dem Gestell und wiederholte den Vorgang.

»Und was meinst du, Claus? Wird das eine gute Ernte?«

»Auf den ersten Blick sieht es super aus«, antwortete er zuversichtlich. »Die Waben sind gut gefüllt und mehr als die Hälfte ist verdeckelt. Der Wassergehalt ist in Ordnung. Unsere kleinen Freunde waren sehr fleißig in den letzten Wochen.«

Isabel mochte es, wenn Claus über seine Bienen sprach, denn dann strahlte er wie ein kleiner Junge. Diese Freude übertrug sich unmittelbar auf jeden, der in seiner Nähe war, so auch auf Isabel. Die beiden hatten bereits einige Kästen geerntet, und Isabel hatte Claus aufmerksam zugesehen und zugehört. In der vergangenen Nacht hatte es geregnet und die Luft war etwas kühler geworden. Nach solchen Tagen, hatte Claus erklärt, könne man gut ernten, da die Bienen bei Regen normalerweise nicht ausflogen, sondern im Bienenstock blieben und der flüssige Honig bei Luft und Wärme trocknen konnte. Sobald der Trocknungsvorgang abgeschlossen war und der Honig nicht mehr aus den Waben tropfen konnte, verdeckelten die Bienen ihre Waben mit einer dünnen Wachsschicht – für den Imker das Zeichen, dass der Honig reif war und geerntet werden konnte.

Mit aufmerksamen Blicken verfolgte Claus Isabels Arbeit, ohne jedoch einzuschreiten oder sie zu verbessern. So konnte sie selbst herausfinden, in welcher Position sich die Waben am besten abstreichen ließen und wie man mit den aufgeregten kleinen Insekten umgehen musste, die sich überall um den Kasten herum tummelten.

Während Isabel wieder gut in einen vollständigen Imkeranzug eingepackt war, trug Claus nur eine Imkerhaube. Er vertraute seinen summenden Helferlein so sehr, dass er sie mit bloßen Händen abstrich und auf sich herumkrabbeln ließ.

»So, das war der Letzte«, sagte Isabel irgendwann stolz und verschloss den Kasten mit den geernteten Waben. »Und wie kriegen wir jetzt den Honig heraus?«

»Perfekt«, erwiderte Claus lächelnd. »Das zeige ich dir gleich. Lass uns die Kiste noch rüber zur Bienenhütte tragen, dort geht es weiter.«

Isabel nickte, packte an einer Seite der Kiste an, während Claus die andere ergriff, und dann gingen sie los.

Es kam ihr vor, als könnte er sein Grinsen gar nicht mehr abstellen, seit sie ihm vor etwa einer Stunde von ihrem Entschluss erzählt hatte, hierzubleiben. Claus war gerade dabei gewesen, seine Ernteausrüstung zu packen, als sie ihn in der Hütte angetroffen hatte. Seine Augen hatten vor Freude geglänzt, und er hatte sie fest in den Arm genommen, so wie Väter es tun, die ihren Töchtern Auf Wiedersehen sagen. »Ich freue mich so sehr für dich. Und für euch beide«, hatte er gesagt. »Ich will ehrlich sein, ich finde es mutig, dass du hierbleibst. Aber manchmal braucht es ein wenig Mut, wenn man etwas Besonderes erleben will. Und ich spüre, es ist das Richtige.« Dann hatte er ihr über die Wange gestrichen und gesagt, von ihm aus könne sie für immer bleiben.

Obwohl Isabel noch einige Zeit über Claus' Worte nachgedacht hatte, war sie unfassbar erleichtert gewesen und hatte Freudentränen in den Augen gehabt. Denn nicht nur war ihr dieser Entschluss selbst unglaublich schwergefallen, sondern sie hatte auch nicht gewusst, wie Claus und die anderen darauf reagieren würden.

Zuerst hatte sie es Fe erzählt, die vor Freude einen Luftsprung vollführte. So hatte sie es noch vor den anderen erfahren, denn Alfred hatte darauf bestanden, die gute Nachricht persönlich der gesamten Mannschaft mitzuteilen. Dann hatte sie Claus gesucht und am Bienenhaus angetroffen.

Eigentlich hatte sie danach wieder hoch zum Haupthaus gehen wollen, um mit Alfred Abendessen zu kochen, doch Claus hatte sie zur Honigernte eingeladen und die wollte sie sich nicht entgehen lassen. Also hatte sie Alfred eine kurze Nachricht getippt und war in den Imkeranzug geschlüpft.

Bei der Bienenhütte angekommen, einer kleinen Holzhütte mit all den nötigen Gerätschaften, um Bienen zu züchten, zu pflegen und Honig zu gewinnen, stellten sie die bienendichte

Kiste auf einen Tisch, neben dem ein Metallgestell auf einem Auffangbehälter stand.

»So«, begann Claus, öffnete die Kiste und legte einen der Wabenkästen auf das Gestell. Er strich mit dem Finger über die verschlossenen Waben. »Hier steckt unser leckerer Zitronenhonig drin. Jetzt müssen wir die Waben nur noch abdeckeln und dann kommen sie in diese Schleuder da drüben.« Er zeigte auf einen Metallbehälter, der wie eine Art große Zentrifuge aussah. »Ich zeige es dir einmal, dann kannst du weitermachen, okay?«

Isabel nickte.

»Schließlich kann ich ja in Zukunft hoffentlich weiter auf deine Hilfe zählen.« Er zwinkerte ihr zu.

»Das wäre mir eine Ehre, Meister Claus«, erwiderte Isabel mit einer angedeuteten Verbeugung und die beiden grinsten sich an. »Also, was soll ich tun?«

Claus griff nach einem kleinen Gerät, das er Entdeckelungsgabel nannte, setzte es an der feinen Wachsschicht über den Waben an und hebelte diese nach und nach ab. Darunter kam der glänzende bernsteinfarbene Honig zum Vorschein.

Ein süßer, lieblicher Duft, der Isabel das Wasser im Mund zusammenlaufen ließ, erfüllte die Hütte.

»Probier mal«, sagte Claus und kostete den zähflüssigen Honig.

Isabel tat es ihm gleich und schloss dabei die Augen. Eine milde Süße entfaltete sich auf ihrem Gaumen. Der Honig schmeckte fruchtig, mit einer feinen Würze und einer zarten Note von Zitronenmelisse.

»Einfach lecker«, murmelte sie begeistert und Claus grinste.

»Na, dann los«, stieß er freudig aus, klatschte einmal in die Hände und reichte Isabel eine zweite Entdeckelungsgabel.

Die beiden öffneten Wabe für Wabe und unterhielten sich dabei über frisches Butterbrot mit Honig, das in Isabel schöne Erinnerungen an ihre Kindheit wachrief. Dann spannten sie die Rahmen in das Gestell des Metallbehälters und beobachteten eine Weile, wie der glänzende Honig unter den immer schneller werdenden Drehungen der Apparatur aus den Waben geschleudert wurde und an der Behälterwand herunterlief.

Irgendwann klopfte es an der Tür und Isabel reckte den Kopf zur Seite.

»Sieh mal einer an«, sagte Claus amüsiert, als Alfred hereinkam. »Dass sich mein Sohn auch einmal für Honig interessiert ...« Dann ging er zu ihm und umarmte ihn fest.

»Glückwunsch, mein Sohn«, hörte Isabel ihn flüstern und kicherte verlegen, als Alfred sie dabei ansah.

Er nickte. Dann trat er auf Isabel zu, hielt einen Moment lang inne, umfasste ihre Schultern und küsste sie zart auf die Wange.

»Hmm«, machte er, und Isabel verstand, dass er gar nicht hinter ihr, sondern hinter dem Honig her war, der auf ihrer Wange klebte. »Der ist wirklich gut geworden, Paps.«

Isabel klopfte Alfred gegen die Brust und sie lachten. Es prickelte auf ihrer Haut, egal, wo er sie berührte. Bei jedem Blick konnte sie Alfreds Liebe und Zuneigung spüren. Ihr Herz pochte heftig. In diesem Moment spürte sie es ganz genau – sie war verliebt. Und glücklich. Und froh, nicht zurück nach Berlin fahren zu müssen. Sie wollte hierbleiben, hier bei ihm, zwischen Zitronenbäumen und Bienenstöcken. Sie zog Alfred nah zu sich heran und küsste ihn. Dann gab sie ihm einen Klaps auf den Po.

»Du kommst gerade richtig zum Helfen«, sagte sie.

»Was ... ich ...«, stammelte Alfred empört.

Claus drehte sich grinsend um. »Junge, jetzt weht ein anderer Wind hier in den Bergen. Ich hoffe, du bist dir dessen bewusst.«

Alfred grinste erst ihn an, dann Isabel. »Ja, das bin ich«, sagte er leise. »Und ich genieße diesen frischen Wind sehr.«

Nachdem die drei aufgeräumt und den gewonnenen Honig in einen Metalleimer abgefüllt hatten, gingen sie hoch zum Haus, um bei einem gemütlichen Abendessen den Tag ausklingen zu lassen. Alfred und Isabel bereiteten selbst gemachten Flammkuchen mit Ziegenkäse, Datteln und einigen Löffeln frischem Zitronenhonig zu, während Claus am Tresen saß, ein Glas Wein trank und Geschichten aus Alfreds Kindheit erzählte. Isabel hatte sich ein leichtes Sommerkleid übergezogen und die Haare zu einem lockeren Zopf zusammengebunden. Sie lachte, strahlte, erzählte ebenfalls Geschichten aus ihrer Schulzeit und nutzte jede sich bietende Gelegenheit, um Alfred scheinbar zufällig zu berühren oder ihn zu küssen. Nach dem Essen auf der Terrasse verabschiedete sich Claus irgendwann. Seine einfühlsame Art überraschte Isabel immer wieder, denn er schien in jeder Situation zu wissen, was in ihr vorging, ob sie Gesellschaft oder eher etwas gemeinsame Zeit mit Alfred brauchte. In diesem Moment schien es ihr Verlangen nach Zweisamkeit zu sein, das ihn schmunzelnd zum Gehen bewegte.

Als Claus im Haus verschwunden war, ließen sich Isabel und Alfred auf einer Hängeschaukel nieder, die am seitlichen Ende der Terrassenbalken angebracht war. Das Tal lag völlig still im Dunkel vor ihnen und Isabel hörte neben dem Knistern und Knacken der brennenden Scheite in der Feuerschale, die Alfred entzündet hatte, nur seinen Herzschlag, da ihr Kopf an seiner Brust lag. Alfred strich ihr sanft übers Haar, bevor sie sich aufrichtete und ihn erneut küsste.

Seit dem Essen lag etwas Wehmütiges in seinem Blick. Zumindest deutete Isabel seinen Ausdruck so. Sie strich ihm zärtlich über die Wange.

»Was beschäftigt dich?«, fragte sie leise.

Er hob erstaunt die Augenbrauen. »Wie kommst du darauf, dass mich etwas beschäftigt?«

»Ich kann es in deinen Augen lesen«, erwiderte sie.

Alfred lächelte sanft. Dann nickte er. »Es ist wegen Olivia. Ich glaube, ich gehe ihr unbewusst irgendwie aus dem Weg«, erklärte er und richtete den Blick in die Ferne. »Ich weiß nicht, ob es wegen der Buchhaltung ist oder möglicherweise wegen dir …«

Isabel legte ihre Hand auf Alfreds Unterarm, hob ihn an und küsste seine Finger. Sie hatte des Öfteren versucht, sich vorzustellen, wie es für Olivia sein musste, ihn mit einer anderen Frau an seiner Seite zu sehen.

»Wenn es dir auf dem Herzen liegt, dann rede mit ihr. Ich bin mir sicher, sie hat Verständnis. Es sind nur noch zwei Wochen bis zum Sommerfest, und es wäre doch schade, wenn ihr es beide nicht richtig genießen könntet.«

Alfred nickte. Dann musterte er Isabel und lächelte. Es kam ihr vor, als würde er sich jeden Quadratzentimeter ihres Gesichts genau ansehen und für immer abspeichern.

»Weißt du eigentlich, wie froh ich bin, dich gefunden zu haben?«, fragte Alfred, und nun war er es, der über Isabels Wange strich, bis hinunter zum Kinn und weiter über den Hals.

Isabels Gesicht prickelte und sie erschauerte genüsslich.

»Zum ersten Mal habe ich das Gefühl, dass alles gut werden wird.«

Seine Finger wanderten weiter über Isabels Brustbein und seitlich über den dünnen Stoff ihres Kleides hin zu ihren Unterarmen.

Gerade eben hatte sie noch das Gefühl gehabt, Alfred liege etwas auf dem Herzen. Doch jetzt, in diesem Moment, waren all ihre Gedanken wie weggeblasen. Sie spürte lediglich ein unendlich großes Verlangen nach seiner Nähe, seiner Berührung und seinen sanften Lippen. Als Alfred sie endlich küsste, hielt Isabel die Augen geschlossen und bebte vor Verlangen.

In der Ferne hörte man den dunklen Ruf einer Eule, als Isabel langsam aufstand und Alfred ihre Hand reichte. Sie zog ihn aus der leise quietschenden Schaukel hoch auf die Beine und küsste ihn. Dann nahm sie seine rechte Hand, ging ihm voraus über die Terrasse und führte ihn die Stufen hinab auf die dunkle Wiese und weiter zwischen die Zitronenbäume mit ihrem raschelnden Laub. Sie genoss es, ihn hinter sich zu wissen, und es kostete sie all ihre Überwindung, sich nicht umzudrehen.

Irgendwo zwischen den dicht stehenden Bäumen gab sie Alfreds Hand frei, blieb stehen und spürte, wie sich ihr Atem beschleunigte. Die Nacht war sternenklar und eine leichte Brise verfing sich in Isabels Kleid. Alfred berührte sie nicht und dennoch fühlte sie jeden seiner Herzschläge.

Sie streifte sich langsam die Träger ihres Kleides über die Schulter. Erst einen, dann den zweiten, bis es zu Boden fiel. Ihre Brust hob und senkte sich immer schneller, und im nächsten Moment spürte sie Alfreds Atem an ihrem Ohr.

»Du bist wunderschön«, hauchte er ihr zu. Dann küsste er ihren Hals und drehte sie im Schein des Mondes zu sich herum.

KAPITEL 24

Isabel erwachte mit einem Lächeln im Gesicht. Genießerisch streckte sie sich in den weichen Laken. Dann schlug sie die Augen auf und tastete neben sich. Die andere Bettseite war leer, genau wie das Zimmer. Sie rieb sich die Augen und setzte sich auf. Wenig später nahm sie den Duft nach frischem Kaffee wahr, der durch die Tür drang. Alfred war also in der Küche. Ihr Grinsen wurde noch breiter, und sie lehnte sich zufrieden schnuppernd gegen das Kopfende.

Sie war wohlig erschöpft von der Nacht, die wunderschön, romantisch und voller Leidenschaft gewesen war. Mittlerweile hatte sie die Erinnerung an Henning loslassen und sich ganz auf Alfred einlassen können. Noch nie hatte sie ein solches Verlangen in sich gespürt. Es war anders als früher, und es brachte sie dazu, die Initiative zu übernehmen, die sie bei Henning meist ihm überlassen hatte. Auch ihr Körper ließ sie nun seine Bedürfnisse spüren, und sie konnte aussprechen und zeigen, was er wollte. Gestern Abend hatte sie Alfred hinaus auf die Felder geführt, zwischen die duftenden Zitronenbäume. Dann hatte sie ihr Kleid abgestreift, seine zarten Berührungen genossen und sich ihm ganz hingegeben. Ihr Liebesspiel war anders gewesen als bisher – wilder, freier, einfach unglaublich.

In Isabels Unterleib zuckte es erneut, als sie an seinen festen Körper dachte. Dann schüttelte sie lachend den Kopf über sich selbst. Zum ersten Mal war sie hier in Alfreds Zimmer aufgewacht. Bisher hatten sie sich in die Casita zurückgezogen. Doch in dieser Nacht war auch das anders gewesen. Sein Zimmer war hell, gemütlich und aufgeräumt, so wie der Rest des Hauses. Bis auf die Kleidung, welche die beiden sich auf dem Weg zum Bett abgestreift und auf den Boden fallen lassen hatten. Links neben dem Bett stand ein Sideboard. Daneben bot eine breite, verglaste Terrassentür den Blick nach draußen. Hinter dem Fußende des Betts stand ein kleiner Schreibtisch aus altem Holz mit einem Laptop darauf und daneben ein großer Kleiderschrank. Auf der rechten Seite befand sich ein ausladendes Regal, das bis unter die Decke reichte und vollgestellt war mit Büchern, CDs, einigen kleinen Skulpturen und Schnitzereien, Reiseführern und Fotoalben.

Isabel krabbelte unter der Decke hervor und setzte sich auf die Bettkante. Sie trug ihren Slip und eines von Alfreds nach frischer Wäsche duftenden Shirts. Sie liebte diesen Geruch, und sie liebte es, dass er so viel Wert darauf legte. Dann stand sie auf und ging hinüber zum Fenster. Die Sonne war bereits aufgegangen, und es würde ein weiterer wunderschöner Tag werden. Draußen auf den Feldern sah sie Tio, der seine morgendliche Erkundungsrunde drehte und zwischendurch immer mal wieder an einem Grasbüschel oder einer Wildblume haltmachte.

Anschließend betrachtete sie den kunstvoll gearbeiteten Schreibtisch, an dem keine einzige Schraube zu sehen war. Als sie mit der Hand über die gemaserte Holzplatte strich, richteten sich ihre Gedanken in die Vergangenheit. Sie dachte darüber nach, wie der Tisch vor ihrer Ankunft wohl ausgesehen haben mochte. Hatte ein Bild von Cristina darauf gestanden? Es war sicher ein Schwarz-Weiß-Foto in einem dunklen Rahmen, so wie das Bild von Henning, das immer noch in ihrem eigenen Wohnzimmer in Berlin stand.

Ihr Blick ruhte auf der Schublade unter der Schreibtischplatte. Dort hätte sie Cristinas Bild hineingelegt, wäre sie an Alfreds Stelle gewesen.

Nach einem Moment zwang sich Isabel, ihren Blick von der Schublade zu lösen, und sie schüttelte unwillkürlich den Kopf. Selbst wenn sich ihr Bild darin befand … Es war okay. Es war normal. Und es ging sie nichts an. Sie ging auf die andere Seite des Raumes, hin zu dem großen Bücherregal. »Die Einrichtung sagt viel über einen Menschen aus«, hatte sie früher oft von ihrer Großmutter gehört. »Und ich habe nur alten Kram«, hatte Oma Hilde gerne hinzugefügt, und Isabel konnte ihr krächzendes Lachen förmlich hören, als sie daran dachte.

Die meisten von Alfreds Büchern waren Thriller und Krimis, aber auch einige historische Romane waren darunter, sogar ein oder zwei Mallorca-Romane und jede Menge Sachbücher über Zitrusfrüchte, Landwirtschaft, Abfüllanlagen bis hin zu Bienenzucht und Betriebswirtschaftslehre. Sie bewunderte ihn für all das, was er sich selbst angeeignet hatte, um seine Vision von einer eigenen Limonadenfabrik zu realisieren. In der untersten Regalreihe entdeckte Isabel stapelweise Reiseführer und Landkarten. Sie ging in die Hocke und überflog die Titel. Sri Lanka, Florenz, Russland, Japan, Schweden, New York, Kanada. Alfred schien schon die halbe Welt bereist zu haben. Unweigerlich fragte sich Isabel, auf wie vielen dieser Reisen Cristina dabei gewesen war. Die Antwort darauf war vermutlich bereits im nächsten Regalfach zu finden, denn zu jedem Reiseführer schien es ein passendes Fotoalbum zu geben. Als Isabels Blick noch einmal zurück zu den Reiseführern wanderte, fiel ihr ein etwas versteckter Titel auf.

Kenia.

Als sie den Titel las, verspürte Isabel einen Stich in der Brust. Sofort dachte sie an Hennings Schlüsselanhänger, der sich im Nachtschränkchen ihres Bettes in der Casita befand. Bilder zogen ihr durch den Kopf und ihr Herzschlag beschleunigte sich spürbar. Sie versuchte, ihren Atem zu kontrollieren. Das ist alles völlig normal, sagte sie sich. Henning, Kenia und all das war ein Teil ihres Lebens, genauso wie all diese Reisen und Fotobücher ein Teil von Alfreds Leben waren. Es war in Ordnung. Die Erinnerung ließ sich nicht auslöschen, und das war auch nicht nötig. Denn sie lebte im Hier und Jetzt. Alfred war ein toller, liebevoller Mann. Und hier, in diesem Moment, war sie glücklich. Ja, das war sie tatsächlich. Trotz der Angelegenheit, die sie noch in Berlin zu erledigen hatte, mit Hennings Eltern. Doch das war ein anderes Thema.

Von Neugier beflügelt widmete sich Isabel einen Moment lang wieder den Fotoalben, um den entsprechenden Band von Afrika zu finden. Und tatsächlich, er war da. Er stand ganz rechts in der Reihe. Sie wollte das Album nicht aufschlagen und auch nicht genauer betrachten. Sie hatte nur wissen wollen, ob es da war.

Plötzlich knarrte es hinter ihr.

Die Tür.

Ruckartig drehte sich Isabel herum und sah in Alfreds etwas zu weit geöffnete Augen. Sein Blick schien für den Bruchteil einer Sekunde zwischen den Fotoalben und Isabel hin- und herzuwandern. Er schluckte.

Isabel richtete sich verlegen auf. Sie fühlte sich ertappt, obwohl sie lediglich die Buchrücken angesehen hatte. Dennoch schien es Alfred bei der Vorstellung, dass sie die Bücher betrachtet hatte, etwas unbehaglich zu sein. Zumindest für einen kurzen Moment.

Danach wurde sein Blick wieder sanft. Er reichte ihr die Hand, zog Isabel langsam zu sich heran und küsste sie.

»Guten Morgen«, sagte er leise.

Sein Hals duftete nach Aftershave.

Isabel genoss seinen Geruch und vergaß dabei das Regal und die Fotoalben. »Guten Morgen«, hauchte sie.

In seinen Augen las sie wieder diese tiefe Zuneigung, sie fand darin all die Wärme der mallorquinischen Sonne und all die zarten Gefühle, die zwischen zwei Menschen entstehen können. Ja, es war echt. Und ja, es war richtig. Isabel hatte Glück. Endlich wieder. Und dieses Glück wollte sie festhalten.

»Ich habe Frühstück gemacht«, sagte Alfred. »Wollen wir?«

Isabel sah ihn lange und forschend an, dann grinste sie spitzbübisch. Besonders, als sie an sich hinabsah und ihre nackten Beine betrachtete. Langsam ging sie auf den Türrahmen zu. Doch anstatt hinauszugehen, schloss sie die Tür und drehte den Schlüssel herum.

Alfreds überraschter Gesichtsausdruck brachte ihr Blut in Wallung.

»Wenn du ein paar Minuten Zeit hast, hätte ich da noch eine andere Idee«, sagte sie ruhig und führte ihn zum Bett.

* * *

Das Gras kitzelte an Isabels nackten Beinen, als sie sich unter einen schattigen Zitronenbaum setzte und ihr Handy aus der Hosentasche nahm. Fe war gerade losgezogen, um neue Körbe und eine kleine Erfrischung zu holen. Den ganzen Tag hatten sie beide auf der Leiter gestanden und körbeweise Zitronen gepflückt. Die Erntezeit war bald vorüber und alle mussten sich noch einmal ins Zeug legen.

Doch wegen der kurzen Nacht machte sich nach und nach ihre Müdigkeit bemerkbar. Sie atmete einige Male tief durch, denn das, was vor ihr lag, fiel ihr nicht leicht. Sie musste André sagen, dass sie nicht zurückkommen würde. Und das, obwohl er sich auf sie verließ. Obwohl sie gesagt hatte, sie werde ihn bei der Neueröffnung unterstützen, und obwohl sie noch keinen wirklichen Plan für die Zukunft hatte. Sie wusste nur eines, sie wollte hierbleiben. Hier bei Alfred und den Zitronen. Bei Claus und Tio, Fe, Hector, Nael … und auch bei Olivia.

Durch ihre sparsame Lebensführung konnte sie noch auf einige Ersparnisse zurückgreifen, bevor sie auch hier auf Mallorca würde Geld verdienen müssen. Doch eins nach dem anderen, sagte sie sich.

Der Freiton erklang. Innerlich angespannt lehnte sich Isabel gegen den Baumstamm und zog die Knie an ihre Brust. Es rauschte kurz, dann hörte sie Andrés Stimme.

»Hallo?«

Hektisch sprang Isabel auf und stemmte die linke Hand in die Hüfte. Er klang gestresst. Hatte er nicht ihren Namen auf seinem Display gelesen?

»Hallo, ich bin's. Isabel.«

»Oh, hi. Wie gehts dir?«

Sein Tonfall änderte sich. Es schien, als hätte er irgendeine Tätigkeit unterbrochen.

»Danke, gut«, sagte Isabel zögernd und fuhr sich nervös mit der Hand durchs Haar. »Und dir?«

»Alles in Ordnung.«

Es entstand eine unangenehme Gesprächspause.

»Kann ich dir …«

»Ich muss …«, sagte Isabel zeitgleich.

André lachte leise auf. »Du zuerst.«

Isabel setzte sich wieder ins Gras, diesmal im Schneidersitz.

»Ich muss dir etwas sagen. Ich …« Die Worte wollten einfach nicht über ihre Lippen kommen. Sie unternahm einen weiteren Anlauf. »Ich komme … also, ich werde …« Sie warf den Kopf in den Nacken und streckte beide Arme in die Höhe. Dann hielt sie den Apparat wieder ans Ohr. »Ich komme nicht zurück, André. Ich bleibe hier.« Leise atmete sie aus und wartete auf seine Reaktion, seine Fragen und Einwände.

Doch es blieb einige Sekunden lang still.

»Auf der Zitronenfarm?«, fragte er dann.

»Ja, genau.«

Plötzlich hörte sie sein gedämpftes Lachen. »Herzlichen Glückwunsch«, sagte er, und Isabel konnte sein breites Grinsen förmlich durch die Leitung hören.

Das wars, fragte sie sich. Zu gerne hätte sie in diesem Moment einen Spiegel bei sich gehabt, denn ihr Gesichtsausdruck glich sicher dem eines Schimpansen, der plötzlich Polnisch sprechen konnte.

»Du … bist nicht sauer?«, fragte sie vorsichtig.

Wieder lachte André auf. »Ich muss dir etwas erzählen«, sagte er, und Isabel hörte, dass er sich setzte. Vermutlich auf den Tresen, wie er es manchmal tat, wenn er sich unbeobachtet fühlte.

»Meine Cousine Hanna hilft mir seit zwei Wochen bei den Vorbereitungen für den Umzug in die untere Etage. Sie arbeitet bei einem Zahnarzt an der Anmeldung. Also vielmehr, sie hat dort gearbeitet, denn der Doktor ist nun in den wohlverdienten Ruhestand gegangen. Jedenfalls hatte ich so ein Gefühl und habe Hanna gesagt: ›Ich glaube, Isabel kommt nicht mehr wieder.‹«

Isabel fiel die Kinnlade herunter.

»Dann habe ich meine Cousine gefragt, ob sie in diesem Fall Lust hätte, bei mir zu arbeiten. Ihren Job war sie ja sowieso los. Da hat sie mit den Schultern gezuckt und gesagt: ›Warum nicht?‹« André schnaubte vor Vergnügen. »Sie meinte aber, ich hätte wenig Ahnung von Frauen, denn keine würde aus einer Urlaubslaune heraus irgendwo bleiben, nur weil sie dort einige schöne Wochen verbracht hätte.«

Isabel hatte keine Ahnung, was sie von dieser Geschichte halten sollte. Wollte er seinen eigentlichen Frust hinter einer netten Geschichte verbergen?

»Jedenfalls habe ich meiner Cousine gesagt, dass ich trotzdem glaube, dass du auf Mallorca bleibst, und wir gerne eine kleine Wette eingehen können. Langer Rede kurzer Sinn, Hanna wird also bei mir arbeiten. Und dank dir wird sie ein Jahr lang alle Wochenendschichten übernehmen.«

Isabel brauchte einige Sekunden, um zu begreifen, dass André tatsächlich alles andere als sauer war, sondern aus der ganzen Situation sogar einen Vorteil zog.

»Das ist ja … total verrückt«, gab sie irgendwann staunend zurück. »Also bist du wirklich nicht böse?«

»Überhaupt nicht«, erwiderte André gut gelaunt. »Ich freue mich für dich.«

Isabel blieb völlig perplex im Gras sitzen. Eine riesige Last fiel von ihr ab, und sie spürte, wie die Erleichterung einen schmerzhaften Knoten in ihrem Magen löste.

»Aber eines musst du mir erklären«, forderte André sie auf. »Wie kam es dazu? Es ist ein Mann, stimmt's?«

Isabel grinste, und das nicht nur wegen seiner Frage. Zwei Jahre lang war es ihr schwergefallen, sich normal mit André zu unterhalten, ein richtiges Gespräch zu führen. Doch plötzlich schien es so einfach zu sein – ohne Scheu, ohne Zwang.

»Ja, es ist ein Mann«, erwiderte Isabel amüsiert. »Und ein Esel. Und ein Tal voller Zitronen.«

KAPITEL 25

Der Hubwagen ächzte unter dem Gewicht, als Alfred ihn mit großer Kraftanstrengung durch die Gänge der Fabrik zog. Die gestapelten Limonadenkästen wankten und das Glas klirrte bei jeder Unebenheit im Boden.

»*Más rápido, vieja mula!*«, feuerte Hector, der auf dem vordersten Stapel saß, seinen Chef vergnügt an.

»Du bist schwer geworden!«, erwiderte Alfred stöhnend mit einem Augenzwinkern. Seine Muskeln spannten sich, und er musste sich mit dem ganzen Körper ins Zeug legen, um den alten Hubwagen überhaupt vorwärts zu bewegen.

»Das ist der Kummer, der auf mir lastet, weil dieses Mädchen aus dem Nachbardorf nicht mit mir tanzen möchte«, scherzte Hector theatralisch. »Aber ich glaube eher, du bist etwas geschwächt. Deine Nächte sind zu kurz, mein Freund.« Er lachte schallend, dann feuerte er Alfred weiter an. »Schneller, Esel, schneller!«

Am Ladetor angekommen, ließ Alfred den vollgepackten Wagen sanft ausrollen und brachte ihn vor dem rückwärts geparkten Transporter zum Stehen.

»Ich glaube, du hast vergessen, dass du für mich arbeitest und nicht andersherum«, schnaufte Alfred außer Puste und klopfte Hector freundschaftlich auf die Schulter.

Dieser schüttelte grinsend den Kopf. »Nein, mein Freund. Wir alle arbeiten ausschließlich für die Zitronen.« Dann zwinkerte er ihm schelmisch zu und sprang von der Palette.

»Diese verdammten Mallorquiner«, stieß Alfred aus und grinste. »Legen sich das Leben zurecht, wie es ihnen gerade passt!«

Die beiden nahmen lachend jeweils drei Limonadenkästen auf einmal und trugen sie hinüber in den geöffneten Transporter. Hector sprang auf die Ladefläche und schob die Kästen weiter bis zur Innenwand. Dann setzten sich die beiden auf die Ladekante und machten eine kurze Pause.

»Dieses Mädchen«, begann Alfred ernst. »Wer ist sie?«

Hector ließ seinen Kopf leicht sinken.

»Martina Navarro. Sie bedient in Davids Bar. Seit Wochen spielt sie mit mir, lässt mich kurz an sich heran, um mich dann wieder wegzustoßen. Wie viel Bier muss ich noch bestellen, damit sie mit mir tanzt?«

»Magst du sie denn?«

»Verdammt, ja! Sie ist wie der Himmel und die Erde zusammen, Alfred.« Er grinste. »Und ihre Hüften …« Er zog eine geschwungene Linie in die Luft und pfiff dabei durch die Zähne.

Die beiden lachten.

»Okay, ich verstehe«, sagte Alfred. »Hast du sie denn zum Sommerfest eingeladen?«

Hectors Hand fuhr nach oben und er schlug sich entgeistert auf die Stirn. »Ich Idiot!«, stieß er aus. »Du hast vollkommen recht. Ich muss sie einladen, dann kann sie gar nicht Nein sagen. O Mann!«

»Ich würde mich freuen, sie kennenzulernen«, sagte Alfred aufrichtig.

Hector rieb sich die Stirn und schaute zu Alfred hinüber. »Und ich freue mich darauf, dich endlich wieder tanzen zu sehen«, rief er fröhlich, klatschte lachend in die Hände und sprang herunter. »Ihr Deutschen könnt wirklich alles Mögliche ... aber tanzen? Das überlasst ihr lieber uns Spaniern«, sagte er und ließ gekonnt die Hüfte kreisen.

»Ja, ja, ist ja gut. Ich hab's verstanden«, sagte Alfred, stand auf und schob Hector amüsiert zum Hubwagen. »Und jetzt tanz ab. Wir haben noch ein paar Kästen einzuladen. Bei der nächsten Fahrt ziehst du den Karren!«

Gut gelaunt machten sich die beiden wieder an die Arbeit, zogen den Hubwagen zurück zur Abfüllanlage und luden die Palette voll. Dabei ging Alfred immer das gleiche Bild durch den Kopf: Wie er eng umschlungen mit Isabel im Schein der Lichterketten tanzte, über ihre Hüften strich und sie küsste. Okay, in seiner Vorstellung waren sie beide allein und nicht umringt von einem Haufen alkoholisierter und ausgelassener Mallorquiner, die im Kreis tanzten und das Leben feierten. Außerdem erklang von der improvisierten Bühne auch eine ruhige Ballade und nicht das, was die Combo von Hectors Onkel jedes Mal zustande brachte. Nicht ohne Grund galt sie als die schlechteste Band der Insel. Doch es war nun einmal eine Art Tradition, sie auf dem Sommerfest spielen zu lassen.

Alfred freute sich auf das Fest, das in der kommenden Woche stattfinden würde. Es würde ihm guttun, mit Isabel zu tanzen und den Kopf frei zu bekommen. Obwohl er sich für den Abend auch noch etwas vorgenommen hatte, das ihm nicht nur enormes Kopfzerbrechen bescherte, sondern ihm fast die Luft abschnürte, wenn er bloß daran dachte. Er wollte Isabel die Wahrheit sagen. Er *musste* ihr die Wahrheit sagen. Spätestens jetzt, da sie sich entschieden hatte, zu bleiben.

Als er sie am Morgen vor dem Bücherregal gesehen hatte, war ihm das Herz in die Hose gerutscht. Er hatte gedacht, es sei zu spät und sie habe das Geheimnis schon allein gelüftet. Isabel hatte vor den Fotoalben gekniet, den Blick auf das Kenia-Album gerichtet. Was hätte er dafür gegeben, in diesem Moment ihre Gedanken lesen zu können! Doch dann war sie aufgestanden, zu ihm gekommen und hatte ihn zurück ins Bett gezogen.

Sie war eine Frau voller Überraschungen. Und sie hatte es verdient, die Wahrheit zu kennen, auch wenn diese nichts an seinen Gefühlen für sie änderte. Genau genommen änderte sie überhaupt nichts, zumindest nicht für ihn. Und dennoch schwebte dieses Geheimnis über ihrer Beziehung, seit er Isabel in Berlin gefunden hatte.

Der Hubwagen ruckte und die Limonadenkästen gerieten ins Wanken. Alfred schreckte aus seinen Gedanken auf, griff nach dem obersten Kasten und stabilisierte den Stapel.

»Nur ein Steinchen auf dem Boden«, rief Hector, schob den Hubwagen einige Zentimeter zurück und umfuhr das Hindernis. »Und weiter gehts.«

Am Transporter angekommen, sah Alfred eine Gestalt durch den Haupteingang huschen. Dann hörte man das Klacken von hohen Absätzen auf der Metalltreppe.

Alfred fasste einen Entschluss, sprang von der Palette und lief auf die Treppe zu.

Er brauchte Klarheit. Und den Anfang würde er mit Olivia machen. Irgendetwas stand zwischen ihnen, sie gingen sich aus dem Weg. Das war nicht gut, weder für sie persönlich noch für das Geschäft.

»Olivia, hast du eine Sekunde für mich?«

* * *

Die Tür fiel ins Schloss und eine angespannte Stille erfüllte das Büro über der Fabrikhalle. Olivia stand am Fenster und sah nach draußen. Offenbar konnte oder wollte sie Alfred nicht in die Augen schauen.

Er ging an ihr vorbei und lehnte sich gegen eine freie Fläche des langen Schreibtischs. Er wollte Olivia nicht bedrängen, sondern ihr den Raum geben, den sie benötigte. Und dennoch wollte er diesen Raum nach und nach verkleinern, sodass sie sich einander annähern konnten.

»Wie gehts dir, Olivia? Ist alles in Ordnung?«, fragte er sanft und wartete gespannt auf ihre Reaktion.

»Hm, hm«, machte sie abwesend. »Alles klar. Und bei dir?«

»Ja. Danke.«

Eine seltsame Stimmung lag in der Luft, die so gar nicht zu Olivia passen wollte. Normalerweise war sie impulsiv und sagte offen, was sie dachte, und darüber hinaus auch noch das, was ihrer Meinung nach die anderen dachten. Sie war eine starke junge Frau, die sich ihren Respekt erarbeitete und nicht so schnell wieder nehmen ließ. Doch heute schien sie zum wiederholten Male völlig in sich gekehrt, sie antwortete einsilbig und zerstreut.

»Ich hatte in den letzten Wochen zu wenig Zeit für dich«, begann er sanft. »Schon wieder«, fügte er betroffen hinzu. »Das war nicht in Ordnung.«

»Hm«, erwiderte Olivia teilnahmslos.

Alfred dachte angestrengt nach. Er hatte sich vor einigen Wochen vorgenommen, ihr etwas Gutes zu tun. Ein Essen, einen Tag im Spa, irgendetwas. Doch er hatte es vergessen. Verdammt!

Ein Gedanke schoss ihm durch den Kopf. Sie konnten einen Tag mit dem Boot rausfahren, sich etwas Zeit nehmen und in einer entspannten Atmosphäre in Ruhe über alles sprechen. Darüber, wie es um die Plantage stand, was es mit diesem neuen Steuerungselement für die Abfüllanlage auf sich hatte und über Isabel …

»Ich möchte … Also, ich wollte dich fragen, ob du Lust hast, in den nächsten Tagen mal mit dem Boot rauszufahren. Nur wir beide, ich …«

Olivia drehte sich zu Alfred herum und ihr Blick ließ ihn verstummen. Ihr Blick war eisig, ihre Lippen zu engen Linien zusammengepresst. Alfred las Enttäuschung, Ärger und Fassungslosigkeit in ihrer Miene.

»Ich meine …«, begann er erklärend, doch Olivia schnitt ihm das Wort ab.

»Ist das dein Ernst?«, zischte sie.

Alfred hob fragend die Augenbrauen.

Olivia löste sich vom Fenster. »Du stehst völlig neben dir, Alfred. Was soll das alles? Bootfahren? Ausgerechnet jetzt?«

Alfred ärgerte sich über seine Herangehensweise. Und gleichzeitig war er irritiert über ihre Frage. »Was meinst du damit? Was heißt das, ›ausgerechnet jetzt‹?«, wollte er wissen, doch Olivia zuckte nur mit den Schultern.

»Ach, nichts.« Sie biss sich auf die Lippe und wandte sich wieder dem Fenster zu.

Alfred stand auf und ging einen Schritt auf sie zu.

»Was ist los, Olivia? Was meinst du mit ›ausgerechnet jetzt‹?« Er hörte ihren stoßweisen Atem und sah, wie sie sich an der Fensterbank festkrallte.

»Alfred, wir haben im letzten Jahr mehr Geld ausgegeben, als reingekommen ist. Und im Verhältnis dazu sind wir zu wenig gewachsen. Das alles hier … die Plantage, dein Traum … Cristinas Traum …« Sie drehte sich langsam zu ihm um. In ihren Augen standen Tränen, die Lippen waren verkrampft und zitterten. »Uns steht das Wasser bis zum Hals, Alfred«, flüsterte sie. Tränen rollten ihre Wangen hinunter.

Alfred sah Olivia mit großen Augen an. Nie hatte er sie so verletzlich, so niedergeschlagen erlebt. Was war passiert? Was hatte er nicht mitbekommen? Und was meinte sie mit all dem?

»Olivia, ich …«, begann er, doch ihr Schluchzen ließ ihn verstummen. Er machte einen weiteren Schritt auf sie zu, doch sie hielt ihn mit den Händen auf Abstand.

»Ich schaffe das alles nicht mehr, Alfred. Ich kann nicht mehr«, schluchzte sie. Dann zog sie die Arme zurück, lehnte ihren Kopf an seine Brust und ließ ihren Tränen freien Lauf. »Ich habe Mist gebaut«, sagte sie mit bebender Stimme, bevor sie erneut schluchzte.

Alfred strich ihr sanft über das Haar. »Ist ja gut«, sagte er sanft. »Du hast ganz sicher keinen Mist gebaut.«

»Doch«, entgegnete sie energisch. »Am besten wäre es, wenn diese verdammte Fabrik niederbrennen würde, so wie es meine Eltern am liebsten hätten«, stieß sie mit zitternder Stimme aus. »Mit der Versicherungssumme könnte man irgendwo anders noch einmal neu anfangen.«

Alfred beugte seinen Oberkörper etwas zurück, sodass Olivia ihn ansehen musste. Er konnte nicht glauben, was sie da sagte. Was war passiert?

»Olivia, was …«, begann er, doch ein Geräusch ließ ihn verstummen. Es war das metallische Klacken der Wendeltreppe. So, als sei jemand auf der Treppe. Alfreds Blick ging zur Tür. Sie stand einen Spaltbreit offen. Schnell löste er sich von Olivia, ging zur Tür und sah die Treppe hinunter. Dann schweifte sein Blick durch die Fabrikhalle.

Es war niemand zu sehen.

KAPITEL 26

Die kleine Bühne aus abgetretenen Holzbohlen nahm langsam Gestalt an. Brett um Brett trugen Isabel und Nael auf den Hof hinaus, wo Hector sie zusammensetzte und verschraubte. Er sagte, er habe die Bühne damals mit einem Cousin zur großen Plantagen-Eröffnungsfeier gebaut, und seitdem sei sie jedes Jahr für das Sommerfest wieder aufgestellt worden. Nachdem die letzte Feier allerdings einige Jahre zurücklag, musste er bei jedem Teil dreimal überlegen, ob es richtig saß, bevor er es verschraubte.

Nael erledigte wie immer geduldig und zuverlässig alles, was man ihm auftrug. Zwar hatte Isabel das ein oder andere Mal versucht, ihn mit den paar spanischen Brocken, die sie in den vergangenen Wochen mit Hector und Fe gelernt hatte, aus der Reserve zu locken, doch irgendwann hatte sie aufgegeben. Seine undurchdringlichen hellen Augen und seine introvertierte Art machten es selbst dem humorvollen Hector unmöglich, an ihn heranzukommen. Dennoch war auf Nael stets Verlass, und er wurde so akzeptiert, wie er war.

Nach zwei Stunden Arbeit war die Bühne komplett, und die drei machten eine Pause. Tische und Bänke standen bereits in kleinen Gruppen auf dem Hof und eine ausladende

Feuerstelle bildete die Mitte. Während Hector anschließend wieder Fe in der Fabrik unterstützte, streiften Isabel und Nael durch das Materiallager und suchten die Lichterketten und weitere Dekoration. In der obersten Etage eines verstaubten Hochregals wurden sie schließlich fündig. Isabel hatte angefangen, einfach auf Deutsch loszuplappern, um sich mit Nael zu verständigen, und es funktionierte erstaunlich gut. Sie machte Vorschläge, wie sie die Kisten herunterbekommen konnten, und untermalte ihre Ideen mit Gesten. Obwohl Nael offenkundig ebenso wenig Deutsch verstand wie Isabel Spanisch, klappte die Kommunikation, und er schien jeweils genau zu wissen, was sie meinte. Gemeinsam brachten sie die Lichterketten nach draußen und spannten sie nach einem kurzen Test über den Platz. Nael kletterte auf die umliegenden Bäume und befestigte das Kabel dafür sicher an dicken Ästen, bis es einmal rundherum reichte. Weitere Lichterketten und einige Lampions hängten die beiden an längere Äste und platzierten noch Ölfackeln rund um den Platz. Bei Dunkelheit würde die Beleuchtung festlich und gemütlich aussehen, dessen war sich Isabel sicher.

Nach getaner Arbeit lief sie hoch zum Haus, um sich ein Stück von Marthas herrlichem Zitronenkuchen zu gönnen, den Martha Alfred und ihr bei der letzten Zitronenlieferung mitgegeben hatte. Außerdem kochte sie frischen Kaffee. Sie wollte Alfred damit überraschen, denn ihr schien, dass er seit einigen Tagen von Sorgen geplagt wurde. Es musste irgendetwas zwischen ihm und Olivia vorgefallen sein, vermutete sie, denn seit die beiden vor ein paar Tagen eine Unterredung im Büro gehabt hatten, herrschte eine seltsame Atmosphäre in der Fabrik. Gleichzeitig war das Arbeitspensum so kurz vor dem Sommerfest bei allen bis an die Grenze der Belastbarkeit gestiegen, denn Alfred war überzeugt davon, einen großen Vertriebspartner an Bord holen zu können. Auf den wollte er mit gefüllten Lagern vorbereitet sein.

Isabel hatte schon längst mit Alfred reden wollen, doch die Abende waren einfach zu kurz gewesen und die beiden zu erschöpft. Hinzu kam, dass Alfred sich in den wenigen Momenten, die sie hatten, eher nach Isabels Angelegenheiten erkundigte, als über sich selbst zu erzählen. Beispielsweise wegen des Telefonats mit ihren Eltern, das Isabel nicht aus dem Kopf gehen wollte. Nachdem sie ihnen von ihrem Entschluss berichtet hatte, erst einmal auf Mallorca zu bleiben und nicht wieder bei André anzufangen, hatte sich lediglich ihre Mutter für sie gefreut. Sie war sogar regelrecht aus dem Häuschen gewesen, zumal sie Isabel doch schon seit über zwei Jahren aufforderte, ihr Leben weiterzuleben und sich keine Vorwürfe mehr zu machen. Anders hatte dagegen ihr Vater reagiert. Er war nicht mit der Art einverstanden gewesen, wie sie André vor vollendete Tatsachen gestellt hatte, da sie ihm doch vorher zugesichert hatte, ihn bei der Neueröffnung zu unterstützen. Ganz unrecht hatte er nicht mit seiner Sicht der Dinge, das gab Isabel zu, doch selbst nachdem sie von Andrés Reaktion und der für ihn sogar vorteilhaften Lösung berichtet hatte, war ihr Vater nicht umzustimmen gewesen. Beleidigt und aufgebracht hatte er ihrer Mutter den Hörer zurückgereicht und sich lieber seinen Tieren gewidmet.

Isabel fühlte sich an den Tag zurückversetzt, als sie ihren Eltern mitgeteilt hatte, dass sie nicht in die Tierarztpraxis ihres Vaters einsteigen werde. Ihr Vater hatte wochenlang nicht mit ihr geredet und war persönlich beleidigt gewesen.

»Darf ich dich einen Moment stören?«, fragte sie Alfred, als sie ihn einen Steinwurf von der Terrasse entfernt auf der Wiese entdeckt hatte. In der Hand balancierte sie eine Kaffeetasse und einen Teller mit Zitronenkuchen.

Lächelnd drehte er sich um. Er saß im Schatten eines Zitronenbaumes. Neben ihm lagen ein Stapel Dokumente, zwei Aktenordner und ein Taschenrechner mit abgenutzten Tasten.

»Du störst nicht. Setzt du dich zu mir?«

Isabel erwiderte sein Lächeln und nickte. Als Alfred seine Nase in die Luft reckte und sich offenbar nicht zwischen Kaffee und Kuchen entscheiden konnte, musste sie lachen. Sie reichte ihm beides und setzte sich neben ihn.

»Womit habe ich das denn verdient?«

»Einfach, weil du mir guttust«, sagte Isabel und küsste ihn, bevor sie sich das Stück Kuchen vom Teller schnappte und selbst in die saftige Mitte biss.

Alfred beobachtete das Geschehen fassungslos und suchte einen ebenen Platz im Gras, auf dem er den Kaffeebecher abstellen konnte.

»Das ist arglistige Täuschung«, meinte er schmunzelnd. »Du bringst mir Kuchen, der eigentlich für dich gedacht ist, und verkaufst das als Wohltat. Das ist frech, und ich mag dich ab sofort nicht mehr«, sagte er und unterdrückte ein Lachen.

Isabel beugte sich zu ihm vor und hielt kurz vor seinen Lippen inne. Dann drehte sie sich blitzschnell weg, schnappte sich erneut das Kuchenstück und biss noch einmal ab.

Alfred riss die Augen auf. Dann ließ er seinerseits blitzschnell den Teller ins Gras plumpsen, drückte Isabel zu Boden und kitzelte sie, bis sie vergnügt um Vergebung rief.

Völlig außer Atem ließen sie sich zu Boden sinken. Dann drehte Alfred sich auf die Seite und fuhr Isabel mit dem Finger zärtlich über die Lippen. Jede seiner Berührungen hinterließ eine angenehme Wärme auf ihrer Haut.

»Du bist unglaublich …«, sagte er, bevor er sie küsste und sich dann über die Lippen leckte. »Aber ich muss jetzt diesen Kuchen essen, bevor du ihn mir komplett wegfutterst«, fügte er grinsend hinzu, richtete sich auf und verschlang den Kuchenrest mit zwei großen Bissen.

Isabel sah ihm kichernd dabei zu, wie er mit vollen Backen kaute und dann einen Schluck Kaffee trank.

»Wie kommst du voran?«, fragte Isabel vorsichtig und deutete auf die Unterlagen im Gras. Alfred hatte mehrfach angedeutet, es gebe Ungereimtheiten in der Buchhaltung und da sei noch eine finanzielle Sache, die ihm Sorge bereite.

Als der Kaffeebecher leer war, atmete Alfred tief durch. »Na ja …«, sagte er und schluckte. »Es geht. Die Lage ist deutlich schlechter als gedacht.«

Ein Kloß bildete sich in Isabels Hals. Das klang gar nicht gut. Sie musterte Alfred, um einschätzen zu können, ob er bereit war, darüber zu reden. »Was ist passiert?«, fragte sie dann vorsichtig.

Alfred kratzte sich am Kinn. Er schien angestrengt nachzudenken. Vielleicht darüber, wie er das Problem umschreiben sollte, vielleicht aber auch darüber, wie viel er Isabel momentan davon erzählen konnte.

»Die Kurzfassung?«, fragte er mit gesenktem Blick.

Isabel legte ihre Hand auf seinen Unterarm. »Wir können auch später darüber reden. Oder gar nicht, wenn es dir lieber ist. Es ist …« Sie hielt inne, als Alfred seine Hand auf ihre legte.

»Ist schon in Ordnung«, sagte er. »Es ist so, dass wir im letzten Jahr viel Geld ausgegeben haben. Für Pflanzen, Geräte, Maschinen und so weiter. Im Verhältnis dazu haben wir aber zu wenig Neugeschäft an Land gezogen. Zu wenig Absatz, zu hohe Ausgaben.«

Isabel ließ ihm die Zeit, die er brauchte.

»Es war mein Fehler. Ich hätte da sein sollen«, sagte er betreten. »Und dann ist da noch etwas. Es betrifft Olivia.« Alfred richtete den Blick in die Ferne. »Olivia hat Vollmacht für das Geschäft. Und in meiner Abwesenheit hat sie ein recht hohes Darlehen aufgenommen. Bei ihren Eltern.«

»Oh«, rutschte es Isabel heraus.

»Ja«, sagte Alfred und sah sie mit blassem Gesicht an. »Oh.«

218

Eine Weile saßen sie einfach schweigend im Schatten, dann rückte Alfred nervös auf seinem Platz hin und her.

»Ich hätte da sein müssen«, sagte er erneut. »Ich habe Olivia im Stich gelassen. Sie war überfordert, mit ihren Kräften am Ende. Und das Schlimmste ist, dass mich ihre Eltern eigentlich hassen und nicht absehbar ist, was nun passieren wird. Das Darlehen war nur auf ein halbes Jahr ausgelegt. Das halbe Jahr ist bald vorüber, und ich sehe wenig Chancen, es pünktlich zurückzuzahlen.« Er schüttelte den Kopf. »Es tut mir unendlich leid. Für dich, für mich, für alle. Aber wenn mir nicht bald etwas einfällt, wird es unsere Limonade nicht mehr lange geben.«

Isabels Augen wurden feucht. Sie war schockiert und fühlte Alfreds Schmerz tief in ihrer Brust. Einen Moment lang hielt sie seine Hand, dann schlang sie tröstend die Arme um seinen Körper.

»Das tut mir wirklich leid«, sagte sie. »Aber manchmal passieren unerklärliche Dinge. Ich meine … sieh uns an. Wer von uns beiden hätte noch vor Kurzem gedacht, dass wir einmal hier sitzen, zwischen den Zitronenbäumen, und echte Gefühle für den anderen empfinden?« Isabel wischte sich ein paar Tränen aus den Augen. »Vielleicht klingt das total bescheuert. Aber ich glaube daran, dass es eine Lösung gibt. Ich möchte daran glauben. Und ich glaube an dich, Alfred.«

KAPITEL 27

Die enge Serpentinenstraße war gerade so breit, dass zwei Kleinwagen aneinander vorbeipassten. Isabel hätte das ein oder andere Mal auf den Gegenverkehr gewartet oder gar zurückgesetzt, doch Fe lenkte den Wagen sicher durch die Kurven.

Abseits der Straßen bot sich ein atemberaubender Blick auf das weit unter ihnen liegende Meer, das heute ein kräftiges dunkles Blau zeigte. All das wurde überragt vom mit 1445 Metern höchsten Berg Mallorcas, dem Puig Major.

Isabel und Fe waren unterwegs zu einer Bucht namens Cala Tuent, die im Nordwesten Mallorcas, mitten im Tramuntana-Gebirge und einige Kilometer nördlich der Plantage, lag. Wieder einmal bemerkte Isabel, wie sehr sie diese Insel ins Herz geschlossen hatte und wie viele kleine und größere Überraschungen Mallorca noch zu bieten hatte. Durch das geöffnete Fenster strömte der Duft von Kiefern, vermischt mit einer angenehmen Note von salziger Meeresluft. An sich hätte es ein perfekter Sommertag sein können, wenn Isabel nicht mit ihren Gedanken an einem völlig anderen Ort gewesen wäre, nämlich bei Alfred und bei den Schwierigkeiten, vor denen er stand. Vor denen sie alle gemeinsam standen.

Isabel hatte für ihn da sein und ihm helfen wollen, doch er hatte dem Team freigegeben, um in aller Ruhe nach einer Lösung für die finanziellen Probleme zu suchen. Es sei völlig in Ordnung, wenn sie mit Fe an den Strand fahre und den Kopf frei bekomme, und das gelte auch für ihn, hatte er gemeint. Es tue ihnen beiden gut, damit sie das morgige Sommerfest genießen konnten, komme, was wolle. Schließlich konnte er nicht auch noch seine Mitarbeiter, die Freunde und den halben Ort enttäuschen.

Es tat Isabel in der Seele weh, ihn derart niedergeschlagen zu sehen. Das hatte er nicht verdient. Ihr war nicht klar, wie all das hatte passieren können oder wie die Schwierigkeiten zu beziffern waren, aber es schien nicht gut um die Geschäfte der Plantage und der Fabrik zu stehen, so viel stand fest.

Am Ende der Serpentinen stellte Fe den Wagen am Straßenrand ab, und sie stiegen aus. Isabel atmete tief durch, als sie zurück auf das gefährliche schmale Sträßchen blickte, das sich vor der Kulisse des Puig Major wie eine Schlange zum Strand herunterwand.

Die abgeschiedene Badebucht, die sich am Ende eines kleinen Weges vor ihnen öffnete, war umgeben von dichtem Kiefernwald. Bis auf ein paar Häuschen in einiger Entfernung lag die Bucht naturbelassen und unberührt da. Es war eine traumhafte Kulisse. Und obwohl Isabel sich an diesem wunderschönen Ort befand, war sie mit ihren Gedanken ganz woanders.

Der Kiesstrand knirschte unter ihren Sneakers, die sie erst wenige Meter vor dem Meer abstreifte, um die Steinchen an den bloßen Füßen zu spüren. Dann wanderten auch ihre Gedanken für eine Weile mit dem Wind hinaus aufs Meer.

»Fe, du hast wirklich nicht zu viel versprochen«, sagte Isabel beeindruckt, als sie sich in Ruhe umsah.

»Wollen wir?«, fragte Fe zufrieden und deutete mit einer leichten Kopfbewegung in Richtung Wasser.

Das ließ sich Isabel nicht zweimal sagen. In Windeseile legten sie ihre Taschen auf dem Kies ab, streiften sich Shorts und Oberteile ab und liefen in Badeanzug und Bikini auf das kühle Nass zu. Mit einigen großen Schritten erreichte Isabel das hüfthohe Wasser und ließ sich mit einem flachen Kopfsprung hineingleiten. Ihre Haut prickelte am ganzen Körper, als sie einige weite Schwimmzüge vollführte und schließlich wieder an der Oberfläche auftauchte. Das Wasser war kristallklar, und einige kleine Fische umkreisten neugierig ihre Füße, bevor sie blitzschnell davonschwammen und sich ein neues Abenteuer suchten. Isabel warf den Kopf in den Nacken und schob ihre nassen Haare aus dem Gesicht, als Fe neben ihr auftauchte und sich auf dem Rücken treiben ließ.

»Hast du eigentlich je daran gedacht, irgendwo anders zu leben als hier auf der Insel?«, fragte Isabel.

Fe schüttelte lächelnd den Kopf. »Irgendwie kann ich mir das nicht vorstellen, nein. Ich habe alles, was ich brauche, und hey, sieh dich doch nur mal um.«

Isabel lachte. »Da hast du verdammt recht.«

Die beiden blickten verträumt auf die Bucht zurück.

»Ich komme gerne hierher«, sagte Fe. »Selbst im Sommer ist dieser Strand ein Ort der Ruhe. Und die Natur zeigt mir immer wieder, dass es Wichtigeres auf der Welt gibt, als das, was wir als wichtig empfinden.« Sie richtete den Blick in den wolkenlosen Himmel.

»Das klingt schön«, erwiderte Isabel und zupfte ihren Badeanzug zurecht. »Und dennoch wünschte ich, manches von dem, was wir als wichtig empfinden, wäre leichter.«

Fe trieb wie eine Feder auf dem Wasser. Ihr schmaler Körper schien eins mit der glänzenden Oberfläche zu sein. Ihre Augen waren geschlossen und Isabel spürte, wie viel Kraft ihr das Meer in diesem Moment gab. Dann ließ Fe die Beine langsam auf den Grund sinken, richtete sich auf und fuhr sich durch die nassen Haare.

»Meinst du wegen der Sache mit Alfred und Olivia?«, fragte sie und richtete den Blick forschend auf Isabel.

Isabel verzog unsicher das Gesicht. Sie hatte keine Ahnung, wie viel Fe über die momentanen Probleme wusste, woher sie es wusste und wie viel sie wissen durfte. Zögerlich nickte sie zur Bestätigung.

»Jeder von uns weiß, wie schwierig es ist, mit einer so kleinen Limonadenfabrik Geld zu verdienen«, erklärte Fe nachdenklich. »Und es war kein einfacher Weg bis hierher. Andere hätten vielleicht schon früher aufgegeben, aber nicht Alfred und Cristina. Und auch nicht Olivia. Wir alle haben gekämpft, damit dieser Traum Wirklichkeit werden konnte.«

Isabel lächelte matt. Im Vergleich zu den anderen hatte sie noch nicht viel zu diesem Traum beigetragen und auch die Hintergründe kannte sie nur vage.

»Es ist gut, dass du hier bist«, sagte Fe, die offenbar in Isabels Blick gelesen hatte. »Mit dir hat sich bereits einiges zum Besseren verändert. Es fühlt sich an, als könnten wir es schaffen, trotz allem. Und außerdem liebt dich Alfred.« Sie ließ ihre Hände mit den Wellen über die Wasseroberfläche gleiten. »Niemand möchte mit jemand anderem verglichen werden, das weiß ich. Aber so, wie er dich ansieht – so hat er Cristina früher auch angesehen.«

Ein Kloß bildete sich in Isabels Hals und drohte ihr die Luft zu nehmen. Erst als der Gedanke in ihrem Kopf etwas Raum zur Entfaltung gehabt hatte, offenbarte sich ihr der Kern von Fes Worten. Alfred liebte sie.

»Danke«, sagte Isabel. »Das zu hören, tut wirklich gut.«

Fe hob abwehrend die Hände. »Hey, ich weiß nicht, ob ich die richtige Ansprechpartnerin bin, wenn es um das Thema Liebe geht, aber egal …«

Die beiden lächelten sich verständnisvoll zu. Kurz darauf spritzte Fe mit der Hand etwas Wasser durch die Luft und es traf Isabel. Diese schickte einen Schwall zurück, und rasch entstand eine kleine Wasserschlacht, die sie bis zum Strand fortsetzten. Lachend und um Luft ringend stiegen sie aus dem Wasser, griffen nach ihren Handtüchern und trockneten sich ab.

Dann setzten sie sich auf den Strand und blickten hinaus auf das weite Meer, über dem sich alle Probleme aufzulösen schienen.

»Wie ist Olivias Familie?«, fragte Isabel irgendwann. »Sind ihre Eltern nett?«

Fe zog langsam die Luft durch die Zähne ein. »Hm«, machte sie daraufhin und ließ einige Sekunden verstreichen, bevor sie antwortete. »Ich denke, sie haben viel Pech gehabt in ihrem Leben. Nicht zuletzt mit dem Verlust ihrer Tochter. Ich kann mir nicht vorstellen, wie so etwas sein muss, aber vermutlich verändert es einen Menschen. Manchmal vielleicht auch zum Guten … bei ihnen hat es jedoch eher zu Verbitterung geführt. Sie wollen Alfred dazu bringen, die Plantage aufzugeben. Das haben sie schon immer versucht. Sie ist ihnen ein Dorn im Auge, nicht zuletzt wegen dieser bösen Geschichte mit Matilda, an die sie ernsthaft glauben. Und nun munkelt man, Olivia sei in die Sache verstrickt, wegen dieses Darlehens.«

»Du meinst, sie hat die Plantage absichtlich in Schwierigkeiten gebracht?« Isabel wickelte sich fest in ihr Handtuch. Trotz der warmen Sonnenstrahlen überkam sie ein kalter Schauer.

»Nein, also … ach, ich weiß es nicht«, sagte Fe und verzog das Gesicht. »Eigentlich kann ich es mir nicht vorstellen.«

Die beiden sahen mit nachdenklichen Mienen hinaus auf das glitzernde Meer. Eine Erinnerung, die in ihrem Hinterkopf schlummerte, kam Isabel plötzlich in den Sinn. Sie war damals noch ein kleines Mädchen gewesen, als sie mit ihrem Vater zusammen öfter an einen See gefahren war. Sie beide hatten dann genauso dagesessen wie Fe und sie jetzt, sie hatten den Segelbooten nachgeschaut und davon geträumt, eines Tages auch einmal so ein Boot zu besitzen. Ihr Vater hatte Isabel Geschichten aus seiner Jugend erzählt, und wenn es dunkel war, hatten sie Feuer gemacht und Kartoffeln, in Alufolie gewickelt, in die Glut gelegt. Es waren wundervolle Abende in der freien Natur gewesen.

Doch das leise Schwappen der Wellen erinnerte Isabel auch noch an etwas anderes, das mit den Tagen am See in Verbindung stand. Sie versuchte, darauf zu kommen, aber es wollte ihr nicht gelingen. Erst als sie das Zischen einer Getränkedose, die ein Strandnachbar öffnete, hörte, schmeckte sie es auf den Lippen. Es war eine zarte Süße, wie von frischen roten Früchten – der Geschmack einer Fruchtschorle, deren kleine Glasflaschen in der Kühlbox immer so schön geklirrt hatten. Ihr Vater hatte damals immer eine Kiste direkt von einem Braumeister bekommen, wenn er dessen Schafe untersucht hatte.

Isabel spann den Gedanken weiter, bis daraus eine greifbare Formulierung entstand. Wahrscheinlich war es völlig abwegig, aber sie wollte nichts unversucht lassen. Kurz darauf zog sie ihr Handy aus der Strandtasche und tippte eine Nachricht.

Mama, ich brauche deine Hilfe.

KAPITEL 28

»Nimmst du den Kartoffelsalat, Fe?«, fragte Isabel und griff selbst nach einem Korb voller kleiner Schüsseln, Schalen und Soßenfläschchen.

»Komm, lass mich den doch tragen. Ich bin alt, aber so alt auch wieder nicht«, bat Claus mit hochgezogenen Augenbrauen.

»Na ja, Claus. Du bist so alt wie wir beide zusammen«, stellte Fe grinsend fest, und das typische kratzige Claus-Lachen ertönte.

»Ihr frechen Dinger. Ich werd euch gleich zeigen, wozu ich in meinem Alter noch fähig bin«, stieß er amüsiert aus.

Lachend machten sich die drei auf den Weg aus dem Haus und den Hang hinunter zum hergerichteten Festplatz vor der Fabrik. Bereits oben hörte man den Soundcheck der Band, in den sich immer wieder falsche Töne mogelten, bei denen Claus schmerzhaft die Augen zusammenkniff.

»Auweia, das ist doch kaum möglich«, klagte er und schüttelte den Kopf. »Es ist schon eine Weile her, dass ich sie zum letzten Mal gehört habe, aber ich glaube, Tito und seine Jungs sind tatsächlich noch schlechter geworden.«

Fe grinste und Isabel konnte sich kaum halten vor Lachen.

»Ihr habt mir jedenfalls nicht zu viel versprochen«, pflichtete sie Claus prustend bei. »Das ist die wohl schlechteste Band, die ich je gehört habe«, spöttelte sie. »Wie hält man das einen ganzen Abend lang aus?«

Claus und Fe sahen sich verschwörerisch an.

»Mit jeder Menge Alkohol«, sagten sie zeitgleich und lachten erneut.

Auf halber Strecke machten die drei eine kurze Verschnaufpause und stellten gemeinschaftlich fest, dass sie wohl doch lieber den Pick-up genommen hätten. Besonders Fe hatte schwer zu tragen, denn an ihren Armen und über der Schulter hingen gleich mehrere Umhängetaschen mit Sektflaschen darin. Kurz darauf marschierten sie jedoch weiter.

»Hach«, sagte Claus, als sie schon fast auf dem Platz angekommen waren. »Ich freue mich, endlich mal wieder ein Fest hier zwischen den Zitronenbäumen zu erleben.« Er sah sich einen Moment lang bedächtig um. Dann nickte er mit zusammengepressten Lippen. »Ja, trotz allem, was gerade so passiert. Es war an der Zeit.«

Isabel und Fe sahen einander in die Augen und konnten nachempfinden, wie sehr sich Claus auf das Sommerfest freute. Auch für ihn war die ganze Situation alles andere als einfach. Kein Vater würde sich wünschen, seinen Sohn in solch einer Lage zu sehen, doch in diesem Fall war es noch schlimmer, nach allem, was die beiden ohnehin schon mitgemacht hatten.

Claus bemerkte Fes und Isabels Blicke, daraufhin lächelte er sie mit einer Zuversicht an, die besagte: »Gemeinsam schaffen wir das.«

Den Festplatz, der in der späten Nachmittagssonne lag, hatte man mit wenigen Mitteln zu einem wunderbaren Ort für diese Feier hergerichtet. Auf unterschiedlich großen Tischen stand nicht nur das gesamte Geschirr des Hauses, sondern auch Vasen mit Blumen und Gräsern darin. Weitere Teller und Gläser hatte Hectors Mutter aus ihren Beständen herbeigeschafft. In der Mitte des Platzes knisterte bereits das große Feuer und auf einem Büfett standen frische Salate, einfache Tapas, Gemüse, Brot und Schüsseln mit Desserts, die Claus, Isabel, Alfred und Fe zubereitet hatten. Daneben hatten Hector und Alfred eine alte Badewanne aufgestellt, in die sie säckeweise Eiswürfel füllten, um Bier, Weißwein und Limonade zu kühlen.

Alfred sah ziemlich attraktiv aus in heller Stoffhose, dunkelblauem Hemd und braunen Lederschuhen. Isabel selbst hatte sich für ein blaues Sommerkleid mit weißen Pünktchen entschieden, das zufälligerweise perfekt zu seinem Outfit passte.

Grinsend stellte sie den Korb mit den Soßen und kleinen Schüsseln auf das Büfett, schlich sich hinter Alfred und gab ihm einen Klaps auf den Po.

»Hey«, rief er und lachte auf. Dann drehte er sich zu ihr herum und küsste sie. »Wow, du siehst toll aus.« Er sah Isabel an und leckte sich mit nachdenklichem Blick die Lippen.

Isabel lächelte und legte den Kopf in seine Halsbeuge.

»Ihr habt doch schon heimlich Sekt getrunken«, rief er aus und suchte mit strenger Miene den Blick seines Vaters.

»Nur einen ganz kleinen«, erklärte Claus spitzbübisch und spazierte einmal über den Platz, um Tito und die Band zu begrüßen.

»Na ja, vielleicht waren es auch zwei ganz kleine«, gab Isabel zu und küsste Alfred erneut.

»Hey, ihr Turteltauben«, rief Fe und räusperte sich lauter als nötig. »Wo ist eigentlich das Fleisch für den Grill?«

»Im Kühlschrank in der Halle«, erwiderte Alfred.

Fe hatte Isabel schon darüber aufgeklärt, wie ausschweifend und lecker ein mallorquinisches Barbecue war und wie viele schmackhafte Beilagen es dazu gab. Schon bei der Vorstellung lief Isabel das Wasser im Mund zusammen. Besonders von den Barbecues am Tag des Heiligen Antonius, zur »Fiesta Sant

Antoni«, wie es auf der Insel hieß, hatte Fe geschwärmt. In den meisten Orten wurden am Abend vor dem siebzehnten Januar riesige Feuer entzündet und Grills angefacht, und jeder Besucher konnte dann sein mitgebrachtes Fleisch darauflegen. Überall wurde gefeiert, getrunken und gelacht, bis die mannshohen Feuer erloschen waren und der Morgen anbrach. Am Tag darauf fand dann eine Messe zu Ehren des Schutzpatrons der Tiere statt und jeder durfte seine Tiere zur Segnung vor die Kirche bringen.

»Ist denn noch irgendetwas zu tun, oder sind wir tatsächlich fertig?«, fragte Isabel und sah sich auf dem einladenden Platz um.

»Eigentlich …«, begann Alfred und sah hinüber zu Hector, der mit den Schultern zuckte, »… eigentlich sind wir fertig.«

»Na dann«, rief Fe gut gelaunt, die kurz in den Aufenthaltsraum der Fabrik verschwunden war und nun mit einem Tablett mit gefüllten Sektgläsern wiederkam. »Dann stoßen wir jetzt erst mal an.«

Nachdem Hector einmal laut auf den Fingern gepfiffen hatte, traten auch Claus, Nael, Arian und Abelia zu ihnen, und gemeinsam stießen sie auf den kommenden Abend an, und auf alles, was da noch auf sie warten mochte, wie Alfred es in seinem fröhlichen Toast ausdrückte.

Er bemühte sich sichtlich darum, seine Sorgen zu verbergen, und dennoch erkannte Isabel die Nachdenklichkeit in seinen Augen. Natürlich wäre es auch mehr als seltsam gewesen, hätte er seine existenziellen Sorgen so einfach abstreifen können, doch Isabel hätte es ihm gewünscht. Sie selbst konnte keine Wunder vollbringen oder einen Rettungsanker aus dem Ärmel zaubern, doch mit ihrer Idee vom Tag zuvor war sie zuversichtlich, zumindest einen kleinen Beitrag zur Stabilisierung der Plantage leisten zu können. Ob es tatsächlich funktionierte, würde sich erst in einigen Tagen, vielleicht sogar Wochen, zeigen.

»Lasst uns auch gemeinsam auf Isabel trinken«, sagte Claus plötzlich, und sie verschluckte sich heftig an ihrem Sekt, während die Band einen schiefen Ton nach dem anderen produzierte.

Isabel sah erst Claus, dann Alfred fragend an.

»Ich finde es schön, dass du nun Teil unserer Zitronenfamilie bist. Auf dich!«, rief Claus fröhlich und erhob das Glas. Und nachdem Alfred den Trinkspruch ins Spanische übersetzt hatte, stießen alle Anwesenden miteinander an.

»Auf Isabel. *Salud*.«

Es war ihr unangenehm, doch Isabel ließ den Toast über sich ergehen und fühlte sich insgeheim nicht nur geschmeichelt, sondern sie spürte auch die Wärme beim Gedanken an ihre »Zitronenfamilie«. Sie war gerne hier und froh darüber, diesen Entschluss, auf Mallorca zu bleiben, getroffen zu haben. Ende des nächsten Monats würde sie ihr Apartment in Berlin untervermieten.

»Dem kann ich nur zustimmen«, flüsterte ihr Alfred ins Ohr. Er legte sanft seine Hand um ihre Hüften und sorgte dafür, dass Isabels Herz einen freudigen Satz machte.

Während der nächsten zwei Stunden trafen nach und nach die Gäste ein, beladen mit kleinen Geschenken, Grillfleisch, Tapas, Obst, herzhaften und süßen Köstlichkeiten, Dosenbier, Wein und selbst gebranntem Schnaps. Mit herzlichen Umarmungen begrüßten die Besucher zuerst Alfred und nach einer kurzen Vorstellung auch Isabel. Sie hatte sich in der Zwischenzeit einige Worte Spanisch angeeignet, um zumindest die gängigen Höflichkeiten austauschen oder auch einmal über das Wetter scherzen zu können. Irgendwann war das halbe Dorf inklusive Pfarrer, Bürgermeister und Bäckermeister eingetroffen sowie die Familien von Fe und Hector und weitere Freunde, Kunden und Wegbegleiter. Isabel war anfangs völlig überfordert von den vielen Gesichtern, Küssen und geschüttelten Händen, doch sie ließ es amüsiert über sich ergehen und kannte sogar bereits den ein oder anderen Gast, wie zum Beispiel Martha, die natürlich einen großen Zitronenkuchen mitgebracht hatte.

Ein ausgelassenes Geplauder entspann sich vor der Kulisse des knisternden Feuers, der klirrenden Gläser und der rockigen Gitarrensounds von Titos Band. Es wurde Spanisch, Deutsch und hier und da auch einmal Englisch oder sogar Italienisch gesprochen. Obwohl nichts dergleichen angekündigt oder von irgendjemandem organisiert wurde, fand das Fleisch völlig selbstverständlich den Weg auf den großen Grill in der Mitte, Getränke wurden in die Wanne nachgelegt und Wein ausgeschenkt. Es mussten an die hundertfünfzig Gäste zusammengekommen sein, und die Stimmung wurde bei Sonnenuntergang und mit jedem neuen Song immer ausgelassener. Isabel bemerkte, wie befreiend die gelöste Feier nicht nur für sie selbst und Alfred, sondern für die ganze Mannschaft war.

Alfred und sie standen mal hier, mal dort, saßen erst gemeinsam und dann getrennt voneinander bei bunt zusammengewürfelten Grüppchen und warfen sich immer wieder amüsierte und liebevolle Blicke zu. Wenn sie sich begegneten, küssten sie sich oder ließen ihre Hände aneinanderstreifen. Es war aufregend, als würden sie gerade erst auf geheimnisvolle Weise zueinanderfinden. Isabel durchfuhr die prickelnde Vorfreude darauf, Alfred nach dem Fest wieder allein zu begegnen, zwischen den Zitronenbäumen oder in den weichen Daunen seines Bettes.

Isabel saß gerade bei Martha, die von Claus' letztem Arbeitseinsatz auf ihrem Grundstück erzählte, als sie aus dem Augenwinkel wahrnahm, wie Olivia den Platz betrat und sich zu Nael und den anderen setzte. Alle hatten sich bereits gefragt, ob sie noch kommen werde oder nicht. Isabel beobachtete, wie sie sich um ein Lächeln bemühte, doch ihr gesamtes Auftreten strahlte ein anderes Gefühl aus: Unsicherheit.

Als Nael ihr einen Schnaps anbot, nahm sie das Glas dankbar an und leerte es in einem Zug. Das Gleiche tat sie mit einem halb gefüllten Weinglas. Isabel unterhielt sich derweil für einen Moment mit Martha, danach hatte sie Olivia aus den Augen verloren. Sie suchte den ganzen Platz ab, konnte Olivia aber nicht finden. Sie entschuldigte sich bei Martha, stand auf und trat ans Feuer.

Plötzlich drehte die Musik ihre Lautstärke auf und ein Klaviersolo ertönte. Die Gäste johlten, als würde der König höchstpersönlich eintreffen. Tito stand im Scheinwerferlicht der Bühne, das Mikrofon in der Hand, die Gitarre auf den Rücken geschnallt und genoss den Applaus und die strahlenden Gesichter.

»Es ist der einzige Song, den sie halbwegs gut spielen können«, erklärte ihr Alfred die Reaktion der Leute. »›Bailar Pegados‹ von Sergio Dalma. Ein Klassiker.«

Er war unvermittelt neben Isabel aufgetaucht und hielt ihre Hand in seiner. »Tanzt du mit mir?«, fragte er mit rosigen Wangen und ließ seine freie Hand an ihrer Hüfte entlanggleiten.

Eine Gänsehaut bildete sich auf Isabels Oberschenkel. Alfred vermochte es mit nur einer Berührung, sie um ihren Verstand zu bringen und all ihre Sinne zu wecken. Sie nickte also, folgte ihm an die Bühne und schmiegte sich an seine Brust.

Tito begann mit rauchiger Stimme die spanische Ballade zu singen, und immer mehr Paare wagten den Schritt auf die Tanzfläche.

Alfred führte Isabel sanft im Takt der Musik, sah sie dabei an und hauchte ihr einen zarten Kuss auf die Lippen. Über ihnen funkelten die Sterne, als wären es die einzigen Lichter in dieser dunklen Sommernacht. Der Wind vermischte den Duft der Zitronen mit Alfreds Aftershave. Isabel atmete tief ein und aus und sah in Alfreds wache Augen.

»Ich liebe dich, Isabel«, flüsterte er ihr ins Ohr. »Ich habe dir noch so viel zu sagen …«, fuhr er leise fort. »Aber dessen bin ich mir mittlerweile sicher.«

Isabels Herzschlag schien einen Moment lang auszusetzen. Sie konnte nicht anders, als stehen zu bleiben, ihre Arme um seinen Hals zu legen und ihn sekundenlang anzusehen. Sie sah Ehrlichkeit, Mut, Zärtlichkeit und Liebe in seinem Blick. Ja, sie liebte ihn auch. Und sie wollte ihn so lange küssen, bis ihnen beiden der Atem ausging. Als sie sich anschließend erneut ansahen, bemerkten sie, dass das Lied längst vorbei war und sie als Einzige auf der Tanzfläche standen.

Dann sprach Tito etwas ins Mikrofon, was Isabel nicht verstand, und alle Gäste ringsherum begannen zu lachen. Applaus und Pfiffe ertönten, bevor wieder die Gitarre einsetzte und die Gesellschaft sich in ihre Gespräche vertiefte.

»Er hat gesagt, wir wären hoffnungslos verloren. Aber immerhin gemeinsam«, erklärte Alfred.

Isabels Wangen glühten. Sie lachte und vergrub ihr Gesicht in seiner Halsbeuge. »O Gott«, murmelte sie und schüttelte kichernd den Kopf. Langsam küsste sie sich den Weg an Alfreds Hals hinauf bis zu seinem Ohr.

»Aber weißt du was?«, flüsterte sie und hielt einige Augenblicke inne. »Er hat absolut recht.«

KAPITEL 29

Der grüne mallorquinische Kräuterlikör brannte in Isabels Kehle und schmeckte wie Hustenbonbons mit Korn. Sie verzog das Gesicht und schüttelte den Kopf, als der kleine rundliche Bürgermeister, der sich als Ainar vorgestellt hatte, nachschenkte.

Fe lachte sich kringelig, denn mit ihr als Dolmetscherin hatte Isabel versucht, sich mit dem etwa fünfzigjährigen Dorfoberhaupt zu unterhalten. Doch Ainar war offenbar eher daran interessiert, möglichst schnell die grüne Likörflasche mit der Aufschrift »Túnel« zu leeren.

»Da hast du dir was eingebrockt«, flüsterte Fe kichernd. Dann sagte sie etwas auf Spanisch und auch Ainar prustete laut heraus.

»Hey, was hast du zu ihm gesagt?«, wollte Isabel wissen.

»Dass du gut zu Alfred passt. Er verträgt nämlich auch keinen ›Túnel‹«, antwortete Fe grinsend.

Isabel zog mit gespieltem Entsetzen die Augenbrauen in die Höhe, griff nach dem Schnapsglas und leerte es erneut. Sie schüttelte sich, als die bittere Flüssigkeit ihren Gaumen berührte, stand auf und knallte demonstrativ das Glas auf den Holztisch.

»Bravo!«, rief der Bürgermeister amüsiert und trank mit hochrotem Kopf sein deutlich größeres Glas ebenso schnell aus. Dabei flogen seine sorgfältig über die Glatze gekämmten Haare nach hinten, was ihm jedoch nichts auszumachen schien.

»*Finito. Terminado*«, sagte Isabel dann und machte mit beiden Händen eine Geste, die bedeutete, dass sie genug hatte.

Gerade noch hatte Fe schallend gelacht, da schlang der Bürgermeister nun seinen Arm um sie und drückte ihr Isabels Glas in die Hand.

»Das hast du nun davon«, rief Isabel ihr durch die laute Musik ins Ohr. »So was nennt sich Karma!« Sie schlug ihr kumpelhaft auf die Schultern und die beiden lachten, als Fe das Glas ansetzte und mit dem Dorfoberhaupt anstieß.

»Ich bin gleich zurück«, versprach Isabel und wankte einmal um das große Feuer herum, auf das ständig neue Scheite nachgelegt wurden. Sie ließ den Blick über die Menge schweifen, winkte dem ein oder anderen Gast, der ihr freundlich zuprostete, zurück, fand jedoch nicht die Person, die sie suchte.

Alfred hatte sich als hervorragender Gastgeber entpuppt, der es verstand, allen Gästen das Gefühl zu geben, willkommen zu sein. Er wanderte von Tisch zu Tisch und plauderte mal hier und mal dort. Isabel hatte ihn ab und zu beobachtet und mochte seine offene, freundliche Art. Doch seit einer Weile schon hatte sie ihn nicht mehr gesehen. Vielleicht besorgte er etwas aus dem Haus oder er drehte mit Hector und den Jungs eine Runde über die Plantage.

Isabel ging auf die Fabrikhalle zu, deren Tür offen stand, und lief am Aufenthaltsraum vorbei zu den Toiletten. Sie war kurz davor, sich in die Hose zu machen, so lange hatte sie zuvor am Tisch ausgeharrt. Nachdem sie sich erleichtert hatte, wusch sie sich die Hände und befeuchtete ihr Gesicht mit frischem kaltem Wasser. Ihr dezentes Make-up war durch das ständige Tanzen und die Hitze des Feuers sowieso schon teilweise verschwunden, aber das war vollkommen in Ordnung.

All die Fröhlichkeit, der Spaß und die schönen Momente würden Isabel noch lange in Erinnerung bleiben. Es war spannend, ein Stück mallorquinischer Kultur hautnah mitzuerleben, und sie freute sich bereits auf die anstehenden Dorffeste, von denen alle schwärmten. Das Fest auf der Plantage war jedenfalls ein voller Erfolg. Noch viel aufregender war allerdings Alfreds Liebesgeständnis. Bei einem romantischen Tanz inmitten aller Gäste. Isabel betrachtete ihre rosigen Wangen im Spiegel und kicherte bei der Erinnerung daran. Sie hatte darauf nichts direkt erwidert, aber sie liebte ihn auch. Jedes Mal, wenn er sie ansah oder berührte, schlug ihr Herz schneller, und dieses Kribbeln im Bauch wurde so stark, dass sie es kaum aushalten konnte. Egal, was passieren würde, sie wollte bei ihm sein. In seiner Nähe fühlte sie sich besser und sie hatte die Gewissheit, sie selbst sein zu können und endlich angekommen zu sein. Lange hatte sie nicht gewusst, was sie wollte, und besonders nach Hennings Tod war sie ziellos durchs Leben geirrt. Doch nun konnte sie sich wieder öffnen, konnte ihre Liebe und Leidenschaft zeigen, zusammen mit einem besonderen Mann an ihrer Seite, der sie verstand, der Ähnliches durchgemacht hatte, dessen Vergangenheit sie akzeptierte und der sie jeden Tag aufs Neue verzauberte.

Ihr gefielen diese wiedererwachte Energie und die Ausstrahlung, die sie in ihrem Spiegelbild erkannte. Und ihr gefielen ihre neue Aufgabe und die Lebenslust, die diese Insel und deren Bewohner ausstrahlten. Ja, sie lebte. Und sie liebte das Leben.

Nachdem Isabel ihr Gesicht getrocknet und ihre zerzausten Haare gerichtet hatte, löschte sie das Licht und ging hinüber zum Aufenthaltsraum, um eine Wasserflasche aus dem

Kühlschrank mit zum Tisch zu nehmen. Der Alkohol stieg ihr spürbar zu Kopf, und sie musste erst einmal ihre Wasserreserven auffüllen, bevor sie wieder mit Wein anstoßen konnte. Und definitiv würde sie keinen Kräuterlikör mehr trinken, nahm sie sich grinsend vor.

Als sie den Aufenthaltsraum verließ und auf den Ausgang zusteuerte, meinte sie ein Geräusch aus den Gängen der Fabrikhalle zu hören. Isabel blieb stehen und konzentrierte sich auf die Stille in der Halle zwischen den dumpfen Gitarrenklängen, die von außerhalb kamen.

Da war es wieder.

Es klang wie ein Kratzen oder Klirren.

Isabel stellte die Wasserflasche neben dem Eingang ab und tastete sich durch den dunklen Gang, entlang an den großen Maschinen und Metalltanks.

»Alfred?«, flüsterte sie in die Stille hinein, als ihr einfiel, dass sie ihn schon länger nicht mehr gesehen hatte. Aber was sollte er hier drin im Dunkeln machen?

Keine Antwort.

Die langen Schatten der Maschinen im fahlen Restlicht und die metallisch glänzenden Oberflächen rundherum wirkten gespenstisch und ein wenig beängstigend. Dennoch schlich Isabel weiter bis zur Abfüllanlage.

Sie zuckte zurück und stieß einen spitzen Schrei aus, als sie etwas auf dem Förderband entdeckte. Es war eine menschliche Gestalt, deren Arm herunterhing. Isabel presste sich die Hand vor den Mund und erstickte den Schrei. Auf dem Boden neben den Förderrollen breitete sich eine dunkle Pfütze aus. Ringsherum lagen die Scherben einer zerbrochenen Weinflasche.

»Olivia!«, stieß Isabel aus, als sie das Gesicht der dunkelhaarigen Person erkannte. »Olivia, was machst du denn hier? Ich habe dich schon überall gesucht. Bist du okay?«

Isabel stieg durch die Pfütze und griff nach Olivias Hand. Doch im nächsten Moment wurde sie ihr schon wieder entzogen und Olivia richtete sich hastig auf. Das Rattern der Rollen, die sich unter ihr drehten, dröhnte durch die Halle.

»Was?«, ächzte Olivia abwesend. »Ach so, okay. Ja, ich bin okay.« Sie ließ ihre Beine über den Rand der Förderstrecke baumeln, aber sie waren zu kurz, um den Boden zu erreichen. »Ich … ich fahre jetzt nach Hause«, keuchte sie und fuhr sich durch die verstrubbelten Haare.

»Olivia«, begann Isabel einfühlsam. »Ich denke, du kannst nicht mehr fahren. Willst du nicht lieber …«

»Natürlich kann ich fahren!«, stieß Olivia wütend aus und schickte einige spanische Sätze hinterher, die Isabel nicht verstand. »Lass mich durch!«, sagte sie dann energisch, schwang sich vom Förderband und landete knirschend in den Scherben. »*Mierda!*«, rief sie, hinkte einige Schritte weit und ließ sich dann auf den Boden sinken.

»Ist alles in Ordnung?« Isabel eilte Olivia hinterher und kniete sich neben sie.

Olivia betastete ihren Schuh und stellte fest, dass sie nicht verletzt, sondern lediglich von einer Scherbe überrascht worden war.

»Ja, ja, alles in Ordnung. Lass mich!«

»Okay, ich lasse dich«, lenkte Isabel ein und hob ihre Arme in die Luft, um ihre Aussage zu unterstreichen.

»Wo ist mein Auto?«, fragte Olivia nun und sah sich verwirrt in der Halle um.

»Olivia«, begann Isabel sanft. »Du kannst nicht mehr Auto fahren.« Sie ließ ihre Arme langsam wieder nach unten sinken. »Ich bringe dich hoch in die Casita, okay? Dort kannst du in Ruhe ausschlafen und morgen früh bringe ich dir Frühstück. Ist das in Ordnung?«

Olivia schnaubte abfällig. »Sag mal, für wen hältst du dich eigentlich?«, fragte sie mit erhobenem Kopf.

»Ich …«

»Es ist doch sowieso alles egal! Es ist zu spät. Die Plantage, die Fabrik … ach, was soll das überhaupt?« Olivia versuchte mühsam, sich aufzurichten. »Weißt du was?«, fragte sie mit einem gemeinen Unterton in der Stimme.

Isabel hatte sich inzwischen an die Dunkelheit gewöhnt und sie sah den Zorn in Olivias Augen aufblitzen.

»Du solltest froh sein, wenn das alles hier den Bach runtergeht und du wieder zurück nach Berlin reisen kannst«, spuckte sie förmlich aus.

»Olivia«, begann Isabel, um Fassung bemüht. »Ich weiß nicht, was ich dir getan habe … Aber ich bin gerne hier. Und ich dachte, wir kämen gut miteinander aus …«

»Ja, du bist gerne hier … Weißt du, das glaube ich dir sogar«, entgegnete Olivia mit einem verächtlichen Lachen. »Aber du weißt gar nichts. Und du weißt gar nichts über Alfred.«

»Ich weiß genug über Alfred«, erwiderte Isabel energisch und wandte sich von Olivia ab. Das hatte sie wirklich nicht nötig.

»Ach ja?«, fragte Olivia und lachte.

Irgendetwas an diesem Lachen ließ Isabel zögern und in ihrer Bewegung innehalten. Sie drehte sich wieder um und sah Olivia direkt in die dunklen Augen. Eine gefährliche Stille entstand zwischen den beiden. Es schien fast, als würde Olivia den Moment auskosten.

»Weißt du denn zum Beispiel«, begann sie triumphierend, »dass euer ach so zufälliges Kennenlernen gar nicht so zufällig war?«

Isabel spürte einen heftigen Stich in ihrer Brust. Ihre Hände ballten sich unvermittelt zu Fäusten, um den aufkommenden Druck in ihr zu kanalisieren. Ohne Erfolg.

»Was soll das heißen?«, fragte sie mit zitternder Stimme.

Olivia lachte laut auf. Sie ließ sich Zeit, spielte mit Isabel. Das war nicht die Olivia, wie Isabel sie kannte. Es waren der Alkohol und die Verzweiflung, die aus ihr sprachen.

»Das soll heißen, dass er sich drei Jahre lang nicht getraut hat, dich zu kontaktieren, bevor er endlich nach Berlin gefahren ist.«

Isabels Wangen glühten, wie nach einer harten Ohrfeige. Tausend Fragen schossen ihr durch den Kopf. Was hatte das zu bedeuten? Wieso hatte er drei Jahre lang gewartet, bis … Moment, dachte Isabel angestrengt. Wieso ausgerechnet drei Jahre? Hatte das etwas mit Henning zu tun? Was ging hier vor? Isabel zwang sich zur Ruhe und atmete tief durch, bevor sie sprach.

»Olivia, ich denke, du redest wirres Zeug. Ich werde jetzt gehen«, entschied Isabel, um Sachlichkeit bemüht. Dann drehte sie sich um und setzte sich in Bewegung.

»Isabel«, zischte Olivia ihr hinterher. »Er hat dich die ganze Zeit belogen, kapierst du das denn nicht?«

Erneut hielt Isabel inne. Ein kalter Schauer zog sich ihre Beine hinauf, über ihren Rücken und bis in den Nacken. Irgendetwas stimmte nicht. Olivias Worte klangen nicht wie eine spontan erfundene Lüge oder wie eine dem Alkohol entsprungene Verleumdung. Sie klangen aufrichtig. Verbittert, aber dennoch aufrichtig. Isabels Magen krampfte sich zusammen, denn sie verstand immer noch nicht, was hier gerade passierte. Oder war sie es, der zu viel Alkohol die Sinne vernebelte?

»Er kannte deinen Namen, dein Gesicht, deine Adresse«, sagte Olivia nun reservierter.

Isabel schluckte schwer und versuchte, ihrer Tränen Herr zu werden. Doch sie verlor den Kampf und ihre Augen wurden feucht.

»Was …«, stammelte sie.

»Er hatte bloß nicht den Mumm, dich anzusprechen.« Olivia atmete schwer. »Er war nur wegen dir in Berlin, Isabel.«

Kapitel 30

Taumelnd verließ Isabel die Fabrikhalle. Ihr Kopf dröhnte im Takt der Musik, die vom Festplatz herüberwummerte. Tränen nahmen ihr die Sicht, bis sie sich über die Augen wischte. Dann sah sie die fröhlichen Gesichter der Gäste, sie sah Fe, die lachend auf die Schulter des Bürgermeisters klopfte, und sie sah Alfred, der ein Bier aus der Kühlwanne fischte und es Hector reichte. Nein, schrie sie innerlich. Das konnte nicht sein. Die Gedanken hämmerten förmlich in Isabels Kopf und wirbelten immer schneller, bis sie die Augen schloss und sich schmerzhaft auf die Lippe biss.

Sie schlug einmal gegen die Hallenwand und ging dann nach rechts an der Fabrik entlang, weg von den Gästen, weg von Alfred. Sie lief immer schneller, bis das Gebäude zu Ende war, und weiter, bis die Zitronenbäume begannen. Sie stolperte beinahe, rappelte sich auf und lief weiter. Ihre Augen brannten, ihre Füße waren wie Blei, und ihr Herz schlug so heftig gegen ihre Brust, dass es schmerzte.

Hatte Olivia die Wahrheit gesagt? Hatte Alfred sie schon vor drei Jahren ausfindig gemacht? Hatte er sie absichtlich angesprochen und hierhergelockt? Und war alles nur Theater gewesen? Seine Nähe, seine Liebe. Isabel wurde übel, wenn sie daran dachte. Nein, das konnte nicht sein. Was sollte er davon haben? Das ergab alles keinen Sinn.

Isabel dachte an ihr Kennenlernen im Laden. Alfred hatte ihr die Tür ins Gesicht gestoßen. Das konnte doch keine Absicht gewesen sein. Der Schlüssel, dachte Isabel. War der Schlüssel ein Vorwand gewesen, um sie anzusprechen? Schon damals war ihr das seltsam vorgekommen … Aber nein. Wozu denn? Es passte alles nicht zusammen.

Isabel erreichte das Bienenhaus und stützte sich atemlos daran ab. Dann ließ sie sich zu Boden sinken und lehnte sich gegen das alte Holz.

Hatte Olivia sie angelogen? Sie wollte Alfred sicher nur wehtun, weil sie sich gestritten hatten. Vielleicht steckten sogar ihre Eltern dahinter! Sie waren es schließlich, die Alfred und die Plantage loswerden und ihm Schaden zufügen wollten. Hatte Olivia sich auf ihre Seite geschlagen?

Isabels Kehle war wie zugeschnürt und sie kämpfte um jeden Atemzug. Sie spürte einen schmerzhaften Druck in der Brust, als würden ihre Lungenflügel kollabieren. Schluchzend zog sie ihre Knie an die Brust und stützte ihren Kopf darauf.

»Reiß dich zusammen, Isabel«, schalt sie sich. »Denk nach!«

Doch kein halbwegs vernünftiger Gedanke kam ihr in den Sinn. Stattdessen schossen ihr Tränen in die Augen, und sie begann, verzweifelt zu schluchzen. Ihr ganzer Körper bebte und sie schüttelte heftig den Kopf.

Nach und nach beruhigte sie sich ein wenig. Olivia hatte keine Beweise für ihre Behauptung. Vielleicht war alles tatsächlich nur eine Lüge, eine erfundene Geschichte, um sie und Alfred auseinanderzubringen. Mehr fiel ihr dazu nicht ein, sosehr sie sich auch bemühte.

Als sich Isabels Atem und ihr Herzschlag beruhigt hatten, bemerkte sie ein seltsames Geräusch hinter der Hütte. Was war das? Schritte? Sie blieb regungslos sitzen und versuchte, dieses

Etwas aus dem Rauschen des Blutes in ihren Ohren herauszufiltern. War das etwa Alfred?

Vorsichtig richtete Isabel sich auf und ging um die Hütte herum. Es schien niemand hier zu sein.

Doch da. Da war es wieder.

Sie sah sich erneut um und bemerkte etwas im Dunkel der hüfthohen Sträucher. Da lag etwas. Oder jemand.

Isabel wartete noch einen Moment, um die Lage abzuschätzen, dann machte sie einige Schritte auf den großen Schatten zu.

»Tio!«, stieß sie erleichtert aus. »Ach, du bist es nur.«

Sie rieb sich die letzten Tränen aus den Augen und ging auf den Esel zu. Er lag inmitten der hohen Gräser und schnaubte. »Hallo, mein Freund«, flüsterte Isabel, kniete sich neben ihn und streichelte erst sein Maul und dann den Rücken.

Tio fühlte sich feucht an. Und kühl. Doch die Sträucher um ihn herum waren völlig trocken. Überhaupt hatte es seit Tagen nicht geregnet und sogar der Morgentau war ausgeblieben. Außerdem war der Esel viel zu still.

»Tio, was ist los mit dir?«, fragte sie das Tier, das weiter teilnahmslos schnaubte.

Ein ungutes Gefühl beschlich Isabel. Sie tastete den Esel ab und bemerkte, dass sein Bauch hart und angespannt war. Das war gar nicht gut. Hatte er etwas Falsches gefressen? Wieder überschlugen sich ihre Gedanken. Doch diesmal versuchte sie, sich alles ins Gedächtnis zu rufen, was ihr Vater jemals über Symptome bei Paarhufern erzählt hatte. Esel waren völlig anders zu behandeln als Pferde, so viel wusste Isabel. Sie dachte weiter angestrengt nach.

Er lag dort allein, abgeschieden von der Gesellschaft und fernab seines Stalls, in einer seltsamen Stellung und schnaubte nur ab und zu leise. Hin und wieder gähnte er, wie als Reaktion auf einen Schmerz. Eine Kolik, schoss es Isabel durch den Kopf.

Sein Magen-Darm-Trakt war gestört. Das konnte sein. Und wenn es tatsächlich eine Kolik war, dann war es ernst. Sehr ernst.

»Papa«, flüsterte sie und griff automatisch an ihre rechte Gesäßtasche, dort, wo normalerweise ihr Handy steckte. Doch sie trug ein Kleid, und natürlich hatte sie das Handy nicht dabei. Verdammt!

Sie musste Hilfe holen, und zwar schnell. Tio brauchte einen Tierarzt. Hastig sprang sie aus dem hohen Gras auf und drehte sich um, als sie gegen etwas stieß und vor Schreck aufschrie. Mit aufgerissenen Augen blickte sie in die Dunkelheit und hielt vor Entsetzen die Luft an.

»Alfred!«

»Was machst du …«, begann er, dann sah er Tio auf dem Boden liegen und sog scharf die Luft ein. »O Gott, was ist passiert?«, fragte er besorgt und eilte an Isabel vorbei zu dem liegenden Esel.

»Dein Handy! Hast du es dabei?«

»Ja, ich …«

»Ich brauche es. Schnell. Bitte.«

Irritiert zog Alfred sein Handy aus der Hosentasche, entsperrte es und reichte es ihr.

Sofort begann sie eine Nummer einzutippen und atmete schwer durch die Nase. »Bitte geh ran«, murmelte sie. Es war schon mitten in der Nacht, und Isabel wusste lediglich die Festnetznummer ihrer Eltern auswendig. Der Freiton erklang. Einmal, zweimal. Nach etwa einer Minute klingelte es immer noch. Dann plötzlich knackte es in der Leitung.

»Ja? Mai?«, sagte der Vater mit müder Stimme.

»Papa, ich bin's, Isabel.«

»Was … Deine Mutter schläft. Das haben wir beide bis gerade eben noch …«

»Papa, ich brauche deine Hilfe, bitte.«

Sie hörte, wie er schnaubte.

»Was ist los?«, fragte er dann besorgt.

»Hier ist ein Esel. Ich glaube, er hat eine Kolik.«

»Eine Kolik?«, stieß Alfred aus und drehte sich zu Isabel um, die ihm mit dem Finger bedeutete, einen Moment leise zu sein. Dann erklärte sie ihrem Vater, wie sie Tio vorgefunden hatte. Er hörte geduldig zu und stellte konzentriert einige Fragen.

»Das hört sich nach einer Kolik an, ja«, erklärte er betroffen. »Im schlimmsten Fall könnte eine Verschlingung des Darms eintreten. Das ist sehr schwierig zu behandeln. Der Esel würde starke Schmerzen leiden. Ihr solltet sofort einen Tierarzt holen, der ihn abtastet … bevor es zu spät ist.«

»Bevor es zu spät ist?«, rief Isabel entsetzt in den Hörer.

Alfred schreckte auf, als er Isabels Worte deutete. Ihre Blicke trafen sich im Schein des Mondes.

Isabel nickte ihm mit ernster Miene zu. Dann legte sie auf.

Kapitel 31

Tio schnaubte hin und wieder. Ansonsten blieb er regungslos im Gras liegen und ergab sich seinem Schicksal. Isabel und Alfred knieten neben ihm, streichelten seinen Kopf und versuchten, ihn zu beruhigen, bis der Tierarzt eintraf. Alfred hatte ihn aus dem Bett geklingelt und anschließend seinen Vater per Telefon gebeten, oben am Haus zu warten und den Doktor herzubegleiten.

»Ich brauche dich, Tio. Bitte halt durch«, flüsterte Alfred seinem Esel immer wieder zu, der daraufhin bestätigend mit den Ohren schlackerte.

Isabel weinte. Wegen Olivia, wegen Alfred und natürlich wegen Tio. Am liebsten wäre sie einfach weggelaufen, doch genau wie Alfred konnte sie den kleinen Esel nicht alleinlassen. Vermutlich litt er unter Schmerzen, und sie wollte für ihn da sein.

Alfreds Hand kam Isabels beim Streicheln immer näher, bis sie sich schließlich berührten. Isabel zuckte zurück und sah ihn mit tränennassen Augen an.

»Olivia hat mir gesagt, ich solle nach dir sehen«, sagte er leise.

Isabels Atem stockte. Also war er nicht von allein auf die Idee gekommen, nach ihr zu suchen. Was hatte Olivia ihm gesagt? Wusste er von ihrem Gespräch?

»Was ist passiert, Isabel?«, fragte er unsicher. »Olivia ... sie war betrunken, wollte mit dem Auto nach Hause fahren ...«

Isabels Lippen bebten, und sie atmete langsam ein und aus. Sie hatte keine Ahnung, was sie tun sollte, also nickte sie bloß und sagte nichts. Sie konnte Alfred nicht in die Augen sehen und fuhr stattdessen Tio behutsam durch die stoppelige Mähne. Lange Sekunden verstrichen, bis Alfred noch einmal fragte.

»Isabel, was ist passiert?«

Ihre Hand begann zu zittern und sie zog sie zu sich zurück in den Schoß. »Olivia ...«, sagte sie und atmete noch einmal tief durch. »Sie hat etwas gesagt, was ich nicht glauben kann.« Jedes Wort kam bleischwer aus ihrem Mund. Dann hob sie leicht den Kopf und bemerkte selbst in der Dunkelheit, dass Alfred immer blasser wurde. Sein Atem beschleunigte sich hörbar. Er war nervös, also hatte er tatsächlich ein Geheimnis vor ihr. Aber welches?

»Sie hat gesagt, unser Kennenlernen ... Es sei kein Zufall gewesen«, sagte Isabel und biss die Zähne aufeinander. Tränen liefen ihr über die Wangen und sammelten sich zu einem großen Tropfen an ihrem Kinn. Alfred sah sie lange an, schien mit sich und seinen Gedanken zu ringen, als plötzlich etwas hinter der Hütte raschelte. Isabel wischte sich hastig über die feuchten Augen.

»Alfred? Wo seid ihr?«, rief Claus, bevor seine Silhouette mit einer zweiten neben der Hütte auftauchte.

»Hier«, erwiderte Alfred und hob dabei die Hand.

Claus und der Tierarzt eilten mit Taschenlampen herbei und gingen in die Hocke.

»Tio, mein Guter, was ist denn los?«, flüsterte Claus besorgt, bevor Alfred ihm und dem Tierarzt noch einmal schilderte, was passiert war.

Immer wieder ging Alfreds Blick dabei zu Isabel. Er wirkte verunsichert, traurig und nervös. Sosehr es auch Isabels Nerven strapazierte, ihr Gespräch musste warten. Jetzt ging es um Tios Gesundheit, möglicherweise um sein Überleben. Und nichts war in diesem Moment wichtiger als das.

Der Tierarzt, ein kerniger Mann Mitte fünfzig, der sich als Doktor Montero vorstellte, untersuchte Tio ausführlich, während Claus ihm mit der Lampe leuchtete. Er tastete, klopfte und horchte den Bauch ab und prüfte Tios Reflexe und Reaktionen. Er stellte einige gezielte Fragen zu seinem Futter, seiner normalen Verdauung und sonstigen Beschwerden, bevor er eine erste Entwarnung gab.

»Es gibt wahrscheinlich keine Verschlingung des Darms«, sagte er und nickte bedächtig. »Das ist gut«, fügte er in beruhigendem Ton hinzu.

Claus klopfte seinem Sohn auf die Schulter und atmete erleichtert auf.

»Das heißt, er wird wieder gesund?«, fragte Alfred mit brüchiger Stimme.

»Na ja, wir müssen abwarten«, sagte Doktor Montero langsam. »Bei Koliken dieser Art ist die Sterblichkeit hoch, an die fünfzig Prozent«, erklärte er und alle sogen scharf die Luft ein. »Dass wenigstens geringe Darmgeräusche vorhanden sind, ist sehr positiv und verbessert Tios Chancen deutlich. Doch er ist noch nicht über den Berg. Sein Kreislauf ist abgesackt und er braucht viel Ruhe. Stellt Wasser bereit, falls er Durst verspürt. Am besten bleibt jemand die Nacht über bei ihm. Das gibt ihm Sicherheit. Dann sagt ihr mir morgen Vormittag Bescheid, und ich sehe ihn mir noch einmal an.«

Alfreds Augen glänzten im Licht des Vollmonds, als er seinen Esel ansah und ihm zärtlich über das Maul strich. »Okay, danke, Doktor«, sagte er. »Wir passen gut auf ihn auf.«

»Hey, ist alles okay?«, flüsterte Claus Isabel zu, während der Tierarzt Tio ein krampflösendes Mittel und etwas gegen die Schmerzen verabreichte.

Sie biss die Zähne zusammen und zuckte stumm mit den Schultern. »Das weiß ich noch nicht«, flüsterte sie ehrlich und wandte sich ab. Sie wollte jetzt nicht weinen. Nicht schon wieder.

Claus legte sanft seine Hand auf ihre Schulter und ließ sie damit wissen, dass er für sie da war, sollte sie ihn brauchen. »Passt gut auf ihn auf, und sagt Bescheid, wenn ihr etwas braucht, okay? Ich schicke die letzten Gäste nach Hause und bin dann oben«, sagte er sanft.

»Danke, Paps«, erwiderte Alfred. »Und bitte sag Hector, er soll ein Auge auf Olivia haben, damit sie nicht ins Auto steigt.«

»Mache ich«, erwiderte Claus, nickte seinem Sohn noch einmal zu und begleitete dann den Tierarzt hoch zum Haus. Als die beiden hinter dem Bienenhaus verschwanden, entstand eine unbehagliche Stille zwischen Isabel und Alfred. Sie saßen stumm neben Tio und streichelten ihn. Immer wieder trafen sich ihre Blicke für einen kurzen Moment, doch es war stets Isabel, die den Blickkontakt löste. Ihr ganzer Körper war angespannt. Wieder und wieder hallten ihr Olivias Worte durch den Kopf.

Er kannte deinen Namen, dein Gesicht, deine Adresse.
Er war nur wegen dir in Berlin, Isabel.

Ihre Hand begann stärker zu zittern, je öfter sie sich an diese Worte erinnerte, doch sie wollte nichts darüber hören. Nicht jetzt.

»Isabel, ich …«

»Nein, Alfred. Bitte …«, unterbrach sie ihn und stützte sich im Gras ab.

Er sah Isabel eindringlich an, akzeptierte jedoch ihren Wunsch, und statt noch etwas zu sagen, holte er zwei Eimer mit Wasser.

So verharrten sie neben Tio, der ab und zu mal sein Maul in das Wasser tauchte und ein wenig soff. Stunde um Stunde verging, bis sich die Sonne langsam hinter den Bergspitzen abzeichnete. Hin und wieder summte eine Biene, oder das Meckern der Wildziegen hallte durch das Tal. Ansonsten war es völlig still. Tio war eingeschlafen, atmete ruhig und beständig. Die Medikamente schienen ihre Wirkung zu entfalten.

Isabel war müde und erschöpft. Die ganze Nacht über hatte sie sich den Kopf zermartert, sich dazu gezwungen, Alfred nicht auszufragen, ihn nicht anzuschreien oder sonst irgendetwas zu tun, um die kreisenden Gedanken endlich abzustellen. Doch nun konnte sie nicht mehr.

»Stimmt es?«, fragte sie irgendwann und sein Blick traf sich mit ihrem. »Wusstest du, wer ich bin? Hast du mich bewusst angesprochen?«

Ihr Puls raste und ihre Gesichtsmuskeln schmerzten vor Anspannung.

»Ich liebe dich, Isabel. Aufrichtig und ehrlich«, sagte er betreten. »Das musst du wissen, bevor ich dir erzähle, wie alles gekommen ist.«

Unvermittelt schossen Tränen in Isabels Augen und hinterließen feuchte Spuren auf ihren Wangen. Hatte Olivia tatsächlich die Wahrheit gesagt? Hatte er sie all die Wochen belogen? Isabel war wütend, verwirrt, tieftraurig und verletzt. Lediglich der Drang, die Wahrheit zu erfahren, hielt sie noch an diesem Ort. Also blieb sie sitzen, schenkte Tio ihre Wärme und hörte zu, was Alfred ihr zu sagen hatte.

Sie nickte. Dann begann Alfred zu erzählen.

»Cristina wollte immer schon einmal nach Kenia …«, sagte er und schluckte schwer. Auch seine Augen wurden feucht. Einige Tränen tropften auf Tios kurzes Fell.

»Kenia«, hauchte Isabel.

Alfred nickte bedächtig und fuhr fort. »Ja«, sagte er leise. »Aber sie hat es nicht mehr dorthin geschafft. Ich hingegen schon …«

KAPITEL 32

Ein dumpfes Klopfen ertönte.

»Mister Holler? Mister Holler, are you here?«

Langsam, fast bedächtig schlug Alfred die Augen auf und starrte hinauf zu dem sich monoton drehenden Deckenventilator. Schweißperlen standen auf seiner Stirn und sein Kopf dröhnte, als säße er in einer Flugzeugturbine.

Erst nach einem erneuten Klopfen rührte er sich, rieb sich die Schläfen und richtete sich halbwegs im Bett auf. Eine schwüle Hitze lag in der kleinen Holzhütte, die auf Stelzen erbaut worden war, um die Bewohner vor Schlangen und Skorpionen zu schützen.

»O Gott«, stöhnte Alfred, als er die zur Hälfte geleerte Ginflasche auf dem Nachtschränkchen sah. Vorsichtig schlug er die hauchdünne Decke zur Seite, setzte sich auf und schwang die Beine vom Bett. Er fand Halt auf dem Holzboden und stützte sich mit den Händen auf der Matratze ab.

Er wollte nach Hause. Er wollte weg hier. Was sollte das überhaupt alles? Er hatte sich auf diese verdammte Reise begeben, ohne zu wissen, was er suchte. Er hatte es für Cristina getan.

Cristina.

Wieso hatte es ausgerechnet sie erwischt? Wieso nicht ihn?

Diese Fragen hatte er sich wieder und wieder gestellt. Zum ersten Mal direkt nach dem Absturz. Als der Gleitschirm auf der blanken Erde aufgeschlagen war und ein Felsen Cristinas Rückgrat gebrochen hatte. Das nächste Mal, als er sie gestützt und angefleht hatte, bei ihm zu bleiben. Dann auf dem Weg ins Krankenhaus, nachdem endlich der Rettungshubschrauber gekommen war, und schließlich am Krankenbett, als sie für einige kurze Momente aufgewacht war. Etwa eine Stunde hatten die beiden noch Zeit miteinander gehabt, bevor Cristina ihn endgültig verlassen hatte. Es war die intensivste und schwierigste Stunde seines Lebens gewesen. Es war die Stunde, in der Cristina versucht hatte, sein Leben zu retten, während ihres dabei war, der Welt zu entfliehen.

Alfred hatte verquollene Augen, sodass er kaum ihren wunderschönen Mund erkennen konnte. Er hatte ihre Hand gehalten, aus der eine Kanüle ragte, und versucht, ihre Worte zu hören, die ihre Lippen so leise verließen, dass er sein Ohr nahe an ihren Kopf legen musste.

»Alfred«, hatte sie geflüstert, und allein die Erwähnung seines Namens hatte ihn zum Weinen gebracht. »Ich wünsche mir, dass du unsere Keniareise dennoch antrittst. Es wird nicht leicht werden, aber ich glaube, dass es dir hilft, dir über dein neues Leben klar zu werden.« Dann hatte sie sich verschluckt und heftig gehustet. Alfred hatte umgehend den Notknopf gedrückt. Jede Belastung war eine Gefahr für ihr Bewusstsein. Nach einigen Atemzügen beruhigte sie sich wieder etwas und bedeutete Alfred, sein Ohr wieder an ihre Lippen zu legen.

»Ich glaube, du wirst dort deine neue Bestimmung finden«, hatte sie mit letzter Kraft geflüstert. Kurz darauf war sie verstorben.

Nun saß Alfred hier, mitten im afrikanischen Nirgendwo. Und alles, woran er denken konnte, war Cristina. Jeden Abend hatte er sich betrunken, versucht, ihren Schrei in dem Moment, als der Gleitschirm zu Boden rauschte, aus seinem Kopf zu bekommen. Und jeden Morgen wachte er auf und fühlte sich noch elender als zuvor. Er hatte alle im Stich gelassen, seinen Vater, der nach Cristinas Unfall für ihn da gewesen war, Olivia, die die Plantage seither leitete, und seine Freunde. Was sollte er noch hier auf dieser Welt? Wie sollte er seine neue Bestimmung finden, wenn er selbst völlig verloren war?

Wieder klopfte es an der Tür. Diesmal etwas heftiger als die Male zuvor.

»*Mister Holler? Please, wake up. Your flight.*«

Eine Erinnerung schoss Alfred durch den Kopf. Er warf einen Blick auf die Uhr am Nachttisch, und mit einem Mal war er hellwach.

»Verdammt!«, stieß er aus, sprang auf und suchte hastig seine Klamotten zusammen. Er stieg in seine Hose, streifte sich ein Shirt über und schlüpfte in die festen Stiefel.

»*Wait*«, rief er dem Hotelmitarbeiter zu. »*I'm coming.*«

Zuletzt blickte er sich in dem einfachen Zimmer um, nickte und schraubte die Ginflasche auf. Er nahm einen letzten Schluck, verzog angewidert das Gesicht und verließ die Hütte.

»*You're late, Mister Holler. You're late*«, sagte der Junge, dessen Haut so dunkel war wie die afrikanische Nacht. Seine Sandalen schlappten gegen die Fersen, als er mit Alfred durch das Camp lief und irgendwo zwischen den Bäumen den Weg zu einem gerodeten Feld fand.

Als die beiden dort ankamen, blieb Alfred um Atem ringend stehen. Es war zu spät. Der Heißluftballon hatte bereits abgehoben. Sie hatten nicht auf ihn gewartet.

»Scheiße«, stieß er aus. Dieser verdammte Gin! Dieses verdammte Land und diese verdammte Reise! Die Ballonfahrt war eines der Highlights gewesen, die sich Cristina gewünscht hatte, als sie damals die Reise gemeinsam geplant hatten. Und selbst das hatte er versaut.

Sein Blick wanderte über die wie verwunschen anmutende Kulisse. Inmitten des Feldes, an einen Jeep gelehnt, stand eine hellhäutige Frau. Alfred konnte nur ihre Silhouette erkennen, doch mit dem leuchtenden Heißluftballon am Horizont hätte sie das perfekte Foto für einen Reisekatalog abgegeben. Sie war mit einem Mann zusammen hier. Alfred hatte die beiden flüchtig bei ihrer Anreise gesehen. Vermutlich war er gerade hoch oben in der Luft, während sie dort auf ihn wartete. Doch warum war sie nicht mitgefahren?

Er seufzte. Dann ließ er den Kopf hängen und drehte sich um.

»*I'm sorry, Mister Holler*«, sagte der junge Mann und ließ ebenfalls den Kopf hängen.

Plötzlich ertönte ein ferner Knall. Alfred erschrak und zuckte zusammen. Er warf den Kopf herum und sah das helle Licht am Horizont.

Ein verzweifelter Schrei ertönte und fuhr ihm durch alle Glieder. Dieser Schrei, dieser Schmerz. Bilder schossen durch seinen Kopf, und er warf vor Entsetzen die Hände vor den Mund. Der eben noch bunt leuchtende Heißluftballon brannte lichterloh, und der Korb rauschte zu Boden. Dann war er hinter den Baumspitzen verschwunden.

»O mein Gott«, flüsterte er fassungslos.

Dann brach Chaos auf dem Feld aus. Einige Mitarbeiter liefen hektisch durch die Gegend, sprangen auf ein sich in Bewegung setzendes Fahrzeug und schossen davon, in Richtung der Unfallstelle.

In der Mitte des Feldes blieb nur die junge Frau zurück. Alfred verharrte in einer Art Schockstarre. Dann sah er, wie die Beine der Frau nachgaben und sie schließlich zusammensackte.

Sofort riss er sich aus seiner Unbeweglichkeit und eilte zu ihr hinüber, ließ sich neben ihr ins Gras fallen und legte sie vorsichtig auf den Rücken. Ihren Kopf stützte er mit seinen Händen ab. Für einen kurzen Moment schlug sie ihre Augen auf, doch dann fielen ihr die Lider kraftlos wieder zu.

»Hallo?«, rief er und klopfte mit der Hand sachte auf ihre Backen. »Hallo? Hören Sie mich?«

Sie schien bewusstlos zu sein.

Er senkte den Kopf und hörte ihren Atem. Okay, das ist gut, dachte er. Plötzlich ertönte ein zweiter Knall. Eine Explosion inmitten des Waldes. Ein heller Punkt erschien am Horizont. Dann verschwand er wieder in der Stille des afrikanischen Urwalds.

Alfreds Herz raste.

Erst nach einer Weile begriff er die Situation. Der Ballon war abgestürzt. In dem Korb waren Menschen gewesen. Er selbst hätte in dem Korb sein sollen.

Während er den Kopf der bewusstlosen Frau stützte, versuchte er, seinen Atem zu beruhigen. Verzweifelt kämpfte er gegen die Tränen, gegen die Erinnerung.

Er wusste nicht, wie lange er dort gekniet hatte, doch irgendwann erhob er sich aus der Hocke. Das Gras war feucht und deutlich kühler als die Luft. Ja, er musste die Frau hier wegbringen. Vorsichtig legte er ihren Kopf ab, drehte sie leicht zur Seite und umfasste ihre Schultern und Beine. Dann zog er sie nah an sich und drückte sich nach oben. Ihr schlanker Körper war nicht besonders schwer. Schritt für Schritt trug er sie an den Rand des Feldes, über den kleinen Weg, durch das Camp und bis hin zu seiner Hütte.

Es war niemand zu sehen, den er hätte um Hilfe bitten können. Die wenigen Menschen, die hier wohnten, waren vermutlich alle unterwegs zur Unfallstelle.

Mit großen Schritten stieg Alfred die Stufen zu seiner Hütte hoch, öffnete umständlich die Tür und legte die Frau auf seinem Bett ab. Sachte schob er ihr ein Kissen unter den Kopf, dann ging er ins Badezimmer, befeuchtete ein Handtuch mit kaltem Wasser und legte es ihr auf die Stirn.

Einige Male atmete er tief ein und aus und versuchte, seine Gedanken zu ordnen. Dann setzte er sich neben sie ans Bett.

Er konnte nicht glauben, was passiert war. Fassungslos ließ er den Kopf in seine Hände gleiten und schluchzte. Dann sah er wieder zu der Frau. Ihr zartes Gesicht war blass, die langen braunen Haare fielen bis über ihre Schultern. Sie war hübsch.

O Gott, dachte er. Wahrscheinlich war ihr Begleiter in dem Ballon gewesen. Vermutlich waren sie alle tot. Was sollte er ihr sagen, wenn sie aufwachte?

Alfred biss sich schmerzhaft auf die Lippe. Er selbst hätte dort oben sein sollen. Dort oben in der Luft. Und sie? Warum war sie nicht mitgefahren? Warum …

»Hör auf damit!«, ermahnte er sich. Diese Warum-Fragen hatten ihn überhaupt erst so weit gebracht. Das musste aufhören. Sofort!

Er erhob sich aus dem Stuhl und ging im Zimmer auf und ab. Sein Blick wanderte zu der Flasche Gin. Er schüttelte den Kopf. Dann fiel ihm ein Gegenstand nahe der Tür auf. Er ging darauf zu, bückte sich und hob ihn auf. Es war ein schmales Portemonnaie. Vermutlich war es ihr aus der Tasche gefallen, als er sie hereingetragen hatte.

Alfred nahm das Portemonnaie an sich und setzte sich wieder. Dann strich er mit den Fingern über das abgewetzte braune Leder. Er musste irgendjemandem Bescheid geben, dass sie hier war.

»Ja«, flüsterte er und klappte den Geldbeutel auf. Hinter einer Sichtfolie steckte ein Foto. Es zeigte die junge Frau mit ihrem Begleiter. Sie sahen jünger aus – verliebt und unbeschwert. Die beiden waren also ein Paar. Alfred atmete tief durch. Dann zog er aus dem Kartenfach eine Kreditkarte, eine Krankenkassenkarte und einen Personalausweis. Letzteren betrachtete er von beiden Seiten.

»Isabel Mai«, las er. Sie war achtundzwanzig Jahre alt, ein paar Jahre jünger als er, und kam aus Berlin. Alfred steckte die Karten wieder in das Portemonnaie und legte es auf das Nachtschränkchen. Dann griff er zu dem darauf stehenden Telefon und wählte die Null.

Niemand hob ab.

Er betrachtete die Frau auf seinem Bett. Wenn sie aufwachen würde, wäre ihr Leben vermutlich ein anderes. Es wäre schmerzhaft, bedeutungslos und voller offener Fragen. Genau wie seines.

Alfred dachte an Cristina. Tränen schossen ihm in die Augen und ein unbändiger Schmerz hämmerte im Takt seines Atems. Er konnte das nicht. Er durfte nicht hier sein. Plötzlich fing er an, seine Sachen in den Reiserucksack zu packen.

Draußen wurde es langsam hell. Die glühende Sonne erhob sich über den hohen Bäumen und Affen brüllten in der Ferne.

»Isabel Mai«, sagte er leise, als er irgendwann den Rucksack schulterte und zur Tür ging. »Es tut mir leid, Isabel«, murmelte er. Dann öffnete er langsam die Tür, ging hinaus in den afrikanischen Morgen und lief los. Das Camp lag völlig friedlich da. So, als wäre nichts geschehen.

Er ging zum Haupthaus und wartete einige Sekunden lang an der Rezeption. Es war niemand dort. Er lehnte sich über den Tresen, fand Stift und Papier und schrieb eine kurze Nachricht. Den Zettel legte er neben das Gästebuch, beschwerte ihn mit einer Orange und verließ das Hotel.

Draußen verharrte er einen Moment. War das alles ein furchtbarer Traum? Oder war es wirklich passiert? All diese

Farben, Gerüche und Geräusche. Es fühlte sich so echt an, völlig fremd und doch real.

Er wollte hier weg. Er wollte nach Hause zu seinem Vater und zu den Zitronen. Er wollte zu Tio und dorthin, wo Cristina am liebsten gewesen war.

Cristina, dachte er voller Wehmut und Traurigkeit. Plötzlich konnte er ihr Lachen hören, ihr Atmen und den reizenden spanischen Akzent, wenn sie mit ihm schimpfte. Und dann hörte er sie ganz deutlich.

»Alfred, ich wünsche mir, dass du unsere Keniareise trotzdem antrittst. Ich glaube, du wirst dort deine neue Bestimmung finden.«

Als er endlich losmarschierte, brannte sich etwas in Alfreds Gedanken ein, das er nicht verstand. Es war das Gesicht der bewusstlosen Frau in seinem Zimmer.

Isabel.

KAPITEL 33

Isabels Kopf drohte zu explodieren. Sie konnte nicht glauben, was Alfred erzählte. Er war in Kenia gewesen? Er war da gewesen an jenem Morgen? Er war es gewesen, der sie in das Zimmer getragen und ins Bett gelegt hatte?

Ihr Körper verkrampfte sich bei dieser Vorstellung. Ihr Magen zog sich zusammen und ein lautes Pochen entstand in ihrem Kopf.

Da war es wieder, das Wort, das sie so sehr verdrängt hatte: Warum? Warum hatte er sie ausfindig gemacht? Warum war er in den Laden gekommen? Und warum hatte er sie nach Mallorca eingeladen? Isabel konnte nicht mehr klar denken.

»Isabel«, begann Alfred, als sie aufstand und sich hilflos umblickte. »Das war alles nicht geplant. Ich wollte irgendwie einen Abschluss finden und dachte, den gibt es, wenn ich dich aufsuche. Ich habe bis dahin nur in der Vergangenheit gelebt, eine Zukunftsvision hatte nicht wirklich Platz. Cristina war immer bei mir, doch ich hatte auf einmal das Gefühl, es sei ihr Wunsch an mich, dich aufzusuchen. Damit ich endgültig abschließen konnte, damit es kein Zufall war, dass ich zu dieser Ballonfahrt zu spät gekommen bin, dass mir das Leben geschenkt wurde, damit ich neue Wege gehe. Dann ist es einfach passiert. Ich … ich habe mich in dich verliebt. Das alles ist wahr, und meine Gefühle sind echt.«

Isabel sah ihn ungläubig an, dann senkte sie den Blick zu Tio. Innerlich entschuldigte sie sich bei dem schlafenden Esel, doch sie konnte jetzt nicht für ihn da sein, sie hielt es nicht mehr aus. Sie musste weg. Sofort.

Wortlos drehte sie sich um und lief los. Aus dem Augenwinkel erkannte sie, dass Alfred aufstand, aber keine Anstalten machte, ihr zu folgen. Er konnte Tio nicht alleinlassen.

Nachdem sie das Bienenhaus hinter sich gelassen hatte, beschleunigte sie ihre Schritte. Doch wo sollte sie hin? Sie konnte nicht mit dem Auto fahren – nicht in diesem Zustand. Und zu Fuß? Sie wollte allein sein, niemanden sehen oder hören. Sie wollte nachdenken, wollte … Sie hatte keine Ahnung, was sie wollte.

Mechanisch ging sie weiter, bis sie zum Festplatz kam. Verlassen lag er im ersten Morgenlicht. Dann blickte sie hinauf zum Haus und sah Claus, der gerade zur Tür heraustrat. Schnell lief Isabel über den Platz und flüchtete sich in die Fabrikhalle. Im Inneren war es stockdunkel. Genau das, was sie jetzt brauchte. Heute würde niemand arbeiten, und hier hätte sie zumindest für ein paar Stunden ihre Ruhe. Dort konnte sie in Ruhe verarbeiten, was Alfred ihr offenbart hatte. Es war verrückt. Was machte sie bloß hier?

Sie ging zum Aufenthaltsraum, öffnete den Kühlschrank und nahm eine Wasserflasche heraus. Gierig trank sie einige Schlucke und setzte sich auf das abgenutzte Stoffsofa hinten im Raum. Sie stellte die Flasche auf den Boden und ließ Arme und Kopf auf die breite Rückenlehne sinken.

Sie wollte nach Hause. Zu Klara und ihren Eltern. Sie wünschte sich eine starke Schulter zum Ausweinen, jemanden, der ihr sagte, es könne alles wieder gut werden. Jemanden, der ihr sagte, Alfreds Geheimnis ändere nichts an seinen Gefühlen.

Und an ihren. Doch stimmte das? War all das real? Oder nur ein böser Albtraum?

Je länger sie darüber nachdachte, desto wirrer wurden ihre Gedanken. Sie zwang sich zur Ruhe und ging den Ablauf der Ereignisse immer wieder durch.

Er war in Kenia gewesen, am selben Ort wie sie selbst und Henning, in derselben Unterkunft, zur selben Zeit. Er hatte dieselbe Heißluftballonfahrt gebucht, hätte ebenfalls in dem Passagierkorb sein sollen, als der schlimme Unfall passierte.

Und dann hatte er Isabel auf dem Feld gefunden, sich um sie gekümmert. Er hatte ihren Namen und ihren Wohnort auf dem Personalausweis gesehen. Und dann war er gegangen, überwältigt von all dem. Von dem Unfall und von den schmerzhaften Erinnerungen an seine Frau. Er hatte gesagt, in diesem Augenblick seien alle Erinnerungen an ihren gemeinsamen Unfall wieder hochgekommen. Er hatte alles noch einmal durchlebt, denselben Schmerz gefühlt wie ein Jahr zuvor.

Erst als er wieder auf Mallorca gewesen war und lange über seine schicksalhaften Erlebnisse in Kenia nachgedacht hatte, hatte er beschlossen, Isabel aufzusuchen. Drei Jahre hatte er ihr Bild in seinen Gedanken mit sich herumgetragen, zusammen mit den letzten Worten seiner verstorbenen Frau. So lange, bis beides ihn nicht mehr losgelassen und er den Mut gefunden hatte, Isabel ausfindig zu machen.

Er habe ihr alles erzählen wollen, hatte er gesagt. Schon damals in Berlin. Doch dann sei eines zum anderen gekommen. Er habe sie nett gefunden, sogar mehr als nett. Und hübsch und … plötzlich habe er sie kennenlernen, mehr Zeit mit ihr verbringen wollen.

Alfred hatte gemeint, er könne es sich selbst nicht erklären, doch da sei etwas gewesen, was ihn all das hatte tun lassen. Ein Gefühl. Eine Zuneigung, die von Anfang an da gewesen sei. Er sagte, er habe sich jeden Tag vorgenommen, Isabel die Wahrheit zu sagen, doch immer wieder sei etwas dazwischengekommen. Und schließlich sei die Angst zu groß geworden, die Wahrheit könnte alles zerstören und er würde sie verlieren.

Konnte sie ihm glauben? All das klang so absurd, so fernab von dieser Welt, und aus irgendeinem Grund doch wieder plausibel. Aber gab es noch mehr, was er ihr vorenthielt? Hatte er weitere Geheimnisse? Wie sollte sie ihm vertrauen? Was, wenn er noch mehr zu verbergen hatte? Die finanziellen Probleme der Plantage. Olivia. Kaum hatte Isabel einen greifbaren Gedanken entwickelt, verschwamm er wieder, bis die Müdigkeit sie übermannte und sie in einen unruhigen Schlaf fiel.

Sie hatte keine Ahnung, wie lange sie geschlafen hatte, als sie irgendwann ihre Augen wieder öffnete und sich mühsam aufrichtete. Ihr Nacken schmerzte, die trockenen Augen brannten und sie war kraftlos. Aber da war noch irgendetwas. Die Luft. Was war das für ein Geruch? Mühsam stand sie auf, trank einen Schluck Wasser und ging in die Mitte des Raumes. Es war Rauch. Ja, es roch definitiv nach Rauch.

Na klar, dachte sie sofort. Das Lagerfeuer. Doch warum sollte jemand das Feuer erneut geschürt haben? Isabel öffnete die Tür des Aufenthaltsraumes. Ein beißender Geruch drang heraus und brachte sie zum Husten. Rauch! Und er kam ganz sicher nicht von draußen. Ein furchtbarer Gedanke schoss ihr durch den Kopf. Sofort ging sie in die Fabrikhalle. Ein dumpfes metallisches Geräusch war zu hören. Im nächsten Moment stieß Isabel mit jemandem zusammen und schrie auf.

»Nael!«, keuchte sie entgeistert.

Ihr Blick ging blitzschnell nach oben. Der Qualm kam aus dem Büro.

»Nael, es brennt!«, schrie sie und sah ihn panisch an. Dann zeigte sie nach oben. »Feuer! *Fuego!*«

Nael sah sie ungläubig an, die Augen weit aufgerissen. Er war wie in einer Schockstarre.

Isabel blieb reglos vor ihm stehen. Warum reagierte er nicht? Warum tat er nichts, um das Feuer zu löschen? Kam er nicht gerade von oben?

Im nächsten Moment drehte Nael sich hastig um, rannte zum Ausgang und verschwand aus der Tür.

»Scheiße!«, stieß Isabel aus. Sie musste etwas unternehmen. »Hilfe!«, schrie sie, so laut sie konnte. »Feuer!«

Wasser, dachte sie. Sie brauchte Wasser.

Hektisch drehte sie sich um, rannte zurück in den Aufenthaltsraum und hin zur Küchenzeile, neben der ein Putzeimer stand. Sie stellte den Eimer in die Spüle und riss den Wasserhahn auf. Dann knipste sie das Licht an. Feine Rauchschwaden schwebten durch den Raum. Als der Wassereimer gefüllt war, eilte sie zurück zur Spüle. Dann erst entdeckte sie den Feuerlöscher in der Ecke daneben.

Sie ließ das Wasser einfach weiterlaufen und griff beherzt nach dem Löschzylinder. Angestrengt folgte sie der Bebilderung auf der Flasche, fuhr mit zittrigem Finger die Zeilen nach. Dann zog sie einen Sicherheitssplint heraus, nickte entschlossen und eilte aus dem Raum. Mit großen Schritten stieg sie die Metalltreppe hinauf, doch oben angekommen musste sie husten und rang nach Luft. Die Bürotür stand offen und lodernde Flammen und beißender Rauch stiegen über dem Schreibtisch auf.

Der Feuerlöscher lag schwer in Isabels Arm und eine gewaltige Hitze schlug ihr entgegen, als sie näher an das Feuer herantrat. Dann zielte sie keuchend auf den Flammenherd und drückte den Auslöser hinunter. Mit einem lauten Zischen schoss weißes Pulver in die Flammen. Isabel bewegte den Pulverstrahl von links nach rechts und von oben nach unten. Das zeigte Wirkung. Zumindest wurde der Brandherd tatsächlich etwas kleiner. Stoßweise bearbeitete sie die restlichen Flammen, bis plötzlich eine Fensterscheibe knackte und Isabel vor Schreck die Luft anhielt. Klirrend fiel das Glas vor der Fabrik zu Boden. Frische Luft strömte herein und ließ die Flammen erneut auflodern.

»Bitte«, flehte Isabel mit zusammengebissenen Zähnen. »Bitte lass genug Pulver in der Flasche sein.«

KAPITEL 34

»Was habe ich nur angerichtet, mein Freund«, flüsterte Alfred in die Morgensonne hinein und strich sanft über Tios Maul. Der Esel schnaubte leise unter seinen Berührungen. Das Schwitzen hatte aufgehört und sein Atem ging ruhig und gleichmäßig. Er würde wieder gesund werden, das wusste Alfred.

Und dennoch hatte Alfred in dieser Nacht jemanden verloren. Isabel.

Es hatte ihn große Überwindung gekostet, von jenem Morgen in Kenia zu erzählen. All das hatte so viele schlimme Erinnerungen in ihm wachgerufen. Damals wie heute. Und dennoch war er es Isabel schuldig gewesen. Die ganze Zeit schon. Sie hatte nichts dazu gesagt, hatte ihn einfach reden lassen. Und mit jeder weiteren Erkenntnis schien ihre Angst vor der Ungewissheit gestiegen zu sein. Alfred hatte an ihrem Gesicht ablesen können, wie sie nach und nach alles, was in den letzten Wochen zwischen ihnen entstanden war, infrage gestellt hatte. Schließlich war sie gegangen, weil sie Zeit für sich alleine brauchte.

Gerade fragte Alfred sich, ob sie wohl in der Casita war oder durch die Felder lief, um nachzudenken, als sein Vater hinter dem Bienenhaus hervorkam.

»Na, mein Sohn. Wie geht es unserem Patienten?«, fragte er mit diesem sanftmütigen Brummen in der Stimme, das Alfred so gerne hörte.

»Besser«, erwiderte Alfred erleichtert. »Er hat viel geschlafen, sich wenig bewegt und ich glaube, die Medikamente zeigen Wirkung.«

»Was für ein Glück, dass Isabel ihn gefunden hat«, sagte Claus. »Unter normalen Umständen hätten wir seelenruhig gefeiert und ausgeschlafen. Nicht auszudenken.« Er kniete sich neben Tio und klopfte ihm sachte auf die Hinterbacke. »Hat sich Isabel schlafen gelegt?«

»Ich denke schon. Vermutlich ist sie oben in der Casita«, erwiderte Alfred niedergeschlagen.

»Nein, das kann nicht sein. Da liegt Olivia und schnarcht.«

Alfred sah seinen Vater betroffen an und schluckte schwer.

»Ist irgendwas vorgefallen? Also ich meine, zwischen euch? Ist alles okay?«

Alfred fühlte eine schwere Last auf seinen Schultern, die ihn schier zu erdrücken drohte. »Ich hab Mist gebaut, Paps. Es gibt da etwas …«

Ein heftiges Klirren aus Richtung des Festplatzes ließ ihn mitten im Satz verstummen. Die beiden drehten sich um und sahen eine große Rauchwolke in den Himmel aufsteigen.

»Verdammt! Was ist da los?«, stieß Alfred aus und sprang auf. »Ist noch jemand da?« Adrenalin schoss durch seinen Körper. Plötzlich waren Schmerz und Müdigkeit vergessen. Alfred war hellwach.

Auch Claus rappelte sich mühsam hoch. »Nein, ich meine … Eigentlich nicht.«

»Paps, bleibst du bei Tio? Ich muss nachsehen, was passiert ist.«

Claus nickte heftig, als Alfred sich bereits in Bewegung setzte. »Sag Bescheid, wenn du Hilfe brauchst«, rief er ihm hinterher.

Mit schnellen Schritten lief Alfred um das Bienenhaus und begann auf gerader Strecke zu rennen, so schnell er konnte. Weiterer Rauch stieg auf. Er musste aus der Fabrik kommen.

Isabel, dachte er sofort. Hoffentlich ist ihr nichts passiert.

Als er die Fabrik sah, begann Alfreds Puls zu rasen. Flammen leuchteten hinter den Fenstern des Büros auf. Eine Scheibe war herausgebrochen und unten auf dem Hof zersplittert.

O mein Gott, dachte er, als er einen Schatten hinter den Flammen erkannte. Da war jemand. Mitten in den Flammen.

Isabel.

Er rannte in die Fabrikhalle, sah sich kurz um und hastete dann die Treppenstufen zum Büro hinauf. Keuchend stürmte er in das verqualmte Zimmer und traute seinen Augen nicht.

»Isabel«, stieß er atemlos aus. Erleichtert über ihren Anblick eilte er auf sie zu. »Ist alles in Ordnung mit dir? Hast du dich verletzt?«

Isabel feuerte gerade einen Pulverstoß aus dem Feuerlöscher auf die letzte lodernde Flamme und drehte sich erschöpft zu ihm um.

Ihr blaues Kleid war völlig verrußt und mit weißem Pulver besprenkelt, doch sie schien keinen einzigen Kratzer abbekommen zu haben. Dennoch wirkte sie verwirrt und völlig erschöpft.

»Ich …«, stammelte sie und hustete. »Ich bin okay.« Dann sah sie sich um. »Aber das Büro …«

Alfred lachte vor Erleichterung auf und schüttelte den Kopf. »Das Büro ist mir völlig egal«, sagte er und legte seine Stirn an ihre.

Mit einem Mal begann Isabel zu schluchzen. Tränen liefen ihr über die Wangen und hinterließen eine helle Spur auf der rußverschmierten Haut. Dann ließ sie sich noch immer schluchzend in Alfreds Arme sinken.

Alfred strich ihr sanft über die Haare und küsste ihre Stirn. »Es ist alles okay«, flüsterte er. »Es ist alles gut.«

Einige Zeit verharrten sie beide in der Umarmung. Isabel schmiegte sich fest an seine Brust und weinte so lange, bis sie verstand, dass alles vorbei war. Alfred strich ihr die Tränen aus dem Gesicht und hielt ihre Hände.

»Ich glaube, du hast gerade die Fabrik gerettet«, sagte er lächelnd. Isabel sah ihn zweifelnd an und lächelte zurück. In diesem Moment hatte er nur einen Gedanken: Sie liebt mich, jubilierte er innerlich. Ja, sie liebte ihn. Er konnte es spüren.

Dann küsste er sie sanft auf die Lippen. Sie ließ es zu und erwiderte den Kuss, der nach Tränen und Ruß schmeckte.

»Was ist denn hier überhaupt passiert?«, fragte Alfred, als sie ihre Lippen voneinander lösten. Er sah sich entgeistert in dem verqualmten Raum um. Beinahe die gesamte Fensterfront war schwarz verrußt und mit dem weißen Pulver des Feuerlöschers besprenkelt. Wenn Isabel nicht rechtzeitig da gewesen wäre, dachte er schockiert, dann hätte sich das Feuer binnen weniger Minuten wahrscheinlich durch die gesamte Halle gefressen. Alles wäre zerstört worden.

Isabel begann zu husten, offenbar hatte sie jede Menge Rauch inhaliert.

»Komm, wir gehen erst mal an die frische Luft«, schlug Alfred vor und wollte sie hinausführen, doch sie hielt ihn zurück.

»Nael«, keuchte sie und hustete noch heftiger.

»Was ist mit Nael?«, fragte Alfred besorgt, als sich Isabels Husten beruhigt hatte.

»Ich weiß nicht genau, aber … Er kam die Treppe runter, als es angefangen hat, zu brennen. Ich glaube …« Sie stockte. Ihr Blick zeigte Sorge und Verwunderung. »Ich glaube, er war es«, sagte sie dann und hielt sich fassungslos die Hand vor den Mund.

»Nael?«, fragte Alfred irritiert und Isabel nickte abwesend.

Plötzlich knackte es in der Nähe des Fensters.

Die beiden wandten vor Schreck ihre Köpfe, als der Schreibtisch krachend in sich zusammenstürzte. Mit einem lauten Scheppern knallte die verkohlte Registrierkasse auf den Boden und blieb verbeult auf der Seite liegen. Dann hörten sie ein Klacken und die Geldschublade sprang auf.

Erst sahen sich die beiden entgeistert an, dann begannen sie laut zu lachen.

»Nach all den Jahren springt das alte Ding doch noch auf. Und dann ist noch nicht mal was drin«, sagte Alfred amüsiert, als er das leere Geldfach entdeckte.

KAPITEL 35

Tio setzte vorsichtig einen Huf vor den anderen. Der Esel war deutlich geschwächt, musste aber unbedingt aus der Sonne, damit er sich weiter erholen konnte.

»Gut machst du das, mein Junge«, flüsterte Claus ihm zu und lockte ihn mit einigen saftigen Apfelstückchen, von denen Tio zu seiner Enttäuschung kein einziges fressen durfte. Sein Magen-Darm-Trakt war in der aktuellen Situation noch hochempfindlich und durfte nicht überbeansprucht werden. Stattdessen gab ihm Claus hin und wieder etwas Heu.

Isabel und Alfred gingen neben Claus und Tio her und lenkten den sturen Esel in die richtige Richtung, sodass sie nach einer Viertelstunde endlich am Nebengebäude der Fabrik ankamen. Dort hatten sie es für Tio bereits mit Heu und Decken gemütlich gemacht.

»Unglaublich«, sagte Claus fassungslos, als er das kaputte Fenster des Büros und die verkohlte Decke sah. »Wir sollten wirklich die Polizei rufen. Wenn es stimmt, was du vermutest, Isabel, dann war das Brandstiftung. Es hätte alles verloren sein können.«

»Wenn es das nicht ohnehin ist …«, murmelte Alfred betroffen. »Aber ich möchte vorher mit Nael reden. Irgendetwas stimmt nicht an der Sache. Ich kann es mir einfach nicht vorstellen.«

Isabel nickte zustimmend. Auch sie hatte den jungen Mann anders kennengelernt. Sicher war er schüchtern und schwierig einzuschätzen, doch er hatte sich in den letzten Wochen stets hilfsbereit, zuvorkommend und engagiert gezeigt, so wie ihn alle bisher gekannt hatten.

»Na ja«, meinte Claus. »Wenn du ihn denn findest. Bisher ist er ja nicht aufgetaucht.«

Alfred zuckte ratlos mit den Schultern. Dieses Thema würde warten müssen, denn erst einmal ging es darum, Tio außer Gefahr zu bringen und ihn gesund zu pflegen.

Dankbar ließ sich der kleine Esel auf den Decken nieder, und Isabel und Alfred rieben ihn behutsam mit Stroh ab. Dann knieten sie sich neben ihn und streichelten das erschöpfte Tier.

Claus blieb am Rande stehen und gähnte herzhaft.

»Paps«, sagte Alfred leise. »Danke für alles, aber du bist sicher fix und fertig. Wir warten auf den Tierarzt. Leg du dich etwas schlafen. Wer weiß, vielleicht brauchen wir noch eine zweite Nachtwache.«

»Okay, ihr beiden. Ich kann mich wirklich kaum noch auf den Beinen halten. Das war eine lange Nacht.« Mitfühlend sah er zwischen Isabel und Alfred hin und her, dann verabschiedete er sich.

Es war bereits später Vormittag und der Tierarzt musste jeden Augenblick eintreffen. Alfred schrieb ihm per Handy eine Nachricht, wo er sie finden konnte, dann ließ er sich mit dem Rücken gegen die Ziegelwand sinken.

»Was für eine Nacht«, sagte er kraftlos.

Isabel lehnte sich neben ihn an die Wand und beide schlossen für einen Moment die Augen. Irgendwann klopfte es an der Tür des Schuppens und sie schreckten auf.

Der Tierarzt kam lächelnd herein und betrachtete die drei. »Na, das ist ja eine Pyjamaparty hier. Wie geht es unserem Patienten?«

Alfred erklärte Doktor Montero, wie sich Tios Zustand entwickelt hatte, und dass er auch den Weg zu seinem Schlafplatz problemlos zurückgelegt hatte, wenngleich er seither erschöpft auf dem Boden lag. Bereits nach kurzer Untersuchung nickte der Tierarzt mit zuversichtlicher Miene.

»Ich denke, er hat das Schlimmste überstanden.«

Isabel spürte, wie Alfreds Hand sich um ihre legte und einen sanften Druck ausübte. In ihrem Bauch kribbelte es, als sie ihm in die strahlenden Augen sah.

»Er ist immer noch sehr geschwächt, aber er wird es schaffen«, verkündete der Doktor zufrieden. Dann reichte er Alfred eine Packung Tabletten, die Tio in der nächsten Woche verabreicht werden mussten. »Bitte sagt mir Bescheid, wenn er sich auffällig verhält. Ihr solltet ihn gut im Auge behalten. Aber darüber mache ich mir weniger Sorgen. Hier geht es ihm ja besser als in jedem Esel-Spa«, sagte er lachend und verabschiedete sich.

»Danke«, flüsterte Alfred Isabel zu und sah ihr lange in die Augen.

Einen Moment lang spürte sie die starke Verbindung zwischen ihnen, doch dann wandte sie sich ab und legte ihre Arme um die Knie. Sie hatte ihn vorher geküsst, ja. Aber sie hatten noch nicht über all das gesprochen, was passiert war, wussten nicht, was es mit ihnen machte.

Isabel biss sich auf die Unterlippe. »Alfred«, begann sie dann, »irgendwie fühlt sich das gerade komisch an.« Sie atmete tief durch, denn sie war müde, erschöpft, und ihre Haare und das Kleid rochen nach Rauch. Sie konnte keinen klaren Gedanken fassen.

»Das kann ich verstehen«, sagte Alfred gedämpft. »Es tut mir unendlich leid, wie alles gekommen ist …«

»Wieso hast du bloß vorher nichts gesagt?« Isabel spürte, wie ihr Tränen in die Augen stiegen.

»Ich hatte Angst«, sagte Alfred ruhig. »Ich hatte Angst vor meinen Gefühlen für dich. Ich hatte Angst, mich in dich zu verlieben. Und gleichzeitig hatte ich Angst, dich zu verlieren.« Er atmete schwer. »Ich meine ... Wärst du nach Mallorca gekommen, wenn ich dir in Berlin die Wahrheit gesagt hätte? Vielleicht, vielleicht auch nicht. Niemand weiß es. Aber du bist hier. Wir sind hier ...« Er ließ den Kopf auf die Brust sinken.

Isabel wischte sich die Tränen aus den Augen. Vermutlich wäre sie nicht hergekommen. Vielleicht hätte Alfreds Geschichte ihre ohnehin noch nicht verheilten Wunden wieder aufgerissen. Vielleicht ...

»Ich will nicht sagen, dass es richtig war, dir nichts von Kenia zu erzählen. Ich habe es einige Male versucht. Aber ich konnte es nicht.«

Isabel spürte seine Wärme neben sich, obwohl sie sich nicht berührten. Sie spürte seine Aufrichtigkeit, obwohl sie nichts sagten, und sie spürte seine Liebe.

Beide waren von den Ereignissen der Nacht vollkommen erschöpft und sie würden sich am heutigen Tag nicht mehr aussprechen können. Doch sie waren hier. Zusammen. Sie waren füreinander da, und das war alles, was in diesem Moment zählte.

Nach einigen Minuten des Schweigens wurde Alfreds Atem tief und regelmäßig, und schließlich fielen ihm die Augen zu. Isabel sah ihn an, betrachtete seine ehrlichen Gesichtszüge, die widerspenstigen Locken, die ihm immer wieder ins Gesicht fielen, und den sinnlichen Mund, dessen Berührungen ihr ein Gefühl von zu Hause gaben.

Sie dachte darüber nach, was er gesagt hatte. In der vergangenen Nacht und in den vergangenen Minuten. Er hat recht, dachte sie. Es war nicht richtig gewesen, ihr zu verschweigen, was vor drei Jahren passiert war. Und dennoch hatte es ihr überhaupt erst die Tür in ein neues Leben, zu einem neuen Ich geöffnet. Er hatte nichts Anstößiges oder Falsches getan, sondern war lediglich von der ganzen Situation überwältigt gewesen. Schließlich war auch er von einem Schicksalsschlag getroffen worden, der tiefe Wunden hinterlassen hatte.

Sie rückte etwas näher an ihn heran, legte vorsichtig ihre Hand auf seine und strich mit den Fingern über seine Fingerknöchel. Ja, sie war gerne bei ihm. Sie genoss seine Nähe. Sie war verliebt. Sie glaubte nicht an Fügung oder Schicksal, aber wie das ganze Geschehen sie beide zusammengeführt hatte, war doch bemerkenswert. Cristinas Tod, ihr Wunsch, Alfred solle nach Kenia reisen, um seine Bestimmung zu finden, der Unfall, ihr Kennenlernen, ihre Gefühle füreinander … Und doch gab es da noch diese ominöse Vergangenheit der Plantage, das Geheimnis um Matilda Femenias, die finanziellen Schwierigkeiten, die noch nicht bewältigt waren, Tios Kolik, das plötzliche Feuer. Wie hing das alles zusammen?

Doch Tio war auf dem Weg, wieder gesund zu werden, das Feuer war gelöscht, und gemeinsam würden sie auch einen Weg finden, die Plantage zu retten, dessen war sie sich sicher. Und auch an den Fluch, der seit Matilda Femenias' Verschwinden angeblich über dem Anwesen lag, glaubte sie nicht. Doch was hatte es mit dem merkwürdigen Verhalten von Nael auf sich?

Erstaunt über sich selbst hob Isabel die Augenbrauen. Ihre Gedanken spielten verrückt. Sie brauchte Schlaf, das war alles. Viel Schlaf. Also ließ sie ihren Kopf auf Alfreds Schulter sinken, schloss die Augen und schlief mit einem Lächeln auf den Lippen ein.

KAPITEL 36

Etwas pikte Isabel in die Wange und sie schreckte auf. Sie brauchte einen Moment, um zu realisieren, wo sie sich befand. Heu, ein Wassertrog und Eselgeruch. Sie rieb sich den stacheligen Halm aus dem Gesicht und richtete sich auf.

»Guten Morgen. Oder vielmehr guten Abend«, sagte Alfred und lächelte sanft.

Isabel blickte sich um und bemerkte das orangefarbene Licht der Abendsonne, das durch die geöffnete Tür des Schuppens drang.

»Du bist schon wach? Wie lange haben wir geschlafen?«

»Ein paar Stunden«, antwortete Alfred, der den stehenden Tio mit frischem Wasser versorgte. »Wie gehts dir?«

Isabel richtete sich auf und streckte sich. »Ich habe einen Bärenhunger«, sagte sie lächelnd. »Aber ansonsten ist alles okay. Denke ich.«

Alfred grinste. »Wollen wir hochgehen und frühstücken? Oder ist dir mehr nach Abendessen?«

»Am liebsten beides«, erwiderte Isabel und klopfte Tio sachte auf die Schulter. »Wie geht es ihm?«

»Viel besser. Ich glaube, wir können ihn ein wenig allein lassen. Er hat schon gefressen und wir haben ein paar Schritte über den Hof gemacht. Bald ist er wieder fit, unser frechster Esel der Insel.« *Unser* frechster Esel, dachte Isabel und ihr Herz machte einen Sprung. »Gehen wir?«

Isabel nickte und folgte Alfred nach draußen. Die Abendstimmung war wunderschön und die untergehende Sonne tauchte die Zitronenbäume in ein rötliches Licht. Die Insel zeigte sich von ihrer besten Seite, so als wäre nichts geschehen. Isabel und Alfred gingen nebeneinander den schmalen Fußweg hinauf zum Haus. Immer wieder berührten sich ihre Schultern, bis Isabel nach Alfreds Hand griff und sie fest umschloss. Beide spürten, dass es nicht nötig war, etwas dazu zu sagen oder sich vielsagende Blicke zuzuwerfen. Die Geste drückte aus, was Isabel deutlich machen wollte. Ihre Hand gehörte in seine.

Als sie am Haus ankamen und die Küche betraten, roch Isabel frischen Kaffeeduft. Ihr Magen knurrte.

»Paps?«, rief Alfred und wartete auf eine Reaktion.

»Außen«, kam es von der Terrasse zurück. »Es gibt Kuchen und Lasagne. Was immer euch lieber ist.«

Isabel und Alfred sahen sich an und lachten. »Ich weiß nicht, wie er das immer macht«, sagte sie grinsend. Dann gingen sie durch das Wohnzimmer nach draußen.

»Oh«, machte Alfred verdutzt, als er die Terrasse betrat. Isabel folgte ihm und hob erstaunt die Augenbrauen. Neben Claus saß Olivia. Beide hatten ein Stück Lasagne auf ihren Tellern und tranken dazu Kaffee und Wasser.

»Setzt euch«, bat Claus und deutete auf die beiden ihm gegenüber eingedeckten Plätze am Tisch.

»Hallo«, sagte Olivia verlegen und senkte ihren Blick.

»Hi«, antwortete Isabel und rückte ihren Stuhl nach hinten, um sich zu setzen.

»Ich glaube …«, begann Olivia und stand auf. »Ich glaube, ich gehe jetzt besser.«

»Bitte bleib«, sagte Alfred aufrichtig. »Lass uns zusammen essen. Es ist okay.«

Erstaunt sah Olivia erst zu Alfred und Isabel, dann zu Claus. Kurz darauf ließ sie sich wieder auf ihren Stuhl sinken.

»Lasagne?«, fragte Claus und griff nach dem Pfannenwender, der in einer Auflaufform mit köstlich duftender Lasagne lag.

Isabel leckte sich die Lippen und nickte.

Claus lud ihr und Alfred jeweils ein Stück auf ihre Teller. Dann blieb er stehen und räusperte sich. »Ich vermute, ihr habt einiges zu besprechen«, sagte er und sah mitfühlend zu Olivia, die ihm mit zusammengepressten Lippen zunickte.

»Paps ...«, begann Alfred, doch sein Vater winkte bereits ab.

»Ist schon okay«, erwiderte er und verschwand kurz darauf im Haus.

Eine nachdenkliche Stille entstand auf der Terrasse, bis Olivias Augen sich mit Tränen füllten und sie das Wort ergriff. »Es tut mir so leid, was ich angerichtet habe«, sagte sie und senkte schuldbewusst den Kopf. Dann atmete sie einmal tief durch und nahm wieder Blickkontakt auf. »Zwischen dir und meinen Eltern, aber vor allem zwischen euch beiden.« Sie schluchzte und stützte ihr Gesicht in beide Hände. »Ich war so enttäuscht von mir selbst, so sauer. Und dann habe ich zu viel getrunken. Ich stand völlig neben mir. Ich wollte das nicht ...«

»Es ist okay«, sagte Isabel und legte ihr über den Tisch hinweg die Hand auf den Unterarm.

»Wir sind nicht böse auf dich, Olivia«, bestätigte Alfred und suchte Isabels Blick, die zustimmend nickte.

Olivia hob den Kopf und sah beide irritiert an. »Nein?«, fragte sie betreten.

»Nein«, bestätigte Isabel.

»Mir tut es leid, Olivia«, sagte Alfred stattdessen. »Ich habe dich im Stich gelassen, als du Unterstützung gebraucht hättest

…« Gerade, als er fortfahren wollte, erschien Claus wieder auf der Terrasse und sah die drei entschuldigend an.

»Es tut mir leid, wenn ich störe«, sagte er. »Aber hier ist noch jemand, der euch etwas sagen möchte.«

Hinter Claus trat Nael hervor. Er hielt den Blick auf den Boden gerichtet, hatte verquollene Augen und sah schlecht aus.

Mit aufgerissenen Augen sprang Olivia auf und eilte auf Nael zu. »Warum hast du das gemacht?«, schrie sie. »*Por qué?*« Sie schüttelte ihn an den Schultern und trommelte mit den Fäusten gegen seine Brust. Nael ließ es über sich ergehen, reagierte nicht.

Isabel und Alfred waren viel zu überrascht von der Situation, um eingreifen zu können. Claus stellte sich schließlich vor Olivia und versuchte, sie zu beruhigen, während sie weiter wütend spanische Sätze ausstieß und schließlich weinend auf den Boden sank.

»Warum?«, schluchzte sie, bevor Alfred ebenfalls in das Geschehen eingriff und sich tröstend neben Olivia kniete.

Naels betroffener Blick wanderte von einem zum andern und verharrte schließlich auf Olivia.

»Weil ich dich liebe«, sagte er in etwas holprigem Deutsch. »Deswegen.«

KAPITEL 37

»Ich kann es immer noch nicht fassen«, bemerkte Alfred, als er vor Olivia und Isabel die Metalltreppe hinaufstieg. »Er wollte die Fabrik niederbrennen, weil er in dich verliebt ist?«, fragte er entgeistert. »Das gibts doch nicht.«

Tatsächlich schien es jedoch genau so gewesen zu sein. Zumindest hatte Nael ihnen das versichert. Dem schüchternen Plantagenarbeiter war es nicht leichtgefallen, nach Olivias emotionalem Ausbruch ein Geständnis abzulegen, doch er hatte sich schließlich überwunden und alles genau erzählt, was geschehen war. Mit sorgenvoller Miene hatte er dabei auch Isabel um Verzeihung gebeten, dass er sie in Gefahr gebracht hatte. Das sei das Letzte gewesen, was er gewollt habe, beteuerte er.

Anlass zu seiner Tat sei ein Gespräch zwischen Olivia und Alfred gewesen, das Nael zufällig aus dem Büro mitbekommen hatte.

Alfred hatte sich sofort daran erinnern können. »Dann warst du das auf der Treppe«, hatte er fassungslos gefragt, und Nael hatte genickt.

Olivia hatte darin über die Geldsorgen und ihre Fehlentscheidung bezüglich des Darlehens von ihrem Vater gesprochen. In ihrer Verzweiflung hatte sie dabei etwas gesagt wie, man könne bloß noch die Fabrik niederbrennen, um anschließend von der Versicherungssumme neu anzufangen. Leider hatte Nael diesen absurden Gedanken allzu wörtlich genommen und versucht, den Plan in die Tat umzusetzen. Den Mut dazu habe er sich bei der Feier angetrunken, gab er am Ende zu. So richtig durchdacht habe er das alles nicht.

Sein Motiv, die angebliche Liebe zu Olivia, wurde dabei nicht weiter thematisiert. Das sollten die beiden untereinander klären, waren sich Alfred, Claus und Isabel einig. Alfred hatte sich schließlich gegen einen Anruf bei der Polizei entschieden und Nael das Versprechen abverlangt, sich in den nächsten Tagen um die entstandenen Schäden zu kümmern und das Büro wieder so herzurichten, dass man darin arbeiten konnte.

»Hat ihn eigentlich schon mal jemand Deutsch sprechen gehört? Ich dachte immer, er versteht es gar nicht«, murmelte Alfred, als sie fassungslos vor dem verwüsteten Büro standen.

Isabel schüttelte den Kopf und auch Olivia verneinte.

»Das ist alles so verrückt …«

Nacheinander stiegen die drei über den leeren Feuerlöscher und besichtigten die Brandschäden. Es roch noch stark nach Rauch und Isabel bekam ein beklemmendes Gefühl. Sofort hatte sie die Situation wieder vor Augen, als ihr die Flammen entgegengeschlagen waren und sie gebetet hatte, dass ihr das Löschpulver nicht ausgehen möge.

Der zusammengebrochene Schreibtisch war umgeben von Glassplittern, verkohlten Überresten der Arbeitsutensilien und verrußten Wänden. Glücklicherweise waren außer den zersplitterten Glasscheiben keine substanziellen Schäden entstanden, welche die Stabilität der Fensterfront gefährdet hätten. Es blieb also bei einem Sachschaden um den Schreibtisch herum.

Olivia betrachtete das Chaos mit vorgehaltenen Händen. »Unglaublich«, murmelte sie.

Alfred legte seine Hand auf ihre Schulter. »Das sind nur Sachen«, sagte er. »Das Wichtigste ist doch, dass niemandem etwas passiert ist.«

Olivia drehte sich zu Isabel um und sah sie betroffen an. »Das stimmt«, sagte sie und schluckte schwer. »Nicht auszudenken, was geschehen wäre, wenn ...« Sie brach ab und umarmte Isabel schluchzend.

Nach einigen Sekunden trat sie wieder einen Schritt zurück. »Ihr beide ...«, begann sie mit zitternder Stimme. »Ist denn alles wieder in Ordnung zwischen euch?«

»Wir sind immer noch hier«, sagte Isabel und zwinkerte ihr herzlich zu.

Olivia lächelte schüchtern und atmete erleichtert auf.

»Schau mal«, sagte Alfred und deutete auf die mit Ruß überzogene Registrierkasse, die verbeult auf der Seite lag.

Olivia drehte sich zu ihm um und lachte erstaunt auf. »Sie ist offen?«

»Ja«, sagte er. »Nach all den Jahren ist sie endlich aufgegangen. Und leider leer.« Er klopfte auf das antike Erinnerungsstück aus den Zeiten von Olivias Großeltern, um es von der schwarzen Schicht darauf zu befreien. Dabei kippte die Kasse noch etwas weiter zur Seite und das nahezu unbeschädigte Geldfach fiel aus der geöffneten Schublade. Mit einem metallenen Scheppern landete es auf dem Boden und wirbelte eine Staubwolke auf.

Alfred hustete. Dann sah er Isabel und Olivia mit großen Augen an.

»Was ist denn das?«, fragte Isabel, als auch sie etwas auf der Rückseite des Geldfaches entdeckte.

Alfred ging in die Hocke und griff nach dem Gegenstand.

»Ein Brief«, murmelte er entgeistert. »Und er sieht völlig unversehrt aus.«

Sofort traten Isabel und Olivia näher und betrachteten den vergilbten Umschlag.

»O mein Gott«, stieß Isabel aus. »Der muss uralt sein.«

»Vielleicht … ist er von meinen Großeltern«, mutmaßte Olivia leise. »Steht etwas auf der Vorderseite?«

Alfred wog den Brief in den Händen und drehte ihn um. Nichts.

»Wie spannend«, murmelte Isabel gebannt.

»Los, öffne ihn schon«, drängte Olivia.

Alfred grinste. »Diese verdammte alte Kasse«, sagte er kopfschüttelnd. »Da muss erst das halbe Büro niederbrennen, damit sie sich öffnet. Und dann ist auch noch ein Brief darin versteckt …«

Langsam riss er das Kuvert auf und zog ein dünnes gefaltetes Papier heraus. Staunend entfaltete er den Brief. Er war in einer geschwungenen Handschrift geschrieben. Auf Spanisch.

Isabel überflog die Zeilen, doch sie verstand kein Wort. »Was steht da?«, fragte sie aufgeregt.

Alfred und Olivia verharrten regungslos und lasen den Text. Ihre Augen wurden immer größer.

»Was ist denn?«, fragte Isabel unruhig. »Was ist los?«

»Das gibts doch nicht«, stieß Alfred aus und legte entgeistert die freie Hand vor den Mund.

Isabel platzte vor Neugier. Sie reckte sich erneut über Alfreds Schulter und musterte die Zeilen. Als sie die Unterschrift am Ende des Blattes entzifferte, klappte ihr die Kinnlade buchstäblich nach unten.

»Der Fluch …«, flüsterte sie entgeistert.

KAPITEL 38

Mit einem breiten Grinsen ging Isabel durch die Tür des Getränkelagers und drehte sich noch einmal um.

»Vielen Dank, Herr Martens. Sie wissen gar nicht, wie sehr Sie uns damit helfen. Das ist … einfach unglaublich.«

Der rundliche Braumeister mit der roten Knollennase winkte lächelnd ab. »Nicht doch. Das Produkt spricht für sich. Ich wäre schön blöd, wenn ich mir das entgehen lassen würde. Erinnert mich an die guten alten Zeiten mit meiner Schorle. Da saßen wir noch in einer alten Scheune und haben selbst gebraut. Und jetzt …« Er deutete mit einer umständlichen Handbewegung über das weite Gelände seines Getränkegroßhandels, zu dem er seine einstmals kleine lokale Brauerei erweitert hatte.

Isabel nickte lächelnd. »So kam mir überhaupt erst die Idee, einmal nachzufragen«, sagte sie. »Die Schorle.« Ein Gefühl von Stolz und Freude überkam sie. Sie konnte es kaum erwarten, Alfred und den anderen die guten Neuigkeiten zu erzählen.

»Und grüß mir deinen alten Vater. Es war schön, mal wieder von ihm zu hören. Du kannst ihm gerne noch ausrichten, dass es meinen Schafen bei Weitem nicht mehr so gut geht wie früher, als er sich noch um sie gekümmert hat. Aber na ja, ich hätte nicht so weit rausziehen dürfen.«

»Das richte ich ihm aus. Und so, wie ich ihn kenne, steht er spätestens nächsten Montag drüben auf Ihrer Weide und kümmert sich um die Tiere.«

»Ha«, stieß Herr Martens aus und klopfte sich auf den stämmigen Oberschenkel. »Der sture Hund. Na dann, bis bald«, sagte er noch, hob die Hand zum Gruß und verschwand wieder im Inneren der Halle.

Isabel atmete tief durch, bevor sie zu ihrem Auto ging und sich in den weichen Sitz sinken ließ. Dann griff sie rüber auf den Beifahrersitz, öffnete zischend eine Flasche Limonade und nahm einen großen Schluck. Sie schmeckte die frischen Zitronen, den selbst geernteten Honig und spürte den Geschmack von Alfreds Lippen auf ihren. Isabel lächelte in sich hinein. Erst einige Momente später startete sie den Motor und fuhr los.

* * *

Das blaue Holztor weckte weit entfernte Erinnerungen in Isabel. Sie hatte sich damals eine Farbe dafür aussuchen dürfen und es hatte unbedingt Dunkelblau sein sollen. Ihr Vater hatte erleichtert aufgeatmet. »Ich bin froh, dass du deine pinke Phase bereits hinter dir hast«, hatte er gesagt, und die beiden hatten lachend den Pinsel geschwungen.

Hinter dem Tor, von dem ein Großteil der Farbe abgeblättert war, lag der Gemüsegarten, in dem Tomaten, Gurken und Kopfsalat wuchsen. Isabel hatte den Wagen an dem Feldweg abgestellt und den Hof über den Seiteneingang betreten, der bei Sonnenschein verwunschen und bei Regen beinahe mystisch aussah. Heute meinte es das Wetter gut mit Isabel und der Spätsommer zeigte sich in seiner vollen Pracht.

Langsam ging sie am Gemüsegarten vorbei und betrat den mit glattem Basalt gepflasterten Hof, in dessen Mitte ein

Grillhäuschen stand. Dahinter ragte das alte Fachwerkhaus empor, in dem Isabel aufgewachsen war.

Die Fassade war durch Wind und Wetter gräulich verfärbt. Hier und da blätterte etwas Putz ab und das Dach war von grünen Flechten und Moos überzogen.

Isabel atmete tief ein und aus, als sie auf den überdachten Eingang zuging, die drei Steinstufen hinaufstieg und klingelte. Hier hatte sie damals mit ihren Freundinnen Fangen gespielt, war mit dem Fahrrad um den Hof geflitzt oder hatte versucht, in unzähligen Töpfen, Schüsseln und sogar Eierbechern den Regen aufzufangen. Hier war sie groß geworden. Hier hatten ihre Eltern sie auf all das vorbereitet, was das Leben zu bieten hatte. Zumindest hatten sie es versucht. Erst später hatte Isabel schmerzhaft lernen müssen, dass es noch so viel mehr gab. Dinge, auf die man sich nicht vorbereiten konnte.

Lautes Hundegebell ertönte und Pfoten kratzten über knarzende Holzbohlen.

»Ich komme«, übertönte eine Stimme das Gebell. Dann rumpelte es einige Male und die Tür wurde mit einem Ruck aufgerissen.

Zwei schwarze Deutsche Doggen stürmten aus der Tür, sprangen an Isabels Jeans hoch und wedelten aufgeregt mit dem Schwanz. Dann flitzten sie über die Treppe runter auf den Hof und verschwanden hinter dem Grillhäuschen.

»Isabel«, stieß ihre Mutter fassungslos aus. Sie hatte rosige Wangen und war in eine Kochschürze gewickelt. Ihr von grauen Strähnen durchzogenes Haar fiel ihr lockig ins Gesicht, und sie hielt einen mit Teig überzogenen Kochlöffel in der Hand. Ihre großen Augen wurden immer kleiner, bis sie lächelnd auf Isabel zutrat und sie fest umarmte.

»Hallo, Mama«, sagte Isabel, um Atem ringend. Ihre Mutter war kurz davor, sie vor Freude zu erdrücken.

»Mensch, was machst du denn hier, Schatz? Ich dachte, du kommst erst nächste Woche … Und überhaupt … Das gibts ja nicht! Gut siehst du aus, richtig gut!«

Isabel grinste freudig. »Überraschung«, sagte sie und breitete die Arme aus.

Ihre Mutter verstand das als Einladung und drückte sie erneut, bevor die beiden sich voneinander losreißen konnten und lachend nach drinnen in die Küche gingen.

»Herr Martens hatte schon früher Zeit, also habe ich alles etwas vorgezogen. Und weißt du was? Er war begeistert von der Limonade.«

»Schatz, das ist ja wunderbar! Ich bin sehr stolz auf dich, wirklich.«

»Na ja«, sagte Isabel gerührt. »Ihr habt ja den Termin überhaupt erst möglich gemacht.«

»Aber hingefahren bist du selber, oder nicht?«

Isabel nickte halbherzig. »Und danke, dass du mit Papa darüber gesprochen hast. Es ist mir irgendwie leichter gefallen, dich darum zu bitten, als mit ihm zu sprechen …«

»Ist schon okay, Schatz. Dein Vater ist eben manchmal ein alter Griesgram«, erwiderte sie schmunzelnd. »Und jetzt komm rein, ich backe gerade einen Kuchen«, erklärte ihre Mutter das Chaos aus Mehlstaub, Eierschalen und Teigklecksen.

Isabel lächelte nachdenklich in sich hinein. Es hatte sich nichts verändert. Weder an dem Hof noch an ihrer Mutter.

»Wie gehts dir, Mama?«

»Ach, du weißt ja«, plapperte sie aufgeregt drauflos. »Man arbeitet so vor sich hin. Der Garten, das Haus, die Tiere … Aber uns gehts gut«, winkte sie ab. »Apropos Tiere, Papa ist bei den Hasen. Er freut sich bestimmt, wenn du ihm Gesellschaft leistest. Lotte ist trächtig. Bald ist das hier das reinste Hasenhaus. Aber die Kleinen sind schon putzig«, erzählte sie, während der Teig in der Küchenmaschine vor sich hin geknetet wurde.

»Du musst mir gleich alles über Herrn Martens erzählen, aber geh doch eben raus zu Papa, und dann essen wir zusammen frischen Kuchen, okay? Einer ist nämlich schon fertig. Zwetschge.«

»Na gut«, willigte Isabel lächelnd ein, wohl wissend, dass sie sowieso keine Chance hatte, zu widersprechen. »Ach so, schau mal. Ich habe euch ein paar Flaschen Limonade mitgebracht«, sagte sie und hielt ihrer Mutter eine Tragetasche hin.

»Ja prima, die passt doch wunderbar zum Kuchen. Danke, Liebes.« Sie nahm Isabel die Tasche ab, betrachtete eine der Flaschen ausgiebig und nickte anerkennend. »Wirklich schön«, sagte sie. »Das macht neugierig.«

Isabel ging zufrieden an ihrer Mutter vorbei, gab ihr noch einen Kuss auf die Wange, der mit einem wohligen Seufzer kommentiert wurde, und nahm die schmale Holztür hinaus. Eine kleine Treppe führte hinunter auf das Kopfsteinpflaster des Hofs. Hier war Isabel früher nach dem Essen hinausgestürmt, um mit den Hasen, Katzen oder Schweinen zu spielen.

»Hach«, seufzte sie, als sie die frische Landluft einatmete. Ein wohliges Gefühl stellte sich ein, das ihre Aufregung für einen Moment überwog. Dann steuerte sie auf den alten Schweinestall neben der Scheune zu, in dem heute nur noch Hasen lebten. Die Schweine waren ihren Eltern vor vielen Jahren im wahrsten Sinne über den Kopf gewachsen, und sie hatten sich schweren Herzens von ihnen getrennt.

Isabel sah durch das staubige Fenster in den Stall. Ihr Herz klopfte schneller, als sie ihren Vater umringt von flauschigen Häschen sah, die so zutraulich wie Kuscheltiere waren. Der hochgewachsene, stattliche Mann wirkte dagegen wie ein sanfter Riese. Isabel war aufgeregt. Vor etwa zwei Wochen erst hatten sie sich noch wegen ihrer Entscheidung, auf Mallorca zu bleiben und nicht nach Berlin zurückzukehren, gestritten. Dann hatte sie ihren Vater wegen der finanziellen Probleme der

Plantage um Hilfe für einen Termin mit Braumeister Martens gebeten, und schließlich hatte sie ihn vor einigen Tagen mitten in der Nacht angerufen und wegen Tios Kolik um Rat gefragt.

Seit sie denken konnte, war er für sie da gewesen, auch nachdem sie sich gegen die Veterinärmedizin und für Berlin entschieden hatte. Und dennoch hatte sich ihr Verhältnis zueinander verändert. Es war nicht mehr so herzlich wie früher. Aus ihm sprach der Frust, der sich in ihm über die Jahre aufgebaut hatte. Es war schwierig für beide, damit umzugehen, und Isabels Mutter war stets diejenige, die als Vermittlerin zwischen ihnen wirkte.

Doch Isabel wollte dieses Verhältnis verbessern. Sie wollte wieder gerne mit ihm reden, wollte ihn nach Mallorca einladen, mit ihm spazieren gehen und alles über seine haarigen Patienten wissen. Sie wollte ihren Papa zurück.

Langsam ging sie auf das Stalltor zu, beruhigte ihren Atem und blieb im Eingang stehen. Ihr Vater bemerkte sie nicht.

»Hallo, Papa«, sagte sie und klopfte zaghaft gegen das brüchige Holztor.

Ihr Vater fuhr herum, sah sie erstaunt an und runzelte dann die Stirn. »Isabel«, sagte er und ließ den Futtereimer sinken. »Mensch, hast du mich erschreckt«, stieß er aus. »Was machst du denn schon hier?« Er fuhr sich nervös durch das schüttere Haar.

Langsam ging Isabel auf ihn zu und suchte sich einen Weg zwischen den vielen Hasen, die munter herumhoppelten. Vor ihrem Vater blieb sie stehen, legte ihre Arme um seine breite Brust.

Er rührte sich nicht, schien nicht zu wissen, wie ihm geschah. Erst einige Augenblicke später legte er seinen freien Arm um ihre Schultern und strich ihr sanft darüber.

»Hey, ist alles in Ordnung, Schatz?«, flüsterte er.

Tränen tropften auf sein Hemd, dort wo Isabel ihren Kopf abgelegt hatte. Sie drückte ihn fest.

»Ich hab dich so lieb, Papa«, murmelte sie.

Seine Umarmung wurde fester.

»Und danke. Danke für alles.«

»Ach, Isabel. Ich dich doch auch«, sagte er und gab ihr einen Kuss auf die Stirn. »Ich dich doch auch.«

* * *

Am späten Nachmittag erreichte sie den Ort, an dem sie die letzten Jahre allein gelebt hatte. Sie stieg die knarzenden Treppenstufen hinauf und stand schließlich vor ihrer alten Wohnungstür. Ein flaues Gefühl breitete sich in ihrem Magen aus. Dann zog sie den Schlüsselbund aus der Tasche, an dem immer noch der kleine Stoffelefant hing, und schloss die Tür auf.

Sie betrat die Wohnung und hob den Trolley über die Türschwelle. Alles war dunkel, die Vorhänge zugezogen und der Geruch des Unbewohnten kam ihr fremd vor. Es fühlte sich seltsam an, wieder hier zu sein, im lauten Berlin, in ihrem alten Leben. Schon während der Fahrt in die Stadt hatte Isabel sich gefühlt wie eine Fremde, die einen Städtetrip unternahm, und nicht in ihrem Zuhause.

Sie stellte ihren Trolley in dem kleinen Flur ab, streifte die Schuhe ab und zog die Vorhänge zurück. Etwas Licht drang herein, nicht genug, um sich wohlzufühlen, doch gerade so viel, um nicht depressiv zu werden. Isabel legte den Schlüssel auf den winzigen Tisch neben der Küchenzeile und öffnete den Kühlschrank. Eine Flasche Wein und eine Tube Tomatenmark befanden sich darin. Im Schrank daneben standen zwei Tüten H-Milch und eine Dose Ravioli.

Für einen Moment schloss sie die Augen und dachte an die schöne Terrasse inmitten der Berge, an den Duft von Zitronen beim Frühstückskaffee und den Geschmack von Alfreds Lippen, wenn er sie küsste.

Ein irritierendes Geräusch riss sie aus ihren Gedanken und sie zuckte zusammen. Dann lachte sie erleichtert auf. Wenn Isabel etwas sicherlich nicht vermisst hatte, dann war es das penetrante Klingeln der antiquierten Türglocke.

Kopfschüttelnd ging sie zum Wohnungseingang und drückte auf den Öffner. Das vertraute Klacken des Hauseingangs ertönte, dann das Knarzen der Stufen im Treppenhaus. Isabel konnte es kaum erwarten, endlich wieder ihre Freundin in die Arme zu schließen. Sie hatte ihr so viel zu erzählen und wollte selbst genau wissen, was es bei Klara Neues gab. Isabel war nur knapp drei Monate weg gewesen, doch diese Monate hatten ihr Leben verändert. Natürlich hatte sie des Öfteren mit Klara telefoniert und sie hatten sich immer wieder Nachrichten geschrieben, doch besonders von den letzten turbulenten Tagen hatte Isabel bisher wenig berichtet.

Aufgeregt wartete sie an der Wohnungstür, bis ihre Freundin endlich auf der Treppe erschien und in ein lautes Gekreische verfiel.

»Isabel! Ich flippe aus! Du bist da, ich kann es kaum fassen!«

Die beiden fielen sich schwungvoll in die Arme und Klara küsste Isabel stürmisch auf die Wange.

»Klara! Wie schön, dich zu sehen!«, stieß Isabel aus und gab Klara einen Kuss. »Komm rein.«

Plappernd betrat Klara die Wohnung, rümpfte die Nase über den seltsamen Geruch, aber störte sich nicht weiter daran, sondern zog eine Flasche Wein aus der Tasche und verstaute sie wie selbstverständlich im Kühlschrank.

»Wein oder Kakao?«, fragte Isabel grinsend. »Mehr habe ich nicht da. Mein Papa hat die letzte Limonade getrunken, die ich mitgebracht hatte.« Sie hob unschuldig die Schultern. »Sorry.«

»Boah, wie frech!«, rief Klara mit leuchtenden Augen. »Dann nehme ich Kakao. Und die Limonade trinke ich demnächst live in den Bergen Mallorcas!«

»Da schmeckt sie sowieso noch besser«, erwiderte Isabel eifrig nickend und machte sich vergnügt daran, Milch zu erhitzen und Kakaopulver einzurühren. Derweil löcherte Klara sie mit Fragen über Alfred, über ihre Pläne, den Termin bei Herrn Martens und das Wiedersehen mit ihren Eltern. Isabel bemühte sich, möglichst viele Details unterzubringen, doch sie musste sich auf das Wesentliche beschränken, denn Klara hatte nur eine Stunde Zeit.

Die beiden setzten sich an den Küchentisch, tranken Kakao und plauderten wie früher. Bei all dem, was Isabel widerfahren war, hatte Klara kaum Interesse, über sich selbst zu erzählen, sondern interessierte sich viel mehr für die Geschichten von der Plantage.

Nach über einer Stunde und nachdem Klara festgestellt hatte, dass sie viel zu spät dran war, mussten die beiden ihr Wiedersehen abbrechen, und die Freundin stürmte fluchtartig aus dem Haus.

Grinsend blieb Isabel zurück am Küchentisch. Sie hatte Klara sehr vermisst, den Wirbelwind, der ihr immer ein Lächeln aufs Gesicht zauberte.

Nach einigen Minuten der Stille sah Isabel sich in ihrem kleinen Apartment um. Nichts hielt sie mehr hier in diesen vier Wänden. Es fühlte sich wie Abschied an. Und erst bei längerer Überlegung wusste sie: Es war gar kein Abschied, sondern vielmehr ein Neuanfang.

Wie hatte ihr Vater vor einigen Stunden gesagt: »Isabel, das Leben ist da draußen und wartet auf dich. Du musst nur zugreifen. Und ich bin verdammt stolz darauf, dass du genau das machst. Zugreifen.«

Isabel lachte bei dem Gedanken. Solche Worte ausgerechnet aus dem Mund ihres Vaters. Sie kannte niemanden, der pflichtbewusster und selbstloser war als er, doch auch an ihm schienen die letzten Jahre nicht spurlos vorübergegangen zu sein. Er hatte sich verändert. War offener geworden, hatte angefangen, das Leben etwas mehr zu genießen und sich weniger in der ständigen Verantwortung zu verlieren. Er und Isabels Mutter hatten richtig glücklich ausgesehen, sie unternahmen ab und zu gemeinsame Wanderungen und waren sogar einmal am Wochenende an die Ostsee gefahren. Sozusagen als kleine Vorbereitung auf die geplante Skandinavien-Kreuzfahrt. Und als Isabel schließlich unter Freudentränen aufgebrochen war, hatten sie versprochen, sich öfter gegenseitig zu besuchen. Egal wo und egal wie lange.

Seufzend öffnete Isabel den Kühlschrank und schenkte sich ein halbes Glas Wein ein. Gedankenverloren nippte sie daran und ließ ihren Schlüsselbund durch die Finger gleiten. Sie musterte den kleinen Elefanten, seine Nähte und die abgenutzten Stellen an den Wölbungen des Bauchs. Noch nie war ihr aufgefallen, dass etwas Melancholisches in seinem Blick lag. Etwas Trauriges. Eigentlich hätte er lächeln sollen, doch die letzten Stiche mit der Nadel waren zu tief geraten.

Sie fuhr über die Naht und dachte an Henning. Daran, wo er wohl gerade war. Ob er von irgendwo da oben auf sie herabsah. Sie lächelte bei der Vorstellung. Dann nippte sie noch einmal an dem Wein und stellte das Glas in die Spüle. Sie war müde und erschöpft, wollte Kraft für den morgigen Tag sammeln. Denn eine Sache hatte sie noch zu erledigen. Sie konnte sich nicht länger davor drücken.

KAPITEL 39

Alfred setzte den Blinker und bog in eine schmale, mit Platanen bestandene Allee. Viele Jahre lang war er nicht mehr hier gewesen, und schon damals war er nicht gerne hergekommen. Langsam ließ er den Pick-up durch die schattige Allee rollen und kam vor dem eingewachsenen Steinhaus zum Stehen. Olivias Auto stand unter einem aus Stahlrohren und Plastikplanen zusammengebastelten Unterstand, geschützt vor der Sonne. Alfred atmete tief durch. Er war froh, nicht allein in der Höhle des Löwen weilen zu müssen.

Cristinas Eltern hatten ihn noch nie wirklich gemocht. Vom ersten Augenblick an hatten sie ihn wie einen Eindringling betrachtet, einen ungebetenen Gast in ihrem Mikrokosmos. Nie waren sie herzlich oder offen gewesen, hatten sich nicht für seine Geschichte oder seine Absichten interessiert. Na ja, dachte Alfred, hauptsächlich ging diese negative Art von Cristinas Vater Antonio aus. Ihrer Mutter Carmen war oft nichts anderes übrig geblieben, als sich der herrisch geäußerten Meinung ihres Mannes anzuschließen. Jedenfalls hatten beide nicht auf ihn gewartet. Sie wollten nicht, dass ihre vergötterte Tochter mit diesem Deutschen verkehrte, der sie ihrer Meinung nach auf dumme Ideen brachte. Dass die meisten dieser Ideen von Cristina stammten und wahrscheinlich das Resultat einer sehr regulierten Erziehung waren, hatten sie nie in Erwägung gezogen.

Heute könnte es allerdings anders laufen, dachte Alfred, als er einen Blick auf den Beifahrersitz warf, wo der vergilbte Briefumschlag lag.

Alfred atmete noch einmal tief durch, dann nickte er, griff nach dem Brief und stieg aus. An der Haustür klopfte er drei Mal und wartete angespannt. Er war auf alles gefasst, auch darauf, dass Antonio ihn wütend von seinem Grundstück jagen würde.

Schritte hallten durch den Flur. Dann ging die schwere Tür auf und ein sanft lächelndes Gesicht empfing ihn.

»*Hola*, Olivia«, grüßte Alfred erleichtert.

Sie lächelte ihm lediglich zu. »Dann sind wir mal gespannt. Er ist nicht besonders gesprächig bisher …«

»Weiß er, dass ich komme?«, fragte Alfred und wechselte dabei ins Spanische. Er wollte weder unhöflich wirken, noch so, als hätte er Geheimnisse vor Olivias Eltern.

»Ja«, antwortete Olivia knapp. »Komm mit.« Sie ging voraus durch den Flur und in das dunkle Wohnzimmer. Es war still im Haus. Bedrückend still. Antonio saß an dem schweren polierten Holztisch und starrte auf seine Zeitung.

Für einen kurzen Moment sah er zu Alfred auf, dann ließ er seinen Blick wieder auf die Zeitung wandern. Sein Atem war laut und drängend.

»Alfred«, brummte er irgendwann.

»Antonio«, antwortete Alfred ebenso knapp. Er schaffte es, seine Unsicherheit in der Stimme zu verbergen, obwohl es ihm eigentlich egal sein konnte, was Antonio dachte. Er war nicht hier, weil er etwas von ihm wollte. Er tat das für Olivia und für Cristina.

Im Flur hallten erneut Schritte. Dann stand plötzlich Carmen im Wohnzimmer, wechselte Blicke mit ihrem Mann und ihrer Tochter, offenbar, um die Lage einschätzen zu können. Schließlich runzelte sie die Stirn und küsste Alfred halbherzig auf die Wangen.

»*Hola*, Alfred. Wie geht es dir?«, fragte sie und blinzelte ihre Unsicherheit einfach weg.

»*Hola*, Carmen. Ich bin okay, danke.«

Carmen nickte. »Also … setzt euch doch. Ich bringe Kaffee und …«

»Wir können es kurz machen«, unterbrach Antonio seine Frau und sah Alfred in die Augen. »Ich werde das Darlehen nicht verlängern«, sagte er bestimmt. »Entweder ich bekomme pünktlich mein Geld, oder ihr könnt den Laden dichtmachen. Letzteres wäre mir sogar lieber.« Ein hämisches Grinsen unterstrich seine Absichten deutlich.

»Papa …«, begann Olivia mit hochgezogenen Brauen.

Wut keimte in Alfred auf, und es fiel ihm schwer, sich zur Ruhe zu zwingen. Wieder versuchte er, sich ins Gedächtnis zu rufen, dass er für Olivia und seine verstorbene Frau hier war. Nicht für Antonio, Carmen oder irgendjemand anderen.

»Deswegen bin ich nicht hier«, erklärte Alfred möglichst ruhig.

Antonio verzog verwundert das Gesicht. Damit hatte er offenbar nicht gerechnet. »Ach nein?«, fragte er und kratzte sich am Hinterkopf.

Alfred schüttelte den Kopf und legte den Brief auf den Tisch. Dann setzte er sich.

Antonio betrachtete den Umschlag und zuckte mit den Schultern. »Was soll das sein?«, fragte er skeptisch.

Alfred sah hinüber zu Olivia, die ihm bestätigend zunickte.

»Die Erklärung zu einem alten Geheimnis«, erklärte Alfred.

Carmen schwebte herein und stellte Kaffee auf den Tisch. »Du kümmerst dich darum, ja?«, sagte sie zu Olivia. Dann verschwand sie wieder.

»So, so«, sagte Antonio und stieß Luft durch die Nase aus. »Und das interessiert mich, weil?«

Nun war es Alfred, der angestrengt nachdachte. »Weil es vielleicht deine Sicht der Dinge auf euer Leben und auf die Plantage beeinflusst«, sagte er und bereute seine Worte in dem Moment, als er sie ausgesprochen hatte.

Sofort formten sich Antonios Augen zu bedrohlichen Schlitzen. Ruckartig schob er den Stuhl zurück und drückte sich mit den Händen nach oben. »Was meine Sicht der Dinge beeinflusst, das entscheide immer noch ich selbst«, knurrte er. »Und jetzt verschwinde. Ich habe keine Lust auf dieses Theater!«

»Bitte, Papa«, flehte Olivia, trat an seine Seite und umfasste seine breite Hand. »Bitte höre es dir an. Wir haben den Brief in der alten Registrierkasse von Oma und Opa gefunden, ich …«

»Die Kasse«, unterbrach er Olivia und sah erst sie, dann wieder Alfred grimmig an. »Cristina hat sie einfach mitgenommen, ohne zu fragen …«

»Das stimmt nicht. Ich habe sie ihr geschenkt«, warf plötzlich Carmen in den Raum. Mit hängenden Schultern stand sie hinter Alfred im Türrahmen.

»Ach«, winkte Antonio ab und bemühte sich seinerseits, die Fassung zu wahren. Alfred bemerkte, wie er immer wieder auf den Brief schielte, ohne zugeben zu wollen, dass sein Interesse durchaus geweckt war. Er atmete theatralisch auf, dann wog er den Kopf von links nach rechts.

»Na gut«, sagte er schließlich und deutete mit der Hand auf den Brief. »Dann los. Ich habe noch anderes zu tun.« Schnaufend ließ er sich wieder auf den Stuhl sinken.

Alfred schluckte schwer, griff nach dem Umschlag und zog den Brief heraus. Mittlerweile hatte sich auch Carmen zu ihnen gesetzt. Dann begann er laut vorzulesen.

Lieber Papa,

wenn dich und Mama dieser Brief erreicht, bin ich bereits auf dem Weg in ein neues Leben. Señora Alcarez wusste nichts von meinen Plänen. Ich habe lediglich den Brief in ihrer Kasse hinterlegt, damit nichts und niemand meinen Plan durchkreuzen konnte.

Ich habe einen Mann kennengelernt. Toby. Er ist all das, was ihr euch nicht für mich wünscht. Er ist Amerikaner, kämpft in der U.S. Navy. Er liebt die neue Musik und er braucht keinen festen Ort, um glücklich zu sein. Ich liebe ihn und ich werde mit ihm glücklich sein.

Morgen früh werden wir mit der Fähre auf das Festland fahren. Von dort aus geht es mit dem Zug nach Cádiz, zur Marinebasis Rota, auf der Toby stationiert ist. Dort werden wir heiraten, bevor er mich mit in sein Heimatland nimmt, um erst einmal bei seinem Bruder zu leben.

In dem Wissen, dass wir uns niemals einig darüber werden, wie mein Leben auszusehen hat, sage ich schweren Herzens auf diesem Wege Lebewohl. Ich wünschte, ihr hättet die Tochter bekommen, nach der ihr euch all die Jahre gesehnt habt und die ich euch nicht sein konnte. Dennoch möchte ich euch wissen lassen, dass ich euch für das, was ihr mir mitgegeben habt, dankbar bin. Ich werde jeden Atemzug meines Lebens genießen und bete für euch und euer Glück.

Eure Tochter Matilda

Mit einem Seufzer legte Alfred den Brief schließlich auf den Tisch. Antonio saß mit leeren Augen da und hielt sich an der Tischplatte fest. Carmen schluchzte und trocknete ihre Tränen mit einem Stofftaschentuch.

»Sie ist gar nicht verschwunden«, wisperte sie. »Sie ist freiwillig gegangen. Aus Liebe.«

Olivia legte ihren Arm um die Schulter ihrer Mutter.

Alfred sah betreten in die Runde. Er wusste nicht, was er sagen sollte. Es gab nichts zu sagen. Die Geschichten um Matilda Femenias, der sogenannte Fluch, waren ein Hirngespinst der Leute gewesen, damals in den Fünfzigerjahren, und sie hatten Auswirkungen gehabt bis heute. Alles war eine Verkettung dummer Zufälle gewesen. Nicht mehr und nicht weniger. Und dennoch hatte es ausgereicht, um das Leben von Cristinas und Olivias Eltern völlig auf den Kopf zu stellen, bis dahin, dass sie Alfred die Schuld am Tod ihrer Tochter gegeben hatten.

Antonio erhob sich langsam aus seinem Stuhl. Sein Gesicht war blass, seine Lippen trocken. »Ich brauche einen Schnaps«, sagte er kraftlos und verschwand resigniert in Richtung Küche.

Einige Augenblicke später kam er wieder, blieb neben Alfred stehen und sah ihm mitfühlend in die Augen.

»Willst du auch einen?«, fragte er. Es lag so viel Zerbrechlichkeit in seiner Stimme, dass es Alfred berührte.

»Ja«, antwortete er.

»Okay«, sagte Antonio bedächtig nickend. »Okay.«

Kapitel 40

»Was ist das denn bitte für ein wunderschöner Tag, liebe Hörerinnen und Hörer. Wochenende, die Sonne lacht genauso schön wie meine Kollegin Julia, und wir feiern den Sommer in Berlin. Was haben Sie vor? Schwimmen im See? Einen Spaziergang im Grünen oder besuchen Sie eines der vielen Open-Air-Konzerte? Egal, was Sie tun, tun Sie es mit Freude und Leidenschaft. In diesem Sinne genießen Sie den nächsten Song und lassen Sie es sich gut gehen. ›Schön ist es, auf der Welt zu sein‹ von Roy Black. Viel Spaß.«

Isabel stellte ihr Auto auf einen schattigen Parkplatz und zog den Schlüssel aus dem Zündschloss. Dann stieg sie aus und sah auf die Uhr. Es war noch Zeit, und sie beschloss, sich ein wenig die Beine zu vertreten.

Am Tegeler See war reichlich Betrieb. An diesem wunderschönen Samstagvormittag zog es alles und jeden hinaus in die Natur. Doch Isabel war aus einem anderen Grund hier. Ein Grund, der ihre Nervosität ins Unermessliche steigen ließ.

Der Weg durch den Tegeler Forst war angenehm schattig. Immer wieder erhaschte sie einen Blick durch die Bäume auf den See. Trotz des Lärms der Stadt und der besonderen Art der Menschen hatte Berlin wundervolle Ecken und viel Raum für Lebensqualität. Doch Isabel vermisste Mallorca. Binnen weniger Tage war es um sie geschehen gewesen und sie hatte ihr Herz an die so vielfältige Insel im Mittelmeer verloren. So wie sie damals ihr Herz an Henning verloren hatte, hier in diesem Wald.

Sie dachte an all das, was sie gemeinsam erlebt hatten, von der ersten gemeinsamen Wohnung bis hin zu der letzten Reise nach Kenia. Dann dachte sie an Hennings Eltern. Zuletzt hatte sie Gitti und Gustav bei der Beerdigung gesehen. Danach hatten sie nur das ein oder andere Mal telefoniert, doch aufgrund der schmerzhaften Wunden, die immer wieder aufgerissen wurden, war der Kontakt im Sande verlaufen. Und doch verband Isabel und Hennings Eltern eine große Gemeinsamkeit: Sie hatten einige Jahre lang denselben Mann geliebt, ihren Sohn.

Nahe dem Wildgehege setzte sich Isabel auf eine Bank und sah auf ihr Handy. Sie tippte eine kurze Nachricht an Klara, die ihr alles Gute für das Treffen wünschte, dann steckte sie das Telefon wieder weg und schlug die Beine übereinander.

Sie schloss die Augen und genoss die feuchte Waldluft. Eines der wenigen Dinge, die sie auf Mallorca manchmal vermisst hatte. Einige Minuten saß sie dort in der Stille und ließ ihren Gedanken freien Lauf.

»Isabel?«, fragte eine Frau vor ihr.

Sie öffnete die Augen und blinzelte. Es waren Gitti und Gustav, die verdutzt auf dem Waldweg haltgemacht hatten. Isabels Puls beschleunigte sich deutlich.

Sie waren zu früh, dachte Isabel bange. Eigentlich wollten sie sich erst in zwanzig Minuten unten am See, östlich des Wildgeheges, treffen.

Aufgeregt ließ sie den Blick zwischen den beiden hin- und herwandern, dann stand sie hastig auf. Sie hatten sich kein bisschen verändert. Gitti hatte eine gemütliche Figur, die schulterlangen blonden Haare waren frisch frisiert, und sie trug etwas zu viel Make-up. Gustav hatte einen schmalen Oberlippenbart, der ihn grimmiger wirken ließ, als er war, und das graue Haar nach hinten gekämmt. Trotz der Wärme trug er eine Steppweste über dem Hemd.

»Hallo«, sagte Isabel, blieb jedoch wie erstarrt sitzen, weil die Situation sie etwas überforderte. Gitti nahm ihr schließlich die Entscheidung ab und trat auf sie zu, um sie flüchtig zu umarmen. Gustav tat es ihr gleich.

»Schön, dich zu sehen, Isabel. Du siehst wirklich gut aus«, sagte Gitti herzlich. Gustav stimmte ihr nickend zu. Dann steckte er sich eine Zigarette an.

»Er hat wieder angefangen, seit ... du weißt schon«, sagte Gitti und verzog das Gesicht.

Gustav hob entschuldigend die Schultern.

»Wie geht es euch?«, fragte Isabel zaghaft. »Wollen wir ein paar Schritte gehen?« Sie war nervös. So nervös, dass sich ihre Beine wie eingerostet anfühlten. Doch die beiden stimmten zu und langsam setzten sie sich in Bewegung, zurück in Richtung Schlosspark.

»Uns gehts ganz gut, würde ich sagen. Oder, Gustav?«, meinte Gitti.

»Ja. Die Tage vergehen. Es hat sich nicht viel verändert«, stimmte ihr Mann zu.

»Wir haben uns aber sehr gefreut, als du angerufen hast, Isabel«, sagte Gitti und tätschelte kurz Isabels Schulter.

Isabel lächelte verlegen. Der Small Talk fühlte sich an wie ein Abtasten. Dabei wollte sie den beiden doch eigentlich etwas ganz anderes mitteilen. Etwas, was ihr seit drei Jahren immer wieder unerträglich schmerzhaft auf der Seele brannte. Mal mitten in der Nacht, wenn sie schnell atmend aufwachte, oder mal zwischendurch, in ganz alltäglichen Situationen. Immer wieder führten ihre Gedanken nach Kenia. Zu dieser einen Nacht, in der ihr weiteres Leben gleich mehrere neue Wendungen erfahren hatte, wie sie seit Kurzem wusste.

Auf dem Weg zur Waldhütte nahe der »Dicken Marie« tastete Isabel immer wieder an die Hosentasche. Sie hatte sich so viele Worte zurechtgelegt, doch keine wollten ihr mehr einfallen.

»Arbeitest du noch im Krankenhaus?«, fragte Gitti, während Gustav sich bereits die zweite Zigarette ansteckte.

Isabel schüttelte mit zusammengepressten Lippen den Kopf. »Nein«, sagte sie leise. »Ich habe in einem Schlüsselladen gearbeitet. Aber zuletzt war ich einige Wochen auf Mallorca. Auf einer Zitronenplantage«, erklärte sie.

Hennings Eltern sahen sie erst entgeistert an, dann klatschte Gitti in die Hände und lachte. »Das ist ja wunderbar«, stieß sie aus. »Ja, das hätte Henning gefallen.«

Isabels Wangen färbten sich rot. Es war ihr unangenehm, mit den beiden darüber zu sprechen. Sie dachte an Alfred, und ihr Herz galoppierte.

An dem Parkplatz, auf dem Isabel geparkt hatte, bogen die drei rechts ab und spazierten weiter auf einem schmalen Waldweg zum See.

»Haben wir eigentlich ein Ziel?«, fragte Gustav.

Isabel nickte. »Wir sind gleich da.«

»Ich glaube, ich weiß, wo es hingeht«, sagte Gitti und grinste vielsagend.

Einige Meter weiter führte ein noch schmalerer Weg links entlang und nach wenigen Schritten blieb Isabel schließlich stehen. »Wir sind da«, sagte sie mit trockenem Mund. Was hätte sie in diesem Moment für eine kalte Limonade gegeben!

»Das ist doch die ›Dicke Marie‹, stimmt's?«, fragte Gitti mit leuchtenden Augen.

Isabel nickte.

Gustav verzog lediglich fragend das Gesicht.

»Das ist der älteste Baum Berlins«, sagte Isabel, froh darüber, ihre eigenen Gefühle noch etwas hinauszögern und sich stattdessen mit einem Stück Berliner Geschichte befassen zu können. »Er ist geschätzte neunhundert Jahre alt und den Geschichten nach wurde er von den Humboldt-Brüdern so getauft, nach ihrer Köchin.«

»Genau«, sagte Gitti und klatschte erneut lachend in die Hände. »Die ›Dicke Marie‹«, murmelte sie. »Henning hat mir die Geschichte mal erzählt.«

Alle drei schwiegen für einen Moment und sahen betreten in die hohen Zweige der ausladenden Eiche.

»Mir hat er es auch erzählt«, sagte Isabel und schluckte schwer. »Und deswegen sind wir hier. Weil ich euch auch etwas erzählen muss, was ihn betrifft.«

Gustav erstarrte, während Gitti Isabel verlegen ansah. »Ich glaube, ich muss mich setzen«, sagte sie, sah sich nach einer Bank um und fand eine auf der gegenüberliegenden Seite des Weges.

Die drei ließen sich darauf nieder, und Isabel spürte, wie sich ihr Hals zuschnürte.

»Was ist denn los, Isabel? Hat er irgendetwas angestellt? Irgendetwas, was wir wissen müssen?«

Isabel schüttelte energisch den Kopf und presste die Lippen so fest zusammen, dass es schmerzte. »Nein«, sagte sie. »Im Gegenteil.« Ihre Sicht verschwamm in einem See aus Tränen und sie fühlte Gittis Hand auf ihrem Knie.

»Hey, Kleines«, flüsterte Gitti. »Es ist alles okay.«

Wieder schüttelte Isabel den Kopf. Ihre Lippen zuckten vor Anspannung. »Nein. Ist es nicht. Ich war es … Ich bin dafür verantwortlich, dass Henning in den Ballon gestiegen ist. Ich bin für seinen Tod verantwortlich.« Ihre Arme zitterten, als sie die Worte aussprach, die sie schon so lange belasteten. Schluchzend hob sie ihre Hände vor das Gesicht. Es fühlte sich an, als könnte

sie die lodernden Flammen des Ballons in ihrem Gesicht spüren, so sehr brannte es auf ihrer Haut.

»Aber nein«, sagte Gitti und drehte sich zu Isabel. »Sag so
etwas nicht, Isabel. Das ist nicht wahr. Niemand kann etwas
dafür. Niemand.«

»Doch«, widersprach Isabel energisch. »Er wollte unten bei
mir bleiben. Er wollte nicht allein fahren. Ich hatte Angst vor der
Höhe und er wollte bei mir bleiben. Aber ich habe ihm gesagt,
er solle mitfahren und Fotos machen und sie mir anschließend
zeigen. Es war meine Schuld ...«

»Isabel«, sagte Gitti noch einmal. »Niemand ist schuld
daran. Niemand konnte wissen, was passieren würde. Glaub
mir, so oft haben wir uns vorgestellt, wir könnten die Zeit
zurückdrehen, könnten einige Dinge anders machen oder die
Zeit mit Henning mehr genießen.« Sie schniefte. »All das bringt
nichts, Isabel. Die Zeit läuft einfach weiter, das Leben läuft weiter. Und du bist noch so jung. Unser Sohn hat dich sehr geliebt,
Isabel. Aber jetzt musst du dich um dein eigenes Leben kümmern. Du hast es verdient, glücklich zu sein, Isabel. Nutze diese
kostbare Chance.«

»Ja«, bestätigte Gustav leise.

»Was auch immer du mit deinem Leben vorhast oder mit
wem: Tu es mit Leidenschaft, versprichst du uns das? Und
bereue nichts.«

Isabel sah die beiden schluchzend an. »Okay«, sagte sie
und nickte. »Okay.« Einen Moment lang sah sie hoch in den
Himmel, der hellblau zwischen den kräftigen Ästen der »Dicken
Marie« zu sehen war. Sie dachte an den Moment, als sie zuletzt
mit Henning hier gesessen hatte. Sie lächelte flüchtig und kniff
die Augen fest zusammen. Dann griff sie in ihre Hosentasche
und zog vorsichtig etwas heraus. Gitti beäugte den Gegenstand
und als sie ihn erkannte, schossen ihr Tränen in die Augen.

Es war der kleine Stoffelefant.

»Oh, er hat ihn so gerne bei sich gehabt«, schluchzte sie und fasste ergriffen nach der Hand ihres Mannes.

»Er hat mir in den letzten Jahren viel Trost geschenkt und auf mich aufgepasst«, sagte Isabel mit gedämpfter Stimme. »Und ich möchte, dass ihr ihn bekommt. Damit er auf euch aufpasst.«

Gitti nahm den Elefanten entgegen und sah Isabel sanft in die Augen. »Danke, Isabel. Das bedeutet uns viel.«

KAPITEL 41

Begierig atmete sie die frische Morgenluft ein, die durch das heruntergelassene Fenster drang. Die Sonne lag noch weit hinter dem Horizont verborgen, als Isabel von der Fähre rollte und ein Gefühl des Wiedersehens durch ihren Körper strömte. Nach einer langen Autofahrt durch Südfrankreich bis nach Barcelona und einer rauen Nacht auf See war sie endlich wieder hier. Zurück auf Mallorca. Sie konnte es kaum erwarten, Alfreds Gesicht zu sehen, denn er wusste nicht, dass sie schon so nah bei ihm war. Frühestens in einigen Tagen erwartete er sie zurück, doch Isabel wollte keine weitere Sekunde ohne ihn verbringen. Nicht mehr.

Sie streckte ihre Hand aus dem Fenster, spürte den Wind an den Fingern. Sie fühlte sich leicht, frei, bereit für alles, was kommen mochte. Gleichzeitig tanzten die Schmetterlinge in ihrem Bauch, wenn sie an Alfred und seine zarten Lippen dachte.

Als die Sonne gerade den Himmel hinaufkletterte, nahm Isabel die Abfahrt in die Berge. Ihr Golf kämpfte sich die schmalen Wege hinauf bis zu dem geschlossenen Holztor, vor dem sie vor drei Monaten zum ersten Mal haltgemacht hatte. Zu diesem Zeitpunkt hatte sie noch nicht gewusst, was sie erwartete. Es war eine Fahrt ins Ungewisse gewesen, eine Flucht aus ihrer Trauer, aus ihrem Leben, eine Flucht vor der Last, die auf ihren Schultern lag. Doch diese Last war verschwunden.

Während sie durch das Tor fuhr und es dann hinter sich schloss, atmete sie tief ein und konnte schon den Duft der Zitronen in der Luft wahrnehmen. Es war ein Duft nach Liebe, nach Geborgenheit und Leidenschaft. Jetzt wusste Isabel, wer sie war, was sie wollte und vor allem, wohin sie wollte. Sie wollte genau hier sein, in den Bergen Mallorcas, an der Seite eines wundervollen Mannes, mit dem sie ihre Sorgen, aber auch ihr Glück teilen konnte. Mit einem frechen Esel, der ihr den Honig vom Frühstückstisch klaute, wenn sie nicht aufpasste, und mit Claus, auf den man sich jederzeit verlassen konnte.

Sie hatte Frieden mit sich und ihrem alten Leben geschlossen, hatte sich der Vergangenheit gestellt und wurde dafür mit Verständnis und Zuneigung belohnt.

Sie lächelte, als sie oben am Haus ankam und die ersten Sonnenstrahlen des Tages die Bergspitzen überwanden. Isabel blieb einen Moment lang im Auto sitzen und ließ die magische Atmosphäre der Tramuntana auf sich wirken, bevor sie den schweren Schlüssel aus der Mittelkonsole nahm, den Alfred ihr vor einigen Tagen mitgegeben hatte. »Wenn du nach Hause kommst, sollst du nicht warten müssen«, hatte er gesagt und sie zum Abschied geküsst.

Als Isabel ausstieg, bemerkte sie, dass sie nicht allein war. Schnaubend kam Tio den schmalen Weg zwischen den Zitronenbäumen hochgetrabt und iahte vor Freude, als er bei Isabel stehen blieb und seinen Kopf an ihre Brust schmiegte.

»Tio, mein Lieber«, sagte Isabel grinsend, als er gar nicht mehr aufhörte, Streicheleinheiten einzufordern. »Wie ich sehe, hast du dich bestens erholt«, flüsterte sie in sein gespitztes Ohr. »Ich hab dich vermisst.«

Der Esel ging einmal um Isabel herum, nur um sie dann mit einem leichten Stupser in Richtung Haustür zu bugsieren.

»Ist ja gut«, stieß Isabel lachend aus. »Ich hab's ja schon
verstanden.« Kopfschüttelnd ging sie die Stufen zur Haustür
hinauf. Tio folgte ihr an den Rand der Treppe und iahte erneut.
Mit einem sanften Klacken öffnete sich die schwere Tür und
schwang nach innen auf. Isabel zwinkerte Tio noch einmal zu,
dann ging sie in den Flur hinein.

Ihr Herz schlug bis zum Hals. Sie war voller freudiger
Anspannung und Aufregung, die ihr die Röte in die Wangen
trieben. Nervös fuhr sie sich durch die langen Haare, dann
atmete sie tief durch und schritt durch den Flur.

Plötzlich öffnete sich eine Tür und Claus kam heraus.
Er sah verschlafen aus, fuhr sich einmal durch die Haare und
schlappte Isabel entgegen. Mit großen Augen sah er sie an und
blieb stehen.

»Huch, hallo«, stammelte er verdutzt. Dann legte er den
Kopf schief und grinste sein spitzbübisches Grinsen. »Du bist
sicher nicht wegen mir hier«, sagte er dann und trat galant zur
Seite.

Isabel grinste. »Bitte entschuldige, Claus. Aber ich habe
etwas Dringendes zu erledigen«, sagte sie im Vorbeigehen und
lachte. Ihr Atem ging immer schneller, je näher sie ihrem Ziel
kam. Nervös zupfte sie ihr Oberteil zurecht. Dann drückte
sie geräuschvoll Alfreds Zimmertür auf und blieb für einen
Moment im Türrahmen stehen. Alfred schreckte im Bett auf,
und Isabel kicherte, als sie seinen verschlafenen, irritierten Blick
sah. Er lag auf dem Rücken, die Beine weit von sich gestreckt.
Er trug Shorts, ein weißes T-Shirt und seine Haare waren ver-
wuschelt. Ganz offensichtlich verstand er nicht, was gerade
passierte.

Im nächsten Moment sprang Isabel lachend auf das Bett,
beugte sich über ihn und atmete schwer. Er machte große
Augen, als sie immer näher kam.

»Wer sind Sie, und was haben Sie mit meiner Freundin gemacht?«, fragte er und ein neckisches Lächeln legte sich über seinen Mund.

Isabels Herz schlug einen Purzelbaum und eine Gänsehaut überzog ihre nackten Arme, als er sie berührte. Meine Freundin, dachte sie gerührt. Das hatte er zum ersten Mal gesagt.

»Ich bin wieder da«, flüsterte sie und kam seinen Lippen dabei immer näher, bis sie sich beinahe berührten. »Und ich habe nicht vor, je wieder zu gehen.«

Sachte zog Alfred ihren Körper auf sich, sah Isabel tief in die Augen und ließ seine Hände ihren Rücken hinuntergleiten.

Sie zog scharf die Luft ein und atmete langsam und genüsslich wieder aus. Ihr Körper sehnte sich nach seinen Berührungen, nach seiner Nähe, nach seiner Liebe. Dann spürte sie seine Lippen auf ihren.

Für einen kurzen Moment löste sie sich aus seiner Berührung und sah ihn eindringlich an. »Ich liebe dich«, hauchte sie und verlor sich in seinen wundervollen Augen. Sie lächelte vor Glück. Dann ließ sie sich auf seinen Oberkörper sinken und schloss die Augen.

»Und ich liebe dich«, flüsterte er sanft.

KAPITEL 42

Ein Jahr später

Nach einem heißen Septembertag war die Luft nun klar und erfrischend. Isabel trat vor die Haustür und genoss den Blick auf das in der Abenddämmerung liegende Tal. Die Tage wurden etwas kürzer und das beeindruckende Farbenspiel der verschiedenen Orangetöne über den Bergen setzte früher ein als sonst.

Isabel hatte ihre geliebten Jeansshorts gegen ein luftiges gelbes Sommerkleid und Sandaletten eingetauscht, trug dezentes Make-up und ein frisch duftendes Parfüm. Alfred wollte sie an diesem Abend ausführen, doch hatte er sie gebeten, vorher noch einmal runter zur Fabrik zu kommen. Vermutlich ging es um die Auslieferung der neuen Sorten, doch sie ließ sich überraschen und ging fröhlich den schmalen Weg zu ihren geliebten Zitronen.

Auf Höhe der Terrasse blieb sie kurz stehen und winkte nach oben. Claus, Martha und Isabels Eltern winkten gut gelaunt zurück und riefen etwas, das Isabel als »Viel Spaß«, deutete. Sie dachte sich nichts dabei und spazierte unbekümmert weiter.

Es tat gut, ihre Eltern bei sich zu wissen, und sei es auch nur für einige Tage. Dann mussten die beiden wieder zurück zu ihren Tieren, um die sich in der Zwischenzeit ein Freund aus dem Ort kümmerte. Was es mit Martha und Claus auf sich hatte, dazu äußerte er sich bisher nur vage. Womöglich hatte sie mit ihrem Zitronenkuchen letztendlich doch noch sein Herz gewonnen. Isabel grinste bei dem Gedanken an eine weitere Zitronen-Liebe und freute sich für ihn. Er hätte es verdient gehabt, eine so liebenswerte und energiegeladene Partnerin wie Martha zu finden.

Den Vormittag hatte Isabel mit Fe beim Ausschneiden der Zitronenbäume verbracht, damit die heranwachsenden Zitrusfrüchte genügend Raum hatten. Mittlerweile war sie genauso geschickt darin wie die junge Mallorquinerin, die Isabel eine gute Freundin geworden war. Gemeinsam mit Claus hatten sie im vergangenen Winter auch die neuen Limonadensorten Zitrone-Ingwer und Zitrone-Rosmarin entwickelt und auf den Weg in die Produktion gebracht. Die Arbeit bereitete ihnen große Freude und es machte sie stolz, zu sehen, wie gut die neuen Geschmacksrichtungen bei den Kunden ankamen.

Überhaupt hatte sich im vergangenen Jahr einiges auf der Plantage und in der Fabrik getan. Mithilfe von Isabels Eltern, die den Kontakt zu Herrn Martens hergestellt hatten, konnte der Absatz nach Deutschland und Frankreich ausgebaut werden. Zudem waren weitere Anfragen reingekommen, sodass im März zwei neue Mitarbeiter anfangen konnten. So, wie es die spanische Gemütlichkeit verlangte, dauerte alles ein wenig länger, doch insgesamt war die Entwicklung sehr positiv, und so konnte es gerne weitergehen.

Mit der Stundung von Antonios Darlehen hatten sie wertvolle Zeit gewonnen. Und diese Zeit hatten sie alle gemeinsam in die Produkte und in den Vertrieb investiert, sodass die Plantage nun auf gesunden Beinen stand und weiter wachsen konnte.

Das Verhältnis zwischen Alfred und Antonio würde zwar noch Jahre brauchen, um sich zu erholen, doch die Einsicht

darüber, dass die alten Geschichten rund um Matilda Femenias'
Verschwinden ausschließlich der Fantasie der Dorfbewohner
entsprungen waren, stellte einen ersten Schritt dar. Ob Antonio
jemals über den Tod seiner eigenen Tochter hinwegkommen
würde, war unklar, doch es schien, als sähe er Alfred nicht mehr
als Schuldigen an dem damaligen Unfall.

Olivia war nach der Aussprache mit Alfred und auch mit
ihren Eltern regelrecht aufgeblüht. Mit neuer Energie hatte sie
sowohl beim Ausbau des Limonadengeschäfts mit angepackt als
auch versprochen, so lange zu bleiben, bis das Darlehen getilgt
wäre und sich die neuen Limonadensorten im Handel durchgesetzt hätten. Alfred war bewusst geworden, dass Olivias jahre-
langer Einsatz einzig und allein auf dem Versprechen gegenüber
ihrer Schwester beruht hatte, für Alfred und die Plantage da
zu sein. Es war nie ihr eigener Wunsch gewesen, Teil dessen zu
sein, was ihre Schwester mit Alfred zusammen erschaffen hatte.
Daher hatte er sie umgehend von diesem Versprechen entbun-
den. Wann immer sie wollte, sollte sie aus der Firma aussteigen
und ihren eigenen Weg gehen dürfen. Olivia hatte dafür auch
schon genügend Ideen, wie einen Gewürzhandel oder eine Gin-
Manufaktur, oder sie wollte Nachforschungen über Matilda
Femenias anstellen und ein Buch über ihre Lebensgeschichte
schreiben. Ihrem Glück stand jedenfalls nichts im Wege. Und
wie es aussah, konnte es sogar sein, dass Nael dabei eine Rolle
spielte.

Dieser hatte sich nach dem Feuer einsichtig gezeigt und
seine Schuld abgearbeitet, indem er das Büro wiederhergestellt
und sogar die Registrierkasse repariert hatte. Alfred hatte ihm
schon längst verziehen. Und Olivia ebenfalls. Jedenfalls hatte
Fe die beiden beim Eisessen im Dorf gesehen, und die Leute
erzählten sich, es sei sogar ein flüchtiger Kuss ausgetauscht worden. Was jedoch dabei herauskam, wenn man den Geschichten

der Dorfbewohner allzu viel Glauben schenkte, das war mittlerweile allen bekannt.

Nur noch wenige warme Sonnenstrahlen fanden den Weg zwischen die duftenden Zitronenbäume, als Isabel den Pfad entlangspazierte. Leise Musik ließ sie einen Moment lang innehalten, bis sie etwas auf den Feldern entdeckte. Stirnrunzelnd betrachtete sie den Stuhl, auf dem ein Plattenspieler stand. Dann erkannte sie die Melodie und lächelte. Es war das Lied, zu dem Alfred und sie beim Sommerfest getanzt hatten. Doch was hatte das zu bedeuten? Erstaunt folgte sie der Musik und traute ihren Augen nicht, als sie zwischen die ausladenden Bäume trat.

Ihr Herz klopfte spürbar.

Warm leuchtende Lichterketten hingen in den Ästen. Unzählige Windlichter mit verschieden großen Kerzen flackerten in der lauen Abendbrise, und in der Mitte war eine regelrechte Kissenlandschaft aufgebaut.

Ungläubig sah Isabel sich um und schüttelte den Kopf. Wann hatte Alfred das alles vorbereitet? Und was hatte er vor?

Als der Refrain einsetzte, kam Alfred zwischen den Bäumen hervor. Er trug eine beigefarbene Leinenhose, dazu passende Sneakers, ein locker sitzendes Hemd, das seine gebräunte Haut betonte, und ein verführerisches Grinsen im Gesicht. Er sah wahnsinnig gut aus, und Isabel bekam weiche Knie, als er auf sie zukam.

»Da bist du ja endlich«, sagte er und lachte. »Ich hätte es mir schon beinahe allein bequem gemacht.«

Isabel schüttelte grinsend den Kopf. »Alfred«, hauchte sie, als er ihr ein Glas reichte, um mit ihr anzustoßen. »Was passiert hier?« Sie fühlte sich überwältigt. Der romantisch geschmückte Ort, die Musik, sein liebevoller Blick. »Was hast du mit mir vor?«

Alfred ließ sich Zeit und kostete Isabels Überraschung spürbar aus. Dennoch schien er etwas aufgeregt zu sein, was

Isabel nicht nur sexy, sondern auch wahnsinnig anziehend fand. Als sie angestoßen hatten, stellte Alfred vorsichtig die Gläser ins Gras, umschlang Isabels Hüften und sie begannen, zwischen den Zitronen zu tanzen.

Sie kicherte, als seine Lippen ihren Hals berührten.

»Sag schon, womit habe ich das verdient?«, hauchte sie und spürte, wie Alfred mit ihren Sinnen spielte.

Dann ließ er von ihrem Hals ab und sah sie eindringlich an. »Es ist der letzte Tag des Sommers«, sagte er sanft. Er biss sich leicht auf die Unterlippe, wie er es immer tat, wenn er aufgeregt war. »Und ich dachte, wir feiern ihn gemeinsam ... Weil es danach hoffentlich nie wieder einen letzten Tag geben wird.«

Isabels Herz klopfte so fest, dass auch er es an seiner Brust spüren musste. Wie ein Film liefen all die bewegenden und wunderbaren Momente des vergangenen Jahres vor ihrem geistigen Auge ab. Ihr Kennenlernen in Berlin, bei dem Isabel bereits gespürt hatte, dass eine besondere Verbindung zwischen ihnen bestand. Ihre Ankunft auf der Plantage, der romantische Abend am Kastell, ihr erster Kuss, die erste gemeinsame Nacht und der erste wundervolle Morgen danach. Das unerwartet bedeutungsvolle Sommerfest und jeder der folgenden Tage, die sie zusammen verbracht hatten. Aufrichtig und ohne Geheimnisse. Es lag so viel Liebe in seinem Blick, dass Isabel sich völlig darin verlor. Gerade wollte sie ihn küssen, als er etwas aus der Hosentasche zog. Isabel hielt sich fassungslos beide Hände vor den Mund und trat nervös von einem Bein aufs andere. »O mein Gott«, flüsterte sie.

Der filigrane Goldring in seiner Hand glitzerte im Schein der Kerzen. Ein dreieckig geschliffener Diamant war darin eingefasst.

Isabel sah Alfred aufgeregt an. Mit dem Daumen wischte er einige Tränen von ihrer Wange und lächelte.

»Ich glaube nicht an Schicksal«, sagte er bewegt. »Aber ich glaube an die Liebe.« Er legte Isabels Hände in seine. »Isabel Mai, möchtest du mit mir zwischen den Zitronen glücklich werden bis ans Ende der Zeit?«, fragte er.

Unaufhaltsam kullerten Tränen über Isabels Wange. Dann nickte sie.

»Willst du meine Frau werden?«

Jetzt war es Isabel, die sich Zeit ließ. Fassungslos sah sie hinunter auf seine Hände, stellte sich vor, wie Alfred sie damit bis ans Ende der Welt tragen würde, und spürte dabei ein unendliches Glück.

»Ja«, sagte sie mit fester Stimme. »Natürlich will ich das.«

Dann küsste sie ihn, lange und mit all der Liebe, die sie für ihn empfand. In diesem Augenblick, dort zwischen den Zitronen, war sich Isabel sicher, dass es doch so etwas wie Schicksal gab. Und dort zwischen den Zitronen begann der Rest ihres gemeinsamen Lebens.

Zeitfracht Medien GmbH
Ferdinand-Jühlke-Straße 7
99095 Erfurt, Deutschland
produktsicherheit@kolibri360.de

Druck:
CPI Druckdienstleistungen GmbH
im Auftrag der
Zeitfracht Medien GmbH
Ein Unternehmen der Zeitfracht - Gruppe
Ferdinand-Jühlke-Str. 7
99095 Erfurt